GABRIELLA GENISI

Das Geschenk des Mörders

GOLDMANN
Lesen erleben

Buch

Kaum ist Lolita Lobosco nach dreijähriger Tätigkeit als Inspektorin in Sizilien und frisch zur Kommissarin befördert in ihre Heimatstadt Bari zurückkehrt, wird sie mit einer besonders delikaten Angelegenheit betraut: Sie muss dem Vorwurf einer Vergewaltigung nachgehen – in höchsten gesellschaftlichen Kreisen. Und was die Sache noch pikanter macht: Der Beschuldigte ist niemand anderes als Lolitas große Jugendliebe Stefano. Ihre Beziehung ging einst auf Betreiben seiner Eltern in die Brüche, die Lolita für nicht standesgemäß hielten. Stefano ist, wie Lolita mit Herzklopfen feststellt, noch genauso attraktiv wie damals, und die temperamentvolle Frau kann nicht anders, als sich mit vierzig und nach einer schmerzhaften Scheidung bis über beide Ohren neu zu verlieben. Und obwohl Stefano mittlerweile zwar nicht unbedingt glücklich, aber doch standesgemäß verheiratet ist und einen kleinen Sohn hat, scheint er ihre Gefühle zu erwidern. Eine möglichst sachliche Untersuchung der Anschuldigungen gegenüber dem attraktiven Zahnarzt erschwert das natürlich erst einmal.

Denn dieser wird von seiner jungen Sprechstundenhilfe Angela bezichtigt, ihr mit Gewalt die Jungfräulichkeit geraubt zu haben. Doch auch jenseits aller Verliebtheit sagt der kühle Blick einer äußerst erfahrenen Ermittlerin Lolita, dass Stefano kein Vergewaltiger sein kann. Und so nimmt die ehrgeizige Commissaria beherzt und nicht besonders zimperlich sein Umfeld näher unter die Lupe. Schon bald gerät sie auf die Spur eines geschickt eingefädelten Familienkomplotts – und aus einer scheinbar harmlosen Verleumdung wird schon bald ein Mord …

Autorin

Gabriella Genisi wurde 1965 in Bari geboren. Dort lebt sie noch heute und bekocht mit großer Leidenschaft ihren Ehemann, ihre Kinder, ihre Katzen und diverse weitere Personen. Mit »Das Geschenk des Mörders« und ihrer ungewöhnlichen Protagonistin Commissaria Lolì hat sie das Herz ihrer italienischen Landsleute im Sturm erobert; dort ist auch bereits der zweite Band um die temperamentvolle Süditalienerin erschienen.

Gabriella Genisi

Das Geschenk des Mörders

Ein Fall für Commissaria Lobosco

Aus dem Italienischen
von Katharina Schmidt
und Barbara Neeb

GOLDMANN

Die italienische Originalausgabe erschien 2010
unter dem Titel »La circonferenza delle arance«
bei Sonzogno di Marsilio Editori, Venezia.

Dieses Buch ist ein Produkt der Fantasie. Namen, Personen, Orte, Begebenheiten entspringen einzig der Vorstellungskraft der Autorin und werden, falls sie doch real sind, nur in fiktivem Sinne verwendet. Jeder Bezug auf tatsächliche Ereignisse und Lebende oder bereits Verstorbene ist rein zufällig.

MIX
Papier aus verantwortungsvollen Quellen
FSC www.fsc.org
FSC® C014496

Verlagsgruppe Random House FSC-DEU-0100
Das FSC®-zertifizierte Papier *Holmen Book Cream* für dieses Buch
liefert Holmen Paper, Hallstavik, Schweden.

1. Auflage
Taschenbuchausgabe Oktober 2012

Umschlaggestaltung: UNO Werbeagentur, München
Umschlagmotiv: Quinces, 2005 (w/c on paper),
Barron, Jenny (Contemporary Artist)
Private Collection / The Bridgeman Art Library
Redaktion: Ingrid Ickler
Th · Herstellung: Str.
Satz: DTP Service Apel, Hannover
Druck und Bindung: GGP Media GmbH, Pößneck
Made in Germany
ISBN 978-3-442-47587-2

www.goldmann-verlag.de

Für meine Familie

Die Frau aus Bari mit ihren breiten Hüften
verführt alle Männer
mit den saftigen Köstlichkeiten ihres Ragù.

Alda Merini

Vor ein paar Jahren stieß ich beim Durchblättern alter Zeitungsjahrgänge auf einen kurzen Bericht im »Corriere della Sera« vom Freitag, dem 18. März 1960. Darin ging es um die ersten Stellen für Frauen bei der Polizei, die am 7. Dezember 1959 eingerichtet wurden. Der Artikel lautete folgendermaßen: »Die neu geschaffene Frauensektion der Polizei erlebt Anfang Oktober ihre Feuertaufe. Es wurden zwei Ausschreibungsdurchläufe für insgesamt 511 Stellen durchgeführt. Aber es wird nicht leicht sein, die Antwort auf einige wichtige Fragen zu finden, die sich nun zum ersten Mal stellen: kurze oder lange Röcke, hohe oder niedrige Absätze?«

Bei dieser amüsanten Lektüre ist die Idee zu Commissaria Lolita und zu diesem Buch entstanden, das ich heute allen Frauen widmen möchte, auf dass sie immer die freie Wahl haben, sich so zu kleiden, wie sie möchten.

Donnerstag, der 24. Dezember. Morgens

LOLITA

Bevor ich heute Morgen das Haus verlasse, stecke ich mein Deo in die Handtasche, denn so warm wie das hier ist, könnte man glatt meinen, es wäre Ostersamstag und nicht der 24. Dezember. Völlig verrückt, sage ich euch, draußen sind es mindestens zwanzig Grad, und sogar die alten Leutchen, die ihre Tage auf der Bank vor dem Barbier verbringen und ja wirklich alles – Geburtstag, Todestag, Affären und Wunderheilungen – von jedem hier aus dem Viertel kennen, sagen, dass sie so was in Bari noch nicht erlebt hätten. Und vielleicht ist es so, weil diese Stadt seit einigen Monaten zum Nabel der Welt geworden zu sein scheint, neben Affären um Escortgirls passieren hier Dinge, die man nie für möglich gehalten hätte. Aber es ist doch normal, dass ich, wenn ich bei diesen hochsommerlichen Temperaturen in meinen kleinen Bianchina steige, am liebsten das Verdeck öffnen will. Ja, ja, ich weiß schon, dass ich nicht Brigitte Bardot bin, aber wenn ich mich aufhübsche, mache ich auch ganz schön was her. Die können reden, was sie wollen im Kommissariat, denn jetzt werden sie mich nicht mehr los, ich bin nun mal so, und damit müssen sie leben.

Auf dem Weg ins Büro fahre ich beim Obsthändler vorbei, um mir Orangen zu kaufen, nicht dass der über die Feiertage seinen Laden zumacht und ich dann drei Tage lang ohne Orangen dasitze. Ich lasse mir von ihm den Weidenkorb füllen, der hinten an meiner Kofferraumklappe hängt, dann lege ich eine CD von Roberto Murolo ein. Ich liebe neapolitanische Musik, und wo ich schon mal hier bin, kann ich gleich noch eine Runde auf der Strandpromenade drehen. Meine Lieblingscafébar hat heute allerdings Ruhetag, und im Übrigen wäre es sowieso besser gewesen, ich wäre nicht dort lang gefahren, denn wie der Teufel es will, treffe ich doch an der Ampel in der Nähe der Burg diese scheinheilige Kuh von Capriati, um nichts Schlimmeres über sie zu sagen.

Die hat mir natürlich einen vernichtenden Blick zugeworfen, also wirklich! Als ob ich nicht wüsste, dass sie geradewegs aus dem Bett des Polizeipräsidenten kommt. Na, gute Frau, was soll ich denn machen, wenn sich alle darüber das Maul zerreißen? Jeder hier in diesem Provinznest weiß doch genau, wie du von jetzt auf gleich deinen Posten der Besoldungsstufe sechs bekommen hast, und jetzt, wo die Wahlen vor der Tür stehen, machen sie dich wahrscheinlich auch noch gleich zum Bürgermeister.

»Lolì?«

»Hm?«

Ich funkle meinen Assistenten böse an, der fragend in der Tür zu meinem Büro steht, und kann mich einfach nicht beruhigen. Der Name geht hier auf dem Kommissariat, in dem ich gelandet bin und das große Ähnlichkeit mit einer Kaserne hat, gar nicht. Hätte meine Mutter mich nicht nach ihrem Lieblingsfilm Lolita genannt, und hätte ich nicht miterlebt, wie mein Vater, ein Carabiniere, direkt vor unserer Haustür starb, wäre ich niemals Commissaria Lolita Lobosco geworden. Na ja, immer noch besser Lolita als Addolorata wie meine Großmutter, die sich nur Dolò nennen lässt, ein Name, der nach Schmerz und Leid klingt.

Forte erfasst auf einen Blick, was Sache ist. Er ändert die Tonart und gibt sich dienstlich: »Commissaria, da ist dieser Zahnarzt, den wir heute Morgen verhaftet haben, die Vergewaltigung, Sie erinnern sich? Wir haben ihn in die Arrestzelle gesperrt, aber er beharrt darauf, unschuldig zu sein und würde gern freiwillig eine Aussage machen. Was soll ich tun, soll ich ihn herbringen, damit man sich um ihn kümmert?«

Schweigen.

Er schließt das Fenster *ein wenig* und wartet geduldig auf eine Antwort von mir. Aber leider bin ich heute Morgen *ein wenig* mit dem falschen Fuß aufgestanden und *ein wenig* übler Laune, denn a) war mein Kaffee alle, und das ist für mich das Schlimmste, und hat b) Pierre, mein schwuler Friseur, gestern beschlossen, es sei an der Zeit, sich bei seinen Kunden zu outen, und während er über sich erzählte, hat er mir die falsche Tönung verpasst.

Ich starre zu meinem Assistenten hinüber, der mit einigen Akten in der Hand ständig zwischen meinem und seinem Schreibtisch hin- und herläuft. Eigentlich sehe ich ihn gar nicht, aber dieses ständige Herumgerenne macht mich ganz nervös.

»Tu mir einen Gefallen, Antò, hör mal für einen Moment mit dem Gezappel auf, und lass den Typ ruhig warten. Bring mir erst mal einen Espresso, dann die Akte, und danach sehen wir weiter. Du weißt doch, ohne Kaffee kann ich nicht ...« Forte unterbricht mich mit einer Handbewegung, dann bringt er meinen Satz zu Ende: »... ohne Kaffee kannst du nicht klar denken. Das wissen wir, Commissaria, das wissen wir ganz genau.«

Und er fuchtelt mit den Händen durch die Luft, als wollte er sagen, die spinnt doch. Ich glaube eher, hier spinnen alle. »Was soll denn diese ganze Vertraulichkeit? Was bildest du dir eigentlich ein? Los, beweg deinen Hintern.« Da ich meine Worte mit einer eloquenten Geste begleite, würde das sogar ein Tauber verstehen, und tatsächlich dreht sich Forte ohne ein weiteres Wort auf dem Absatz um und geht mir einen Kaffee holen.

Antonio Forte, Polizist, achtunddreißig, verheiratet, zwei Kinder, war schon immer platonisch in mich verliebt. Wir haben die Zeit vom Kindergarten bis zur Universität gemeinsam verbracht, und seit einigen Wochen arbeiten wir zusammen. Seit ich nach ungefähr drei Jahren Polizeidienst in Sizilien in meine Heimatstadt zurückgekehrt und dort Commissaria geworden bin. Genau fünfzig Jahre, nachdem dort die ersten Frauen zum Dienst zugelassen wurden. Ab und zu lese ich ihm die Leviten, rege mich über ihn auf, aber eigentlich mögen wir uns. Die anderen, na ja, die müssen eben lernen, mich zu ertragen. Ich weiß, dass ich nicht ganz einfach bin, aber es ist auch nicht gerade leicht, als Frau in dieser Provinzstadt mit dreihunderttausend Einwohnern und ebenso vielen Vorurteilen in einem unberechenbaren Süden akzeptiert zu werden. Vor allem wenn du sechsunddreißig bist, lange Haare und Körbchengröße 85 C hast und dann auch noch Lolita heißt. Alles nicht gerade unwichtige Details, denn hier im Süden dreht sich unter einer 80 C keiner nach dir um.

Der Kaffee kommt, lauwarm wie ich ihn mag, mit wenig Milch, kein Zucker, ein Tütchen Süßstoff, dazu ein halbvolles Glas Mineralwasser mit Kohlensäure. Auf dem Tablett liegen eine Akte, die heutigen Zeitungen, eine Orange und eine Margerite. »Die hättest du dir sparen können! Los, bring die deiner Frau mit, da fang!«, sage ich zu ihm, während ich ihm die Blume entgegenschleudere.

Ich hasse dieses romantische Getue und bin keinen Funken sentimental. Das müsste er inzwischen eigentlich wissen. »Uff, Commissaria«, antwortet Antonio richtig beleidigt, »heute bist du aber gereizt … Das sollte nur eine nette Geste sein, und die regt sich so darüber auf … als ob man ihr eins mit dem Messer verpasst hätte …«

Ich rühre heftig mit dem Löffel in der Tasse herum,

meine Augen sprühen Funken, während ich ihn ansehe und denke, dass ich ihn gleich erwürgen werde, wenn er damit nicht aufhört, aber nein, der schwänzelt weiter um mich herum wie ein Trüffelhund. »Gibt es heute keinen Kuchen für uns?«, fragt er dann, nachdem er alle Schreibtischschubladen auf den Kopf gestellt hat. »Gewöhnt euch lieber nicht daran, dass ich ständig eine *crostata* für euch backe!« Daraufhin sieht er mich an und brummt rhythmisch: »*U com' stai nervòs, u com' stai nervòs*«, und ich fahre ihn an: »Schön, dann bin ich eben gereizt, okay? Und nett gemeinte Gesten will ich nicht, in Ordnung? Also, verzieh dich mal kurz, lass mich endlich in Ruhe diesen verfluchten Kaffee austrinken, mach die Tür von außen zu, und führ in fünf Minuten diesen Typen her.«

Endlich schwirrt er, irgendetwas Unverständliches vor sich hin murmelnd, ab und schließt die Tür hinter sich.

Mit der Tasse am Mund werfe ich einen kurzen Blick in die Akte.

Was haben wir: Stefano Benedetto Morelli, wohnhaft Piazza Umberto 212, siebenunddreißig, selbstständig, verheiratet und Familienvater.

Der Name sagt mir irgendetwas, aber da ich erst eine halbe Tasse Kaffee intus habe, bin ich noch nicht ganz da. Ich lese die Anklage: Vergewaltigung ausgeübt zum Nachteil von Angela Capua, vierundzwanzig, ledig, Zahnarzthelferin. Im Augenblick keine weiteren Beweise als die Aussage der Klägerin.

Ich mache mir ein ungefähres Bild von dem Kerl,

stelle ihn mir vor wie einen dieser Typen aus einem Kaugummispot, selbst zu Weihnachten noch sonnengebräunt, Sportwagen, strahlendes Lächeln mit blitzenden Zähnen von einem Ohr zum anderen. Auf den ersten Eindruck, während mein Kaffee langsam zu wirken beginnt, halte ich ihn für schuldig. Aber das ist noch zu beweisen.

Als ich Stimmen im Flur höre, lege ich die Orange in eine Schublade und stehe auf, um die Tür zu öffnen. Auf dem Weg dahin werfe ich einen Blick in den Spiegel, na gut, ich bin Commissaria, aber ich bleibe doch immer noch eine Frau. Ich zupfe schnell meine Kleidung zurecht und richte den BH. Damit nicht gleich alles ins Auge springt natürlich, und nicht etwa, um etwas besonders gut zur Geltung zu bringen. In Momenten wie diesen wünsche ich mir immer flach wie eine Pizza Margherita zu sein und nicht ständig befürchten zu müssen, dass mir vorn an der Bluse zwei Knöpfe abspringen. Ich erwähne das bloß, weil die Capriati überall herumerzählt, ich täte das mit Absicht.

Als ich die Tür öffne, sehe ich drei Männer im Gang, zwei davon sind meine Leute, der Mann zwischen ihnen wirkt verstört, aber es kommt mir so vor, als hätte ich ihn schon mal gesehen. »Herein«, sage ich halblaut, trete zur Seite und umrunde meinen Schreibtisch, um mich auf meinen Drehstuhl zu setzen, bevor sie den Raum betreten, und so genug Zeit zu haben, um mir den Anschein der hier gebotenen Autorität zu geben.

Forte kommt als Erster herein, hinter ihm ein attraktiver Mann in Jeans und einem marineblauen Kaschmirpullover, dahinter Tonino Esposito, mein zweiter Assistent. Sie bleiben direkt vor meinem Schreibtisch stehen, und ich sehe sie scheinbar unbeeindruckt an. Aber innerlich bin ich wie vom Donner gerührt.

Ich kann es nicht fassen. Heilige Scheiße! Das ist doch Stefano Morelli aus der legendären 5A. Schon merke ich, wie das Blut in mir aufsteigt, und weiß von ganz allein, dass ich dunkelrot angelaufen bin. Mir wird überall heiß, und eigentlich ist es ja noch ein bisschen früh für diese Hitzewallungen. Die haben mir jetzt gerade noch gefehlt!

Meine Beine kribbeln vor Nervosität, deshalb schlage ich sie unter dem Schreibtisch übereinander und versuche, Haltung zu bewahren, selbst wenn das nicht so einfach ist, weil dieser Junge geschlagene zwei Jahre lang die Liebe meines Lebens war – und ich die seine, nur damit das klar ist – und jetzt steht er in Handschellen vor mir und wird der Vergewaltigung beschuldigt. Das ist absurd, wo ihm doch auf dem Gymnasium alle Mädchen nachgelaufen sind!

Na jedenfalls reiße ich mich zusammen, werde so sachlich wie möglich und gebe die Commissaria. »Bietet ihm einen Platz an. Bitte setzen Sie sich, Dottor Morelli. Ihr zwei könnt gehen.«

»Was heißt hier gehen?«, bringen meine beiden Assistenten heraus und schnappen nach Luft. Ich erkläre es ihnen genauer, meine Güte, die sind aber auch so was von begriffsstutzig: »Gehen, go, abschwirren, die Fliege machen. Wie soll ich es euch noch sagen, auf Thai?«

Die beiden Hanseln sehen einander unschlüssig an und versuchen es mit Ausreden.

»Und wer nimmt das Protokoll auf?«, brummt Esposito, der recht zufrieden mit seiner Idee ist und denkt, damit hätte er mich ausgetrickst. Es ist ein offenes Geheimnis, dass ich nur das Ein-Finger-System beherrsche, also ein Verhör führen und es gleichzeitig eingeben, das ist nun wirklich nicht meine Sache.

Ich lächle ihn strahlend an und weise ihn postwendend zurecht. »Niemand protokolliert, dazu besteht kein Anlass. Im Augenblick führen ich und dieser Herr hier nur ein Gespräch.«

Ich muss mich zurückhalten, um nicht laut loszuprusten, als ihnen daraufhin die Augen aus dem Kopf treten wie einem gekochten Kabeljau, und lenke ein: »Nein, schon gut, ich nehme unser Gespräch auf. Besser so?« »Negativ. Aber, Commissaria, entschuldigen Sie ...« »Was gibt's denn noch?« »Was heißt hier aufnehmen?«, weist mich Forte zurecht, der jetzt richtig eifersüchtig ist. »Schreiben Sie es doch direkt auf.«

Mit der Hand? Der spinnt doch total! Aber das kann ich ihm jetzt nicht sagen, sonst muss ich mir noch mehr anhören. »Also gut, das werde ich tun. Und wenn ihr nun bitte schön endlich verschwinden würdet.«

Inzwischen hat meine ohnehin nicht gerade üppige Geduld das Ende der Fahnenstange erreicht, und das müssten sie eigentlich längst kapiert haben, mit wie vielen Zaunpfählen soll ich denn noch winken? Aber nein, sie schalten auf stur und machen keine Anstalten zu gehen, treten von einem Fuß auf den anderen, erst der eine, dann andere, immer schön synchron. Der reinste Slapstick, Dick und Doof auf der Polizeistation. Forte geht sogar noch einen Schritt weiter und fängt an, seinen Schreibtisch aufzuräumen. Auch das noch! Dass die beiden bleiben wollen, würde noch ein Blinder mit Krückstock erkennen. Außerdem sieht man ihnen genau an, dass sie vor Neugierde platzen, aber tut mir leid, dieser Knochen ist für mich allein bestimmt. Mamma mia, wer könnte schon diese Küsse vergessen, die Hände auf meinem Körper, die Monate, die ich mit diesem Prachtkerl verbracht habe, der jetzt vor mir sitzt? Also, dann mal los, ich weiß nicht, wo das enden wird, wenn ich so weitermache, und hoffe nur, dass er sich nicht auch an all das erinnert.

Endlich, nach gut fünf Minuten Hin und Her, lassen sich die beiden überzeugen, dass sie keine Chance haben und schleichen sich, aber so geknickt und langsam wie zwei zusammengefallene Teigtaschen, und sie tun mir beinahe ein bisschen leid.

Kaum hat Esposito die Tür hinter sich geschlossen, vergesse ich schon, dass ich versprochen habe, alles mitzuschreiben, schalte das Aufnahmegerät ein, konzentriere mich auf den Sachverhalt und wende mich an den Dottore.

Damit eventuelle unangebrachte Erinnerungen gar nicht erst aufkommen können, möchte ich ohne großes

Geplänkel gleich zur Sache kommen, also schnipse ich mit den Fingern, um cool und abgebrüht zu wirken.

»Also, Morelli, nun zu uns.«

Ungeachtet meiner unbeholfenen Ablenkungsmanöver hat der Kerl ein gutes Erinnerungsvermögen und scheint noch alles präsent zu haben. Seit er diesen Raum betreten und mich gesehen hat, wirkt er beinahe erleichtert, und selbst seine Haltung auf dem Stuhl strahlt mehr Selbstsicherheit aus. Man sieht auch, dass er mir dringend eine Frage stellen will, die ihm so auf den Nägeln brennt wie der Chili im Hintern vom superscharfen Hähnchen, das meine Kusine Finuccia immer kocht, die seit drei Jahren in Pezze di Greco, Provinz Lecce, verheiratet ist. Und tatsächlich will Morelli zwei Sekunden später leise wissen: »Darf ich Sie etwas fragen, Commissaria Lobosco?«, und er klingt halb höflich, halb ironisch dabei.

Verdammt, der hat mich ausgetrickst. Innerhalb von drei Minuten fühle ich mich in die Ecke gedrängt wie ein Kaninchen, das als gefüllter Braten zu Ostern auf den Tisch kommen soll, denn dieses Bild von einem Mann hat schon begriffen, wer ich bin, uff, das ist nicht fair. Ich schlucke schwer und sehe ihn scharf an, während ich mir überlege, wie ich ihn ablenken kann.

»Also eigentlich stelle ich hier die Fragen. Aber wenn Sie etwas brauchen, was weiß ich, vielleicht eine Zigarette oder ein Bonbon, dann machen wir mal eine Ausnahme, weil Weihnachten ist.«

Und da auf meinem Schreibtisch immer ein Terrakottaschälchen mit diesem widerlichen Süßkram steht, schütte ich den Inhalt vor ihm aus, um ihn abzulenken, so wie ein Zauberkünstler die Tauben aus dem Zylinder hervorzieht. Ungeachtet des rotweißen Verbotsschilds vor meiner Nase, hole ich sogar ein paar Zigaretten und ein Feuerzeug heraus, aber er lässt sich nicht in Versuchung führen, sondern schüttelt den Kopf wie ein störrischer kleiner Junge. »Nein danke, Commissaria, ich rauche übrigens auch nicht mehr. Es geht wirklich um etwas sehr Persönliches.«

Auweia, das läuft schlecht. Und wie stopfe ich dem jetzt den Mund? Ich beschließe, mich vorzuwagen und auf ihn einzugehen, dann wird eben improvisiert. »Also gut, machen wir eine zweite Ausnahme. Heute ist Ihr Glückstag. Nur heraus damit.« Und währenddessen stehe ich auf und öffne das Fenster, hier drinnen erstickt man ja, und außerdem habe ich gerade ziemlichen Blödsinn erzählt.

Ihr Glückstag … Wie bin ich denn da drauf gekommen? Ich muss wohl völlig verrückt geworden sein, also ehrlich.

Dieser arme Teufel steht ebenfalls auf, obwohl ich ihn nicht dazu aufgefordert habe, nähert sich mir von hinten und versucht, nach meinen Händen zu greifen. Dann säuselt er mit der gleichen zuckersüßen Stimme, die er schon als junger Mann hatte: »Aber du bist … du bist doch meine Lolita, stimmt's?« Und ich versichere euch, das ist nicht als Frage gemeint.

Ich ziehe meine Hände zurück, als hätte man mir eine Pfanne voll siedenden Öls darübergeschüttet, und verschanze mich eilig hinter meinem Schreibtisch. Er bleibt verwirrt stehen, weiß nicht, was los ist, hat aber wieder etwas Hoffnung gefasst und vollkommen vergessen, wo er sich befindet. Verlegen wie ein Schulmädchen, das vor seiner Lehrerin steht, streiche ich mir die Haare hinter die Ohren, setze mich auf den Drehstuhl, rolle ein wenig nach hinten und überlege, wie ich weiter vorgehen soll, obwohl mir vor Aufregung rein gar nichts einfällt und ich nur einen bitteren Geschmack im Mund habe. Was erzähle ich ihm denn jetzt, was kann ich mir aus den Fingern saugen? Ich kann ihm doch nicht sagen: »Ja, ich bin deine Lolita, dieselbe, die sich zusammen mit dir in der Dusche der Turnhalle eingeseift hat«? Ich glaube, es hackt. Hier im Kommissariat habe ich es sowieso nicht besonders leicht, und wenn diese Hexe von Capriati rausbekommt, was zwischen mir und dem da mal war, sorgt die glatt dafür, dass ich meinen Posten verliere, das bringt die fertig! Ich kontrolliere lieber noch mal, ob die Tür richtig zu ist, dass uns wirklich keiner oder besser keine hinterherspioniert.

Ich setze mich wieder hin, schlucke und räuspere mich. Versuche, mich zu fassen. Nach außen Selbstsicherheit demonstrierend, lehne ich mich auf dem Stuhl nach hinten und komme wieder nach vorne, lege die Hände auf den Tisch, wobei ich nervös mit den Fingern trommele, sehe Morelli an und fordere ihn mit einer Stimme so kalt wie ein Eiswürfel auf: »Zunächst einmal, setzen Sie sich, oder ich bin gezwungen, jemanden zu rufen. Hier drinnen bin ich Commissaria Lobosco, und Sie sind Stefano Benedetto Morelli und vorläufig festgenommen, vergessen Sie das nicht einmal für eine

Sekunde. Und dass dies das einzige Thema ist, womit wir uns zu beschäftigen haben.«

Meine Stimme hallt so trocken durch den Raum wie eine Dörrpflaume. Ich habe alles dafür getan, möglichst abweisend zu klingen, und anscheinend ist mir das auch hervorragend gelungen, denn meine Worte treffen Stefano wie eine Windhose. Ich sehe, wie er auf dem Stuhl zusammensinkt wie ein Sack Bohnen, ja er scheint sogar den Tränen nahe. Das lässt mich nicht kalt, ich geb's ja zu, aber darüber darf ich jetzt nicht nachdenken, denn obwohl ich noch so viele Fragen an ihn hätte, ist es für mich im Moment am wichtigsten, dass unsere Rollen damit ein für alle Mal klargestellt sind.

Hoffen wir mal das Beste.

Ja, ich weiß, man sagt mir nach, ich sei fies, weil ich nicht genug Sex habe, und dass ich deswegen so sauer geworden bin wie ein abgelaufener Joghurt. Und ich weiß auch, dass alle Männer im Kommissariat sich liebend gern aufopfern und mir »zur Hand gehen« würden, wie man so schön sagt. Aber das ist mir im Augenblick scheißegal, und nein, meine Herren, ich brauche auch gar nichts von euch, weder Hände noch andere Körperteile.

Also bringen wir es schnell hinter uns, heute ist schließlich der 24. Dezember.

Ich rolle mit dem Drehstuhl an den Schreibtisch heran und verschränke die Hände.

»Also, Morelli, dann erzählen Sie mir mal Ihre Version der Ereignisse.«

Ich lasse meine Stimme etwas sanfter klingen, während ich das sage, so wie man Pferde beruhigt, eben Zuckerbrot und Peitsche. Und während er anfängt zu erzählen, wickle ich heimlich ein Stück kandierte Orange aus dem bunten Seidenpapier und sauge daran, halte mir dabei aber die Hand vor den Mund. Die kandierten Orangen stelle ich in gewaltigen Mengen selbst her und habe immer welche in dem Schälchen auf dem Schreibtisch parat, dem aus Keramik mit den aufgemalten Gockeln drauf. Als offizielle Begründung gebe ich plötzliche Schübe von Unterzuckerung an, unter denen ich leide, aber im Kommissariat geht schon das Gerücht, dass ich sie nicht aus gesundheitlichen Gründen benötige, sondern einfach nur gern esse. Dass Commissaria Lolita anscheinend auf Süßes zum Lutschen steht.

Na gut, ihr habt es bestimmt schon selbst mitbekommen, aber vorsichtshalber sage ich es euch noch mal. Hinter all dem steckt todsicher die Capriati, da könnt ihr sicher sein.

Stefano tupft sich mit einem knallgelben Kleenex die Tränen ab und zieht die Nase hoch, so wie kleine Kinder es tun, wenn sie weinen. Ach, wie süß, warum habe ich ihn bloß eher als Mistkerl abgespeichert? Ach ja richtig, weil er mich Knall auf Fall sitzen gelassen hat, jetzt erinnere ich mich wieder. Ich überschlage kurz, wie lange das her ist, wohl zwanzig Jahre oder vielleicht noch ein paar mehr. Meine Güte, wie schnell doch die Zeit vergeht.

Während bei mir Erinnerungen hochkommen, fängt er an zu erzählen. Er ist sehr verzweifelt und so nervös, dass seine schweißnasse Hand eine feuchte Spur auf der Glasplatte meines Schreibtischs hinterlässt. Hoffen wir mal, dass ich noch genug Glasreiniger habe.

»Also, Commissaria, da wir uns anscheinend überhaupt nicht kennen, setze ich Sie davon in Kenntnis, dass ich seit etwa zehn Jahren eine eigene Zahnarztpraxis habe, eine ziemlich gut gehende sogar, Via Cardarelli 46. Dort arbeite ich von Montag bis Freitag, vormittags und nachmittags.«

Er hält inne und schaut mich mit zwei Augen an, die so tiefblau sind wie das Meer bei Polignano. Ich wende den Blick ab, aber mit meinen Gedanken gelingt mir das nicht, das geht wirklich nicht.

Und inzwischen arbeitet mein Hirn auf Hochtouren. Donnerwetter, wie viel der wohl verdient, und es gibt mir einen Stich in die Magengegend, aber es geht mir nicht ums Geld, das nicht, ich weiß nur eben hundertprozentig, dass siebzig Prozent seiner Patienten gutaussehende Frauen im gebärfähigen Alter sind. Die restlichen dreißig Prozent bestehen aus hübschen kleinen Mädchen mit kieferorthopädischen Apparaturen über den Zähnen, die jedes Mal von fürsorglichen Müttern oder pflichtbewussten Babysittern begleitet werden. »Ach, Dottore, Dottore … also das Zähnchen … die Kleine … Ach, und wo ich schon mal hier bin, könnten

Sie mich nicht auch mal untersuchen ... Genau hier, ja da, oh ja«, meine ich sie zwitschern zu hören, während sie seine Hand nehmen und auf ihre Wange legen und erwartungsvoll ihre üppigen kirschroten Lippen öffnen, in die so großzügig Silikon gespritzt wurde wie Sahne in einen Windbeutel.

Ich weiß, dass ich abschweife, aber ich muss wohl in irgendeiner Frauenzeitschrift gelesen haben, dass es tatsächlich Zahnärzte sind, die die Beliebtheitsskala der begehrenswertesten Männer anführen, danach kommen Psychiater und erst an dritter Stelle Frauenärzte.

Mühsam nehme ich den Faden der Unterredung wieder auf und nutze Stefanos Schweigen zu meinem Vorteil. »Sehr gut, aber jetzt kommen wir zur Sache. Seit wann ist Angela Capua bei Ihnen angestellt, Dottore?«

»Also, Commissaria, das kann ich Ihnen nicht mit hundertprozentiger Genauigkeit sagen, da ich nie geglaubt hätte ... nun ja, dass mich jemand danach fragen würde ...«

Hmm, das ist zu schwammig. Schlimme Sache, der hat anscheinend noch nicht mal im Ansatz kapiert, wo er ist und was ihm blühen kann, aber ich will ihm trotzdem helfen, und deshalb versuche ich, ihn in die richtige Richtung zu stupsen.

»Sehen Sie, Dottore, so geht das nicht, jetzt konzentrieren Sie sich einen Moment und versuchen, möglichst etwas genauer zu sein. Und glauben Sie mir, das sage ich in Ihrem eigenen Interesse.«

Das erschreckt ihn, und eine Träne rinnt ihm über die Wange. »Ja sicher, Commissaria, aber es ging alles so schnell. Und deshalb bin ich verwirrt …«

Ich bin weich geworden wie frische Ricotta, so sehr rührt mich dieser Knabe, er wirkt so durcheinander und verlegen, dass ich ihm am liebsten über die Wange streichen würde, um ihn zu beruhigen, so wie man es mit einem kleinen Mischlingshündchen machen würde, das auf der Straße ausgesetzt wurde. Aber hier sind wir auf dem Kommissariat, und unsere Dienstanweisungen sehen nun mal keine Streicheleinheiten vor.

Da bin ich mir ganz sicher, das muss ich gar nicht groß nachschlagen, aber gegen ein bisschen Wasser hat niemand etwas einzuwenden, das geht.

Ich unterdrücke hastig die milde Stimmung, die mir die Kehle hinaufsteigt, und räuspere mich. »Hören Sie, Morelli, sollen wir kurz unterbrechen, wollen Sie vielleicht ein Glas Wasser trinken?« Auweia, entgegen meiner Absichten klinge ich sehr fürsorglich.

»Ja, vielen Dank, das kann ich jetzt wirklich gebrauchen.« Ich gieße ihm ein halbes Glas Mineralwasser ein, drehe den Verschluss der Flasche wieder zu und beobachte, wie er trinkt. Er nimmt kleine Schlucke, will anscheinend Zeit gewinnen und obwohl das nicht gerade für ihn spricht, halte ich ihn nicht für einen Vergewaltiger. Ich trete nach wie vor für die inzwischen als veraltet geltenden Theorien von Cesare Lombroso ein, der meinte, aus der Physiognomie eines Menschen auf seine kriminelle Energie schließen zu können, und denke, wenn jemand so aussieht, wie kann man da von Gewalt sprechen? Sind denn alle verrückt geworden?

Ich gönne ihm noch ein paar Minuten der Erholung und warte geduldig. Wenn mich Esposito und Forte jetzt sehen könnten! Bis zu ihrer Pensionierung würden sie sich das Maul zerreißen.

Gut, die Zeit ist um. Ich schaue auf die Uhr und klopfe mit dem Fingernagel auf das Glas, um ihm zu verstehen zu geben, dass die Stunde der Wahrheit jetzt wirklich gekommen ist.

»Also, können wir jetzt? Entschuldigen Sie, aber wir müssen wirklich.«

»Ja, sofort, entschuldigen Sie, Commissaria. Sie müssen schon verstehen, ich bin völlig durcheinander. Aber jetzt geht es mir ein bisschen besser, danke.«

Als er anfängt zu reden, klingt seine Stimme ein wenig sicherer, und er sieht mir fest in die Augen, selbst wenn sein Blick einige Male zum Fenster wandert.

»Commissaria, ich kenne Angela seit ungefähr fünf Jahren, seit sie meinen Sohn betreut hat. Alessandro ist jetzt sechs Jahre alt, aber damals war er noch sehr klein, und wir suchten jemand Zuverlässiges. Sie war damals neunzehn, hatte gerade die Schule abgeschlossen und zwar noch keine einschlägige Erfahrung, aber meine Frau und ich kennen ihren Bruder Rodolfo schon ewig, der sie uns empfohlen hat. Und ich muss sagen, Angela hat sich als absoluter Glücksgriff erwiesen, da wir nie irgendein Problem hatten. Angela hat sich gegenüber unserem Kind stets als verantwortungsvoll und liebevoll gezeigt. Nach einigen Jahren, als mein Sohn dann in den Kindergarten ging, hat sie bei mir in der Praxis angefangen. Zwischen uns hatte sich ein Vertrauensverhältnis aufgebaut, wissen Sie, ich brauchte jemand Neuen, und da habe ich an sie gedacht.«

»War Ihre Frau damit einverstanden?«

»Absolut. Der Vorschlag kam sogar von Chiara, sie schätzt Angela sehr. Aber vielleicht sollte ich besser ›schätzte‹ sagen.«

»Warum, was hat sich denn inzwischen verändert?«

Jetzt wird er erneut unsicher. Seine Hände und seine Unterlippe zittern. »Also, genau weiß ich es nicht, aber ich nehme mal an, dass sich alles verändert hat, seit mich die Capua der Vergewaltigung beschuldigt hat. Leider ging heute Morgen alles so schnell, dass mir nicht einmal die Zeit blieb, mit meiner Frau zu sprechen. Sehen Sie, Commissaria, Sie können sich das nicht vorstellen. Man hat mich abtransportiert wie einen Verbrecher, und ich konnte noch nicht einmal …«

Stefano steht kurz vor einem neuerlichen Tränenausbruch, und seine Stimme fleht um Mitleid und Verständnis.

Ich nicke teilnahmsvoll, schließlich bin ich ja kein Unmensch.

»Das ist die normale Vorgehensweise, verstehen Sie, nichts Persönliches. Aber Sie werden sehen, dass Sie jetzt alles in Ruhe erklären und sich verteidigen können. Und wenn nötig …«

In einem Anfall von Stolz unterbricht er mich. Seine Ironie klingt in meinem Büro so bitter wie eine Pille:

»… werden Sie sich im Namen der gesamten Polizei bei mir entschuldigen. Natürlich.«

Ich erstarre sofort. Jetzt muss ich unseren Verein verteidigen und wenn ich mich auf seine Seite stelle, bin ich verloren, aber ich weiß selbst nur zu gut, dass bei den Fällen, wo jemand rücksichtslos in eine Zelle gesperrt wird und zusätzlich noch auf den Titelseiten der Zeitungen landet, keine Entschuldigung der Welt einem die Unschuld zurückgeben oder einen auf irgendeine Weise entschädigen kann. »Wenn es sich so verhält, werden wir uns entschuldigen, das versichere ich Ihnen. Aber jetzt müssen wir weitermachen. Erzählen Sie mir etwas über Ihr Verhältnis zu Angela Capua. Ich möchte jede Einzelheit hören, alles, woran Sie sich erinnern.«

Stefano bemüht sich und wird auskunftsfreudiger. Er stützt einen Arm auf den Schreibtisch, sucht unbewusst den Körperkontakt zu mir, das kriege ich ganz genau mit, ich habe schließlich nicht umsonst das eine oder andere Büchlein von Freud gelesen.

»Schauen Sie, zu der Zeit, als sie bei mir zu Hause gearbeitet hat, habe ich unser Kindermädchen kaum zu Gesicht bekommen. Meine Frau hat nie gearbeitet, aber Unterstützung bei dem Kind konnte sie trotzdem gebrauchen. Angela kam morgens um acht und ging um sechs Uhr, sie und mein Sohn waren die ganze Zeit zusammen. Meine Praxis ist über Mittag geöffnet, deshalb esse ich oft nur ein Brötchen in der Bar und komme je nachdem um sieben oder acht Uhr abends nach Hause.«

»Wovon hängt das ab?«

»Nun ja, von dem, was beim letzten Patienten zu machen ist, und manchmal kommen noch Vertreter, der Zahntechniker …«

»Ja, natürlich.« Ich werde rot, er weiß, was ich meine. Zahntechniker sagt er also dazu? Der kann mich doch nicht für dumm verkaufen.

»Sagen Sie mir, blieb die Capua immer bis zum Schluss bei Ihnen?«

Und in meiner Frage liegt eine Menge Unterstellung, das muss ich zugeben.

Stefano bemerkt es nicht und antwortet ruhig: »Ja, immer, manchmal blieb sie auch noch, wenn ich schon gegangen und sie noch nicht mit dem Aufräumen fertig war. In diesem Fall schließt sie ab, sie hat die Schlüssel und kennt den Zahlencode für die Alarmanlage.«

Auch das noch. An dieser Stelle müsste ich ihn ohne Umschweife fragen, warum er sie vergewaltigt hat, aber ich ziehe es vor, diese Frage zu umgehen und ihn einem, wie ich es nenne, »spiralenförmigen Verhör« zu unterziehen. Die ganz sanfte Tour, bei der du nicht einmal merkst, wie ich dich drankriege.

»Den Zahlencode sagen Sie. Also muss ich davon ausgehen, dass Sie sehr viel Vertrauen in sie setzen, richtig?«

»Ja, genau.« Der Arme, so was von naiv.

»Gut, dann wenden wir uns jetzt mal Ihrem direkten Verhältnis zu Angela Capua zu, beruflich und privat. Und bitte, Morelli, seien Sie ganz aufrichtig. Nichts anderes kann Ihnen in Ihrer Lage nützen.«

Jetzt macht er eine Handbewegung, die ich noch genau in Erinnerung habe. Er fährt sich mit den Fingern durch die Haare wie mit einem Kamm, streicht sie sich glatt nach hinten und sieht mich dann schräg von unten an, halb schelmisch, halb verlegen. Er startet einen weiteren Versuch, spricht leiser und beugt sich zu mir über den Schreibtisch. »Sie wissen doch, wie das ist, Commissaria«, sagt er. »Wenn ich jetzt mit Lolita reden würde, wäre alles viel einfacher für mich ...«

Also das ist wirklich ein Idiot, denke ich und will nicht verwirrt wirken, aber das gelingt mir nicht. »Ich verstehe Sie schon, Dottor Morelli, aber es tut mir leid, hier im Raum sind nur Sie und ich und keine Lolita – und ich«, wiederhole ich zum letzten Mal, »bin Commis-sar-i-a Lo-bos-co für Sie.«

Ich betone jede Silbe einzeln, damit er es ein für alle Mal in seinen Schädel kriegt.

»Vielleicht können wir ja mal, wenn sich die Angelegenheit geklärt hat und wie ich hoffe, zum Positiven, irgendwo einen Kaffee trinken gehen, und dann werde ich Lolita sein. Aber im Moment können Sie das vergessen.« Und meine letzten S klingen dabei sogar wie ein drohendes Zischen.

Stefano senkt niedergeschlagen den Kopf, und sein »Verzeihen Sie« ist so leise, dass ich es mir vielleicht nur eingebildet habe, aber dann brauche ich nicht: »Ach leck mich doch« zu sagen, was ich nur zu gerne täte.

Nun überlege ich ein wenig, wie sich einer meiner männlichen Kollegen jetzt verhalten würde, zum Beispiel dieser wirklich nette Commissario aus Vigata, den ich bei meiner Arbeit in Sizilien kennen gelernt habe, wie heißt der noch mal, zum Teufel? Ach ja, Montalbano, natürlich. Was würde er jetzt an meiner Stelle tun, wenn ihm eine Beschuldigte gegenübersäße, mit der er in seiner Jugend, sagen wir mal, einige sehr intime Momente geteilt hat. Was meinen Sie, würde er sie nicht ein bisschen trösten, aufbauen und vielleicht sogar in den Arm nehmen?

Na, das würde ich jetzt auch gern. Ich würde am liebsten ein Mann sein, damit ich mich neben ihn setzen, ihm einen Arm um die Schulter legen und sagen könnte: »Keine Sorge, Stefano, ich bin doch da, und wenn du nichts getan hast, werden wir das Ganze aufklären.«

Aber das geht nicht, weil ich eine Frau bin, deshalb muss ich mich hinter meinem Schreibtisch verbarrikadieren. Und wenn er wirklich schuldig ist, bin ich dort auch mehr in Sicherheit.

In diesem entscheidenden Moment meldet sich jemand an der Sprechanlage, ich wette mal, dass es Forte ist. »Ja, wer ist da?«, frage ich mit einer Stimme, die so hart ist wie Haselnüsse aus Avellino.

Auf der anderen Seite herrscht Schweigen und verhaltenes Keuchen. Dann ist er es bestimmt.

»Was ist, Antò?«

»Alles in Ordnung mit dir, Lolì? Also, wir sind für alle Fälle hier …«

»Ja und der Papst ist in Rom. Ist denn bei euch alles in Ordnung? Seid ihr fertig?«

»Womit? Mit dem Protokoll der Festnahme? Positiv.«

Der ist immer so begriffsstutzig. Aber ich sollte besser leiser sprechen. »Nein, mit der Weihnachtskrippe.«

»Was?«

»Oh Jesus!«

Endlich hat er es geschnallt. Aber auf seine eigene Weise.

»Ach du meinst das Jesuskind? Nein, das legen wir erst heute Abend rein. Aber alles andere steht schon, die Hirten, die Schafe und sogar der Bäcker mit den Brotlaiben.«

»Sehr gut. Und der Engel?«

»Der auch.«

»Klasse. Dank dir Forte. Ich rufe dich später an.«

Ich lege den Hörer auf und nehme für die Unterredung mit Morelli mein Verhöritalienisch wieder auf, das mit reichlich dialektalen Floskeln durchzogen ist, die für uns im Süden, ich will jetzt nicht sagen die Muttersprache, aber zumindest eine, sagen wir mal, »Tantensprache« ausmachen. In meinem Fall sind es sogar viele »Tanten«, da ich in Apulien geboren wurde, meine Mutter Sizilianerin und mein Vater aus Neapel ist und ich daher keine genau definierte dialektale Heimat habe, sondern mich immer ein bisschen hier und da bediene. Ich fahre also fort.

»Entschuldigen Sie, Morelli, Sie wissen ja, Weihnachten steht vor der Tür. Also machen wir weiter. Erzählen Sie mir jetzt etwas über Ihr persönliches Verhältnis zu

Angela Capua. Aber ausschließlich das, was nichts mit der Arbeit zu tun hat.«

Bei meiner Frage wird der Typ rot wie ein gekochter Hummer, und mir wird klar, dass wir jetzt auf der richtigen Spur sind.

»Was soll ich Ihnen sagen, Commissaria … Alles ganz normal, ein paar Worte in der Pause, man isst ein Brötchen zusammen. Manchmal bringe ich sie abends nach Hause«, gibt er zu und tut, als könnte er kein Wässerchen trüben.

»Aber manchmal fahren Sie einen Umweg.«

Er beißt nicht an. »Aber nein, Commissaria, Angela wohnt ohnehin schon ziemlich weit entfernt.«

Ich lasse nicht locker, ganz klassisch, wie im Drehbuch, denn so naiv bin ich nun auch wieder nicht. »Reden wir Klartext, Dottor Morelli. Die Brötchen und die Spazierfahrten interessieren mich nicht. Die Anzeige ist ziemlich eindeutig. Dort lese ich das Wort Vergewaltigung. Und über *diese* Art von Verhältnis möchte ich jetzt etwas wissen. Nennen wir es mal körperlich. Auch, weil Angela Capua anscheinend eine bildhübsche junge Frau ist.« Das weiß ich zwar nicht, aber ich behaupte es einfach mal. »Was ist, stimmen Sie mir zu?«

Und da sprudelt es aus ihm heraus wie Sekt aus den Pullen zu Silvester: »Ob ich Ihnen zustimme, Commissaria? Na sicher tue ich das, Angela ist wunderschön, aber hallo! Wenn sie wollte, könnte sie glatt Schauspielerin werden.« Am liebsten würde ich ihn dafür ohrfeigen. Was hat diese verdammte Frau nur? Die möchte ich wirklich mal sehen. Und ich glaube, wenn er nicht gleich mit seinen Schwärmereien aufhört, dann nehme ich ihn richtig in die Mangel.

Ich bin so gereizt, dass ich ihn vor Wut am liebsten auseinandernehmen möchte.

An dieser Stelle versuche ich mich zu erinnern, wann ich meine nächste Periode habe, das müsste in ein paar Tagen sein, mein Busen ist schon richtig geschwollen. Vielleicht fühle ich mich deshalb geladen wie ein Starkstromkabel, da das PMS uns Frauen bekanntlich jeden Monat umhaut.

Scheinbar unbefangen bohre ich weiter:

»Hören Sie, Morelli, vielleicht gefällt Ihnen die Signorina ja sehr, Sie haben versucht bei ihr zu landen, sie hat Sie abblitzen lassen, hat sich gewehrt, und daraufhin haben Sie den Kopf verloren. Los kommen Sie schon, erzählen Sie, wie es wirklich war, das ist besser für uns alle, dann können wir heute Abend in Ruhe unseren Panettone essen.«

Und ich starre ihn an wie eine Schlangenbeschwörerin die Schlange.

Stefano sieht mich jetzt ebenfalls an, ganz gelassen, als hielte er die Lösung des Falls in Händen. »Sie wollen die Wahrheit wissen, Commissaria?« – »Ja sicher.« »Wirklich die ganze Wahrheit?« – »Warum, haben Sie mich bis jetzt angelogen?«

Also gut, frage ich halt noch mal nach.

»Morelli, hatten Sie je sexuelle Kontakte zu der Person, die Sie beschuldigt?«, frage ich und sehe ihm direkt ins Gesicht.

So wie die Dinge liegen, ist seine Antwort für mich vollkommen unvorstellbar und darüber hinaus noch unerträglich. Stefano betont jedes einzelne Wort, und jedes Mal schmerzt es wie ein Stich von einem Messer, mit dem auch noch in der Wunde herumgestochert wird. »Ja, Commissaria, gewiss. Jedes Mal, wenn mir danach war. Genauer gesagt, orale Kontakte. Ohne Zwang und befriedigend für beide Seiten. Und ich versichere Ihnen, beide Beteiligte hatten damit keinerlei Probleme.«

Mir hat es … wie soll ich es ausdrücken, ein wenig den Atem verschlagen. Was erlaubt sich dieser Typ eigentlich, wo glaubt der eigentlich, wo er ist, etwa auf der Strandpromenade? Aber da wir Frauen ja gleichberechtigt sein wollen und weil ich Commissaria bin, muss ich mich aufraffen und weitermachen. Oh mein Gott, vielleicht hat er ja beschlossen, ein Geständnis abzulegen.

Also gebe ich die lebenserfahrene Frau. Ich streiche mir wieder die Haare hinter die Ohren, um besser zu hören, und beginne äußerst beherzt: »Oralverkehr, sagten Sie, warum kein Geschlechtsverkehr?«

»Also, sehen Sie, Angela ist streng katholisch, und sie hat vor einiger Zeit so ein Gelübde abgelegt, anscheinend will sie jungfräulich in die Ehe gehen, bis dahin ist es im Übrigen nicht mehr lang hin, sie heiratet im August.«

Was heißt da, sie heiratet? Und wie denn zum Teufel, etwa mit gefüllten Cannoli und Hochzeitsmandeln und dem ganzen Tamtam? Na ja. »Sie heiratet also. Darf ich daraus schließen, dass Sie sehr gut über das Privatleben der Klägerin Bescheid wissen?«

Meine Frage ist heimtückisch, und Stefano geht sofort in die Defensive: »Sehen Sie, Commissaria, Angela ist meine Angestellte, deshalb ist es ganz normal, so etwas zu wissen, unter anderem, um die Urlaubszeiten planen zu können, außerdem hätte meine Frau sogar ihre Trauzeugin sein sollen.«

Die Überraschungen hören ja gar nicht mehr auf, was für eine hübsche Vorstellung. »Ihre Frau, sagen Sie? Also ausschließlich sie? Haben Sie sich nicht gefragt, warum man Sie außen vor gelassen hat? Ich glaube, dass man bei so etwas normalerweise das Paar gemeinsam bittet.«

»Nein, das stimmt, ich wurde nicht gefragt. Wenn ich jetzt so darüber nachdenke, ist es tatsächlich merkwürdig, aber ich kann Ihnen darauf keine Antwort geben.«

Aber ich habe eine. Ich glaube verstehen zu können, dass es so, wie die Dinge liegen, eine reichlich peinliche Situation für die junge Frau geworden wäre. Jedenfalls kann ich mir nicht vorstellen, dass er Angela vergewaltigt hat, weil sie ihn nicht als Trauzeugen genommen hat. Obwohl ja so etwas bei uns hier fast schon mehr gilt als verwandtschaftliche Beziehungen.

Ich stehe für zwei Minuten auf, um die Atmosphäre etwas zu entspannen, denn das Thema, das ich jetzt angehen will, ist ein Tabu. Jedenfalls für mich.

Ich öffne den Metallschrank neben dem Schreibtisch und tue so, als würde ich dort irgendwas suchen.

Nehme die erstbeste Akte, die mir in die Hände fällt, heraus und stecke die Nase hinein, nur um wieder zur Ruhe zu kommen. Aber ich weiß genau, dass ich in spätestens einer Minute mit dem Vorverhör fortfahren muss, also schleiche ich mit gesenktem Kopf an meinen Schreibtisch zurück, wie ein Jagdhund, der seine Beute hat entkommen lassen. Ich setze mich wieder und versuche, mich darauf einzustellen, dass ich jetzt eine bittere Pille schlucken muss. Nase zu, Augen zu und durch! Er lässt mich nicht einen Moment aus den Augen und als ich ihm den Rücken zudrehe, spüre ich seinen Blick sogar auf meinem Hintern. Er scheint sich wieder gefangen zu haben. Jetzt bin ich es, die durcheinander ist, und ich lasse mir noch einen Augenblick Zeit, genau die Zeit, um einen Schluck Wasser zu trinken.

Ich bin wieder da. »Also, Morelli, Ihre ganz spezielle ... äh ...äh....«

Mein Gott, ich weiß nicht, wie ich es nennen soll.

Stefano kommt mir diensteifrig zu Hilfe. Und ich könnte ihn küssen dafür.

»Zusammenarbeit?«

Zusammenarbeit nennt er es? Also, das ist genial, muss ich zugeben. »Ja, genau, Zusammenarbeit. Geht das schon lange so?«

»Sagen wir mal, es hat begonnen, als Angela anfing bei mir zu arbeiten, aber nur ab und zu. Ungefähr ein Mal im Monat.«

»Und erinnern Sie sich, wie das begonnen hat?«

»Äh, ja. Ich bin mir bewusst, dass es in meiner gegenwärtigen Lage nicht sehr glaubwürdig klingt, und ich möchte niemanden beschuldigen, aber die Initiative ging von ihr aus, eines Tages während der Mittagspause. Aber schauen Sie, Angela hat mir schon immer gefallen, und ich musste mich nie dazu zwingen.«

Ach, sie hat also angefangen? Na klar! Und dann sagt er auch noch, sie gefällt ihm. Dem drehe ich eigenhändig den Hals um.

»Ja, das habe ich jetzt verstanden.«

Ich versuche, zum Wesentlichen zu kommen, schließlich wird es langsam spät, und ich höre ihm schon zwei Stunden zu, und trotzdem sind wir immer noch keinen Schritt weiter. Ich schaue auf die Uhr, fast Zeit zum Mittagessen. Deshalb drücke ich unvermittelt aufs Tempo. »Und was ist dann passiert, Morelli, hatte sie auf einmal keine Lust mehr, weil sie heiraten wollte, und du hast daraufhin den Kopf verloren?«

Also ihr müsst schon entschuldigen, dieses »Du« ist mir versehentlich herausgerutscht. Aber der Beschuldigte nutzt die Gelegenheit sofort, er strahlt wie ein kompletter Weihnachtsbaum, dann sieht er mich an und bedankt sich umgehend.

»Danke, Lolita.«

Ich bin sprachlos und weiche für einen Moment seinem Blick aus. Aber das gelingt mir nicht sehr lange. Na, komm schon, es ist Weihnachten, und ich fühle mich edel und gut, wie das Mädchen aus der Baci Perugina-Werbung. »Ja, du weißt schon, dass es nur ein Versehen war, aber von mir aus bleib eben dabei. Dafür wirst du jetzt ein braver Junge sein und mir die ganze Wahrheit erzählen.«

Gezwungenermaßen bin ich ganz plötzlich sehr verständnisvoll geworden, und das nutzt er sofort aus. Seine Hand gleitet über die Schreibtischplatte und legt sich auf meinen Arm, drückt ihn, und seine Finger zerknittern den Stoff meiner Uniform. Er sieht mich direkt an, sein Blick ist aufrichtig. Und das rührt mich.

»Du musst mir glauben, Lolita, beim Wohl meines kleinen Jungen und der Teenager, die wir mal waren. Also, das mit Angela ... ich konnte sie so oft haben, wie ich wollte. Und ich mag sie auch sehr gern. Und ich schwöre dir, dass ich keine Ahnung habe, warum sie das jetzt getan hat, und kann es immer noch nicht fassen.«

»Also, dann schauen wir doch mal und versuchen, es zu begreifen.« Ich spüre ein verzweifeltes Bedürfnis, ihm zu helfen, und verstehe nicht, wie es sein kann, dass Gefühle so lange frisch bleiben können wie tiefgekühlter Kabeljau, sogar noch nach so vielen Jahren.

»Hat sich Angela vielleicht in den letzten Monaten verändert? Und wann habt ihr das letzte Mal ›zusammengearbeitet‹?«

»Ob sie sich verändert hat, fragst du. Also, sie war tatsächlich etwas nervöser und auch mit den Instrumenten nicht mehr so aufmerksam. Denk dir, letztens habe ich sie sogar während eines kleineren Eingriffs mehrfach ermahnen müssen. Sie hatte mir die falsche Zange gegeben. Und ... was das andere betrifft, das wird ungefähr zwei oder drei Wochen her sein. Wir waren nicht so häufig zugange.«

»Und wie steht es mit deiner Frau?«

»Noch seltener.«

Hm. Diese Enthüllung überrascht mich mächtig, bei einem so attraktiven Mann, aber ich kenne die Signora nicht, vielleicht ist sie ja eine von diesen prüden, hochgewachsenen, steifen Frauen, die mehr wie eine Laienschwester wirken und die es ja ziemlich häufig gibt. Womöglich setzt sie ihm sogar Hörner auf, aber darum kümmern wir uns später, für heute ist es erst einmal genug.

Ich teile ihm sehr ernst mit: »Gut, Stefano, das reicht für den Moment. Jetzt warte ich auf die Vollmacht des stellvertretenden Staatsanwalts, um die Capua noch einmal zu hören, danach werde ich mit dem Richter sprechen. Leider wirst du binnen der nächsten halben Stunde ins Gefängnis gebracht, aber ich versichere dir, dass ich so bald als möglich mit dem Polizeipräsidenten reden werde, und selbst wenn der ein harter Hund ist und ich erst seit ein paar Wochen hier bin, versuche ich zu erreichen, dass man dich möglichst schnell freilässt oder dir wenigstens Hausarrest zugesteht. Deine Lage scheint mir gar nicht so aussichtslos zu sein, es gibt keine wirklichen Beweise und schon gar keine ärztlichen Gutachten, die eine Vergewaltigung bestätigen. Im Augenblick steht nur das Wort der Capua gegen deines, aber du musst Verständnis haben, dass man in Fällen wie diesen äußerst behutsam vorgehen muss. Außerdem steht Weihnachten vor der Tür.«

Ich habe versucht, ihm so gut wie möglich Mut zuzusprechen, aber man kann es drehen und wenden wie man will, das sieht leider nicht sehr gut aus.

Es ist der 24. Dezember, und meine Jugendliebe wird gleich ins Untersuchungsgefängnis abtransportiert werden und zwar für ein Verbrechen, das er vielleicht gar nicht begangen hat. Stefano senkt wie ein gescholtener kleiner Junge betrübt den Kopf und sagt kaum hörbar: »Ja, ja, das begreife ich. Wenn heute nur nicht der Weihnachtsabend wäre.«

Ich stehe auf und lege ihm die Hände auf die Schultern. »Das tut mir leid, Stefano, wirklich sehr leid. Ich verspreche dir, dass ich alles tun werde, was in meiner Macht steht.«

Er lehnt sich an mich wie ein Schiffbrüchiger, legt seinen Kopf auf meine Schulter. Er weint verzweifelt. »Ich weiß, Lolita, ich weiß. Ich danke dir wirklich sehr. Wie gut, dass wenigstens du da bist.«

Am liebsten würde ich ihn jetzt an mich drücken und küssen, stattdessen streiche ich ihm nur leicht über die Wange, während er immer noch weint und mich fest umklammert. Er schluchzt. Es tut mir wirklich weh, ihn so zu sehen, mein Gott, was war ich als junges Mädchen in ihn verliebt und außerdem: Gilt nicht immer noch die Unschuldsvermutung?

Ich drücke ihn sanft auf den Stuhl zurück, gieße ihm etwas Wasser nach, streichle ihm über das Gesicht, bevor ich auf meinen Platz zurückkehre, mir die Uniform glatt ziehe und auf den Knopf der Sprechanlage drücke. Ein paar Sekunden später steht Forte bereits im Raum.

Er schlägt die Hacken zusammen. »Zu Befehl, Commissaria.« Man soll ja nicht schlecht von anderen denken, aber ich meine, dass er und Esposito schon mit dem Ohr an der Tür hingen.

»Begleiten Sie Dottor Morelli bitte.«

Meine Stimme klingt bewusst unbeteiligt, aber so einfach lässt sich Antonio nicht täuschen. Sein Blick geht zwischen Stefano und mir hin und her. Ich weiche ihm aus und stehe auf, um das Fenster zu schließen. Das Knallen der Silvesterkracher und der Gestank nach Schwarzpulver sind unerträglich, aber er kennt mich gut und sieht genau, dass ich durcheinander bin, vielleicht erinnert er sich auch noch an unsere schöne gemeinsame Schulzeit mit Morelli. Oder wird sich vielleicht später daran erinnern.

»*Tuttappost, Commissà*?«

»Ja, Forte, alles okay. Los, bring den Dottore hinaus.«

Am selben Tag

STEFANO

Die beiden Polizisten bauen sich rechts und links von mir auf, packen mich am Arm, es ist wie im Film, und dann bringen sie mich zum Wagen. Sie schalten das Blaulicht und die Sirene an, brausen los, führen mich in eine Zelle. Ich kann einfach nicht glauben, dass das alles wirklich passiert und vor allem nicht, dass es mir passiert. Ich möchte am liebsten die Augen schließen und schlafen, vielleicht wäre dann alles vorbei. Wenn ich so alt wäre wie mein Sohn, bestimmt. Wie schön ist es doch, ein Kind zu sein. Wenn du ein Problem hast, macht du ein Nickerchen, schläfst etwas darüber und wenn du aufwachst, ist alles gut und vorbei. Ich möchte gern morgen früh zusammen mit Alessandro in seinem grünen Bett mit den aufgemalten Häschen aufwachen. Und plötzlich kommen mir die einfachsten Dinge, alles, was ich jeden Tag hätte tun können, wie das Schönste auf der Welt vor. Und auch wie das Schwierigste.

Die Zelle erinnert an eine Unterkunft für Wanderarbeiter oder Studenten. Ein Bett, ein Tisch mit zwei Stühlen, ein Regal und das Waschbecken. Und dazu eine Kochplatte mit der Espressomaschine. Doch hier wird die Tür hinter mir abgeschlossen, ich kann das trockene Geräusch hören, wie die Riegel ins Schloss greifen. Sechs Mal, einer nach dem anderen. Ich ziehe die Schuhe aus und lege mich aufs Bett, die Hände auf die Brust, wie bei einer Leiche. Mir ist kalt, der Raum ist feucht, und heute Morgen habe ich in der Aufregung vergessen, mir einen Mantel mitzunehmen. Es gibt eine viermal zusammengelegte gelb-grün karierte Decke. Ich falte sie auseinander und kuschele mich hinein wie ein Kind. Meine Zähne klappern, vielleicht, weil es so kalt ist. Oder aus Angst.

Mutter. Chiara. Alessandro. Lolita. Ja, auch du, Lolita, bitte helft mir.

Endlich kann ich weinen und schlafe ein. Als ich wieder wach werde, ist es draußen schon dunkel. Ich schaue auf die Uhr an der Wand, es ist sechs Uhr abends. Ständig lassen Kinder draußen Böller krachen, und ich zucke bei jedem Knall ängstlich zusammen. Ich würde so gern vergessen können, dass heute Heiligabend ist.

Während ich geschlafen habe, hat der Wärter das Abendessen hereingebracht, genauo früh wie in einem Krankenhaus. Tortellini in Brühe, Mozzarella, gedünsteter Fenchel, außerdem Brot und einen Apfel. Ein kleiner Panettone auf dem Tablett rührt mich wirklich, FREUNDESKREIS DER GEFANGENEN ist darauf handschriftlich mit goldenem Filzstift vermerkt.

Also ist auch hier Weihnachten.

Ich starre auf die vom bläulichen Neonlicht erhellte

Decke und denke an heute Morgen. Ich wärme mich an meinen Erinnerungen, und es geht gut.

Ja, jetzt bin ich wieder bei mir zu Hause.

Der Projektionswecker auf dem Nachttisch wirft die Uhrzeit an die Decke meines Schlafzimmers, in dem gedämpftes Dämmerlicht herrscht. Es ist 06:57 Uhr, mir bleiben noch drei Minuten Ruhe. Meine Frau schläft noch, zerstreut taste ich mit der Hand nach ihr, und sie murmelt etwas Unverständliches. Chiara ist schön, stolz und geschmeidig wie eine Katze. Lange Zeit dachte ich auch, sie wäre auch so sanft und anschmiegsam, aber jetzt betrügt sie mich, das weiß ich schon seit einigen Jahren ganz sicher. Ja, es tut weh, aber mir ist bewusst, dass die Schuld dafür auch bei mir liegt.

Ich stehe auf und dusche. Mit einer Hand wische ich den Dampf vom Spiegel, um mich zu rasieren. Während ich mit dem Pinsel in der Schale die Creme schäume, atme ich den Lavendelduft ein und mustere mein Gesicht. Nicht schlecht, sagt man von mir, aber nicht mehr viel los, füge ich hinzu.

Im Leben eines jeden Menschen kommt der Moment, an dem du weißt, dass dich nichts mehr aufregen kann. Du hast so viel gehabt, vielleicht alles, und dabei ist der Zeitpunkt der Abrechnung noch gar nicht da. Und doch kannst du die Gerüche und Gefühle von früher nicht mehr wiederfinden, die Seeigel, die du als kleiner Junge gesammelt hast, die erste Zigarette, die Kneipenspiele und Gruppenbesäufnisse, den Blick aus dem Augenwinkel einer Frau, die dir unglaublich gut gefällt, und dein Schwanz steht sofort.

Gewohnheit, ja, vielleicht nennt man das so.

Du stehst auf und weißt bereits, dass draußen die Sonne scheint und in der Garage dein neuer Wagen auf dich wartet. Bald wirst du den Motor anlassen, und dein Sohn wird einsteigen, damit er so pünktlich und schlechtgelaunt wie jeden Morgen zur Schule kommt. All die Dinge, die du inzwischen schon kennst und die sich nie ändern werden, solange du es nicht willst. Zumindest glaubst du das.

Und genau das ist mein Moment, es ist heute Morgen, ich habe noch drei Minuten, bis der Wecker losgeht, und noch weiß ich nicht, dass dieser Tag mein ganzes Leben verändern wird.

Nachdem ich Rasierschaum und düstere Gedanken von meinem Gesicht abgewaschen habe, gehe ich in die Küche und stelle die Espressokanne auf den Herd. Das ist meine Aufgabe, denn Chiara wird immer erst wesentlich später wach als ich. Gelobt sei meine Mutter, die ihn mir jeden Tag, den ich bei ihr zu Hause verbracht habe, ans Bett gebracht hat. Sie hatte zwar reichlich Personal, aber hier bei uns war noch bis vor ein paar Jahren der Mann eben heilig für die Frauen.

Wer weiß, ob es noch Frauen wie meine Mutter gibt, schon möglich, dass in einem Dörfchen irgendwo im hintersten Winkel der Welt noch so eine lebt wie sie, und ich tröste mich mit dem Gedanken, dass ich ihr nur nie begegnet bin. Oder dass ich sie nicht verstanden habe.

Ich denke voller Liebe an meine Mutter und all das, was sie für mich getan hat, auch an das, was sie falsch gemacht hat. Die Sache mit Lolita zum Beispiel.

Ich öffne gerade die blaue Blechdose mit den dänischen Plätzchen, diese Butterkekse mit Hagelzucker obendrauf, die mein Sohn so liebt, als es an der Tür klingelt. Ich bin noch im Bademantel, und meine Haare sind feucht. Trotzdem mache ich auf, ich frage nicht einmal, wer da ist, denn an einem Tag wie diesem erwarte ich höchstens, dass die Reinigungskraft von Lucente, die im ganzen Haus die Treppen putzt, aus Versehen auf die Klingel gedrückt hat, oder allenfalls noch den Weihnachtsmann.

Doch stattdessen sind es zwei Polizeibeamte in Uniform, die einen Haftbefehl gegen mich haben und mir Worte vorlesen, die ich nicht verstehe. Und im Hof unseres Luxuswohnblocks wartet ein hellblauer Streifenwagen auf uns. Chiara und Alessandro schlafen noch, und Signora De Napoli war bereits in Pantoffeln, Morgenrock und Lockenwicklern im Haar mit Otto, unserem Dackel, draußen. Irgendwie komme ich mir vor wie im Irrenhaus, aber stattdessen bin ich der Einzige, der hier verrückt ist.

Und dann noch Lolita, der schönste Hintern vom ganzen Gymnasium, das hat mir gerade noch gefehlt.

Verdammt, wie könnte ich die Jahre mit ihr je vergessen, bis zu jenem zauberhaften Sommer im Abi-Jahr. Wir waren von morgens bis abends zusammen und ließen unseren Hormonen freien Lauf. Und jetzt sagt sie doch glatt zu mir: »Lolita gibt es hier nicht, ich bin Commissaria Lobosco!« Schön, dann erzähl das mal meinem kleinen Freund da! Eine Frau, der die Körbchengröße 85 C schon aus den Augen springt! Und die Titten da vorn an dir dran, zu wem gehören die wohl, zur Commissaria?

Also wirklich, Lolì, erzähl mir doch nichts!

Ich habe noch ein wenig geschlafen, dann habe ich etwas gegessen. Man hat mich ins Besucherzimmer geholt, meine Frau war am Telefon. Die Kälte am anderen Ende der Leitung macht mir Angst.

»Ciao Stefano, ich wollte dir bloß Bescheid sagen, dass es dem Jungen gut geht. Ich habe ihm selbstverständlich gesagt, dass du auf Geschäftsreise bist. Vielleicht fahre ich mit ihm nach Paris ins Disneyland.« Das sitzt, ich schwanke, als hätte mich jemand auf den Kopf geschlagen. »Wie ins Disneyland? Warum? Und wann?«

Sie fängt an zu zetern, und ich kann sie förmlich vor mir sehen, wie sie sich aufregt und die Haare zurückwirft. »Ja, um ihn abzulenken natürlich, was glaubst du denn, etwa zum Vergnügen? Oder ist es dir lieber, wenn die anderen Kinder ihm erzählen, dass sein Vater im Gefängnis sitzt? Und wie soll ich wissen, wann ich losfahre, schließlich war das nicht geplant. Ich muss erst noch schauen, ob es im Reisebüro noch was gibt, und wenn ja, fahre ich vielleicht auch schon morgen früh. Außerdem kommst du ja bald raus, mach dir keine Sorgen, ich habe schon mit meinem Anwalt gesprochen, und der hat gesagt, es wird sich alles regeln.«

Ich bin völlig betäubt von ihren Worten und der Eiseskälte, die durch den Hörer über mich hereinbricht und mich innerlich erstarren lässt. Ich fühle mich ganz und gar alleingelassen. Mühsam bringe ich ein paar Worte heraus und schaffe es, so zu tun, als wäre nichts, als würde ich nicht gerade sterben. »Wie du willst, Chiara, was soll ich sagen … mach, was du denkst. Ich kann im Augenblick keinen klaren Gedanken fassen. Gib dem Jungen einen Kuss von mir… Ach ja, ich hatte ihm das neue Fahrrad gekauft …«

»Ja, das wurde heute Morgen geliefert, er wollte das gelbe, nicht das grüne. Aber daran hast du nicht gedacht, wie immer, du warst mit den Gedanken wieder wer weiß wo, aber mach dir keine Sorgen, heute Abend stelle ich ihm das unter den Baum. Denk nicht weiter an den Jungen, der ist bei mir gut aufgehoben. Frohe Weihnachten.«

Ich stehe da, völlig benommen, den Hörer in der Hand. Ich fasse es nicht, wie sie da gerade am Telefon mit mir gesprochen hat. Aber meine Frau ist ein einziges Rätsel, und sie liebt mich nicht mehr. Wenn das alles hier vorbei ist, werde ich mich dem stellen müssen. Denn einmal wird dieser Wahnsinn vorbei sein, das muss er, verflucht noch mal, und nur dieser Gedanke hält mich davon ab, mir das Telefonkabel um den Hals zu schlingen.

Während ich vom Gefängniswärter zur Zelle zurückgebracht werde, wird mir klar, dass meine Frau mich mit Sicherheit für schuldig hält.

Ich fahre mir übers Gesicht, mir platzt gleich der Schädel. Ich bitte um Aspirin, und man bringt mich auf die Krankenstation. Der Pfleger ist freundlich, er macht keine Schwierigkeiten, schließlich habe ich ihm gesagt, dass ich Arzt bin, und gibt mir eine Spritze.

Als ich in die Zelle zurückkomme, finde ich einen kleinen Elektroofen neben meinem Bett, ich lege mich hin, und ganz allmählich beginnt das Schmerzmittel zu wirken.

Ich bin ein wenig beruhigt, denke an den Jungen, wo er jetzt wohl ist, getrennt von seinem Papa, der heute Abend nicht nach Hause kommen wird. Danach geht es mir allerdings noch schlechter, denn ich wünsche mir nichts sehnlicher, als ihn jetzt ganz fest zu umarmen, und dann denke ich an Lolita, denn ich weiß, dass wenigstens sie mir helfen wird.

Lolita ist tüchtig, sie war das erste Schöne in meinem Leben, und auf der Schule hatten wir uns richtig gern. Aber dann hat sich meine Mutter eingemischt, weil ihr unsere Verbindung nicht passte, und es war aus zwischen uns. Aber sie war wirklich ein heißer Feger, und Titten hatte die … Mein Gott, war sie schön, ich erinnere mich noch, dass sie immer Orangen aß und am ganzen Körper danach duftete, nach Orangen und Vanille. Lolita, wie kommt jemand wie du nur darauf, zur Polizei zu gehen?

Ganz gegen meinen Willen bekomme ich eine Erektion, das ist unbequem, die Hose wird zu eng, aber es ist befreiend, und zumindest lenkt es mich ab. Ich berühre mich in der Dunkelheit und lasse mich gehen. Ich träume davon, Lolita hier neben mir zu haben, auf der harten Liege in meiner Zelle, und sie zu berühren, sie an mich zu pressen, in sie einzudringen.

Lulù Lola Lolì Lolita .... Ahhhh ...

Aber dann denke ich: Ist das eigentlich erlaubt, mit einer Commissaria? Und ist das in meiner Situation schon ein weiteres Vergehen oder nur ein strafverschärfender Umstand? Egal!

Donnerstag, der 24. Dezember. Nachmittags

ANGELA

Es ist kurz nach fünf, und Angela Capua, das Opfer, war für Punkt 17.00 Uhr einbestellt. Das regt mich gleich ein bisschen auf, und deshalb esse ich eine Orange. Forte sitzt in meinem Büro am Schreibtisch neben meinem. Sein Computer ist eingeschaltet, und er wird gleich mit dem Eingeben des Verhörs fertig sein, das ich heute Morgen aufgezeichnet habe. Er kichert vor sich hin und muss unbedingt witzig werden.

»Sag mir mal eins, Lolì, dieser Teil, wo ihr euch duzt, sagen wir mal der vertraulichere Teil, soll ich das mit reinnehmen, oder lass ich das besser raus?«

Ich verdrehe die Augen zum Himmel, oder besser gesagt zum Foto des Staatspräsidenten, das gegenüber von meinem Schreibtisch hängt, und versuche, ruhig zu bleiben. »Spinnst du! Was glaubst du wohl?!«

»Schon gut, ich lass es ja schon raus. Aber ich möchte dich darauf hinweisen, Lolì, dass für mich etwas auslassen und lügen auf ein und dasselbe herauskommt. Ach, apropos, weißt du eigentlich, dass ich ihn nicht einmal wiedererkannt habe? Also jetzt, wo ich darüber nachdenke und wenn man ihn genauer anschaut, schon. Oh ja, wir werden alle nicht jünger.«

»Du bist wirklich ein Idiot, Antò. Das ist doch nur

der pure Neid. Mein Stefanuccio sah früher umwerfend aus, und das tut er heute noch!« Genau in dem Moment klopft Esposito an der Tür und fragt ganz aufgeregt, ob er »die Signorina Angela Capua« hereinführen darf.

Ich muss wieder daran denken, was Stefano über sie gesagt hat, und mein Magen zieht sich noch mehr zusammen. Was die Sache für sie nicht besser macht.

»Espò, was schaust du denn so glasig wie ein Stockfisch? Was hat diese dumme Kuh nur an sich? Jetzt lass sie schon rein!«, sage ich so grob wie eine Käsereibe, während Forte klammheimlich vor sich hin grinst wie einer, der meint, alles begriffen zu haben und in Wirklichkeit aber rein gar nichts kapiert.

Die Tussi wirkt ziemlich nervös, ja richtiggehend unsicher auf ihren zehn, wenn nicht gar zwölf Zentimeter hohen Absätzen, die beim Laufen laut auf dem Boden klappern. Ich lasse sie sich erst mal gut fünf Minuten die Füße in den Bauch stehen und schaue sie mir inzwischen genau an. So ein Check von Frau zu Frau, der nichts mit einem Verhör im eigentlichen Sinn zu tun hat, sondern in dem vielmehr festgelegt wird, wer du bist und wer sie ist und wie es nur sein kann, dass Männer so blöd sind und auf eine wie die hereinfallen. Denn diese ganze, sagen wir mal, Schönheit kann ich nicht an ihr entdecken, ich sehe bloß eine aufgetakelte Schlampe, eine von der vulgären, beinahe ein wenig groben Sorte, fast schon Typ Bauerntrampel. Schwarze Haare bis zum Hintern, rote Lippen, so prall wie ein öltriefender Krapfen und darauf ein Lippenstift, der besser zu einem Abend auf der Uferpromenade vor einem

Leuchtturm passt. Wir zwei haben uns verstanden, alles klar. Und dazu trägt sie natürlich einen Wonderbra, der sich gewaschen hat, mindestens zwei Nummern zu klein, einen Minirock aus Leder und eine Jeansjacke, nur gut, dass heute so um die achtzehn Grad sind.

Nachdem ich sie ein paar Mal von oben bis unten gemustert habe, klingt meine Stimme so kalt wie ein Eiskaffee Frappé, als ich sie anspreche. »Setzen Sie sich bitte, nennen Sie bitte Ihre Personalien, und weisen Sie sich aus.«

»Schon wieder? Aber das habe ich doch schon draußen bei Ihrem Kollegen getan!«

»Draußen haben Sie Ihren Ausweis wahrscheinlich dem diensthabenden Beamten gezeigt. Jetzt weisen Sie sich noch einmal bei mir aus, ich bin hier die Commissaria.« Dabei betone ich diensthabender Beamter und Commissaria, nur damit sie auch wirklich kapiert.

Wie auch immer, blöd ist die Capua nicht, sie versteht den Wink mit dem Zaunpfahl, öffnet schnell ihre Handtasche und zieht gehorsam ihren Führerschein hervor. Dabei kaut sie allerdings geräuschvoll auf einem Kaugummi herum und schaut sich suchend um.

Während ich länger als notwendig vorgebe, ihre Papiere zu überprüfen, schrillt ihr Handy. Muss ich noch groß erwähnen, dass der Klingelton weihnachtlich ist und das Handy *Jingle Bells* in einer Rockversion von sich gibt? Ich bemühe mich, nicht zu Forte hinüberzusehen, um keinen unpassenden Heiterkeitsausbruch zu provozieren, und versuche inzwischen, sie mit Blicken ein wenig nervös zu machen, schließlich kann ich sie nicht einfach ohrfeigen, was ich liebend gern möchte. Denn mich becirct diese blöde Schlampe nicht.

»Ich muss Sie höflichst bitten, das Mobiltelefon auszuschalten, und wenn Sie so freundlich wären, aber das ist natürlich nur ein Vorschlag, den Kaugummi auszuspucken, damit wir uns besser verstehen können.« Mit diesen Worten schiebe ich ihr den Aschenbecher hin. »Wie Sie wünschen«, meint sie nur, aber man sieht, dass sie ein bisschen angesäuert ist. Sie hat blitzschnell kapiert, dass es diese ganze so genannte weibliche Solidarität manchmal nicht gibt und Chancengleichheit zuweilen auch nach hinten losgehen kann, denn wenn ihr jetzt ein Commissario männlichen Geschlechts gegenübersäße, vielleicht noch dieser gutaussehende aus dem Fernsehen, würde sie sich deutlich wohler fühlen. Und selbstverständlich wesentlich besser verstanden. Aber da ist unsere Schönheit fünf Wochen zu spät gekommen, ach, das tut mir jetzt aber leid!

»Also, Signora Capua, schildern Sie mir so detailliert wie möglich Ihre Version der Ereignisse.«

»Ach, ich soll sofort anfangen? Also, wollen Sie mir keine Fragen stellen?«

»Hätten Sie es lieber, wenn ich Sie befrage? Wie Sie möchten.« Ich schaue zu Forte hinüber, also die ist wirklich blöd, gebe ich ihm wortlos zu verstehen.

Angela Capua gerät allerdings durcheinander, sie wechselt den Tonfall und kommt gleich zur Sache. »Ich weiß es nicht, Dottoressa, ich weiß bloß, dass ich nichts getan habe und dass Stefano … dass er mich …

vergewaltigt hat«, und dann bricht sie in Tränen aus. Die auch noch! Wie in einem schlechten Film. Heute Nachmittag bin ich noch gereizter als heute Morgen und habe keine Lust, irgendjemanden zu trösten, ganz bestimmt nicht diese Frau, bei der man schon von weitem riecht, dass alles nur Theater ist. Trotzdem muss ich so tun, als glaube ich ihr, und daher setze ich meinen Gesichtsausdruck für »Mitgefühl« auf. »Also, wir machen es am besten so, ich gebe Ihnen jetzt, sagen wir mal, fünf Minuten Zeit, um sich zu beruhigen, und erledige inzwischen einen Anruf. In Ordnung?« Sie nickt gehorsam wie ein Esel. »Forte, begleite doch bitte die Signora nach draußen.«

Der Einspruch erfolgt prompt und ungefragt. »Signorina bitte«, stellt die Capua diesmal richtig, tödlich beleidigt und würdevoll wie eine Königin.

Nach außen hin vollkommen ungerührt, denn innerlich bin ich so aufgeheizt wie der Ofen der Metzgerei um die Ecke, wo man Gegrilltes mitnehmen kann, entgegne ich: »Schauen Sie, vielleicht sind Sie ja nicht auf dem Laufenden, aber vor dem Gesetz ist hier in Italien jede Frau eine Signora.« Und wie wir alle wissen, schützt Unwissenheit vor Strafe nicht. Autsch! Aber Letzteres verkneife ich mir. Und denke ein zweites Mal, dass ich sie am liebsten ohrfeigen würde.

Jetzt ist die Capua draußen und da ich etwas Zeit totschlagen muss, ziehe ich eine Schublade auf, schäle noch eine Orange und schaue auf mein Handy. Fünf SMS.

Meine Schwester Carmela. *Warum kommst du morgen nicht zu uns zum Essen?*

Meine Freundin Marietta. *Meine Liebe, schaust du um Mitternacht noch bei uns vorbei? Ach komm schon!*

Zwei Standard-SMS mit Weihnachtsgrüßen von irgendwelchen Kollegen, die frei haben. Beide absolut identisch. So was Verrücktes, jetzt werden schon Kurznachrichten wiederverwertet, das muss wohl an der Wirtschaftskrise liegen. *Frohe Weihnachten voller Glück und schöner Momente. Ich wünsche dir ein wunderbares, großartiges 2010, das dir alles geben soll, was du dir wünschst.*

Na ja, gut gemeint sind sie, hoffe ich zumindest.

Mein Schwager Tonio. *Ich habe heute Nacht Dienst. Ruf mich an, wenn du kannst.*

Während ich das Handy in die Schublade zurücklege, denke ich darüber nach, warum ich nicht einmal aus Versehen eine Nachricht von einem Verehrer bekomme. Ich darf auf keinen Fall vergessen, mein Horoskop des hochgeschätzten Astrologen Paolo Fox fürs neue Jahr zu lesen, man kann ja nie wissen.

Ich schiebe mir noch eine kandierte Orange in den Mund, esse sie langsam und bedächtig, aber ein etwas schlechtes Gewissen habe ich trotzdem. Dann schaue ich auf die Uhr. Die fünf Minuten sind um, und ich kann unsere Angelina Jolie für Arme wieder hereinbitten.

Die Signorina, wie sie gern genannt werden will, kommt hüftwackelnd hereingestöckelt, ihre Frisur ist ein wenig durcheinandergeraten, und der Ausschnitt sitzt schief. Inzwischen ist auch ihre Wimperntusche verlaufen, und das macht sie mir schon fast ein wenig sympathisch, denn zumindest ist sie nicht so ausgebufft, um wasserfeste Produkte zu kennen. Dadurch kann sie wieder ein paar Punkte bei mir wettmachen.

Sie setzt sich vor mich, und dabei kommt ihr ein leiser Seufzer über die Lippen, aber der ist genauso echt wie der falsche Hase meiner Oma.

»Also, jetzt regen Sie sich doch nicht so auf. Keine Sorge, Angela. Wir sind hier, um Ihnen zuzuhören, um Sie zu beschützen und Ihnen so gut wie möglich zu helfen.«

»Vielen Dank, Commisà«, lächelt sie und entspannt sich ein wenig. Sie hat ein perfektes Gebiss, na ja logisch, wo sie doch bei einem Zahnarzt arbeitet. Aber dann muss ich wieder an Stefano denken, der ihretwegen Weihnachten in einer Zelle verbringen muss, und in mir fängt es wieder an zu brodeln.

Ich frage sie Dinge, die ich schon weiß, beispielsweise, wie lange sie schon bei den Morellis und seit wann in seiner Praxis arbeitet. Nur um mir ein besseres Bild von ihr machen zu können.

Alle ihre Angaben stimmen mit denen von Stefano überein. Die Schlüssel, der Alarm, die Freundschaft mit Signora Morelli, das Nachhausebringen am Abend, die Hochzeit im August und wie niedlich doch der Junge ist.

Angela Capua redet jetzt ohne zu stocken, sie fasst allmählich Zutrauen. Das ist der geeignete Moment, um auf ein anderes Thema zu kommen. Ich räuspere mich, stütze die Ellenbogen auf der Schreibtischplatte und mein Kinn auf die Hände. Ich komme mir ziemlich ausgebufft vor. »Also, Angela, erzählen Sie mir doch ein wenig über das Verhältnis zu Ihrem Arbeitgeber und wie es möglich ist, dass es auf einmal, wo es doch, wie von beiden Seiten bezeugt, so gut war, in sexueller Gewalt enden konnte, wie Sie selbst in Ihrer Anzeige angeben. Das ist doch korrekt, oder?«

»Ja, das stimmt.« Sie seufzt, während Esposito und Forte sie gebannt anstarren, als säße da die Heilige Jungfrau Maria vor ihnen.

»Ich weiß es nicht, Dottoressa, das kann ich Ihnen wirklich nicht sagen. Ich kenne Stefano schon lange, ich habe einen größeren Bruder, er heißt Rodolfo, die beiden waren Studienkollegen. Manchmal haben sie bei uns zu Hause gemeinsam gelernt, da war ich noch ein kleines Mädchen, aber ich erinnere mich gut daran, dass meine Mutter, wenn sie fertig waren, für alle belegte Brötchen mit Tomaten, Öl und Oregano machte.«

»Hmm, lassen wir jetzt mal die Kindheit beiseite. Und dann, was ist dann passiert?«

»Eine Zeitlang haben mein Bruder und Stefano zusammengearbeitet, dann haben sie sich aus irgendeinem Grund gestritten und ihre berufliche Partnerschaft aufgelöst, aber da passte ich schon auf den Kleinen auf.«

Na also, das ist doch mal eine Neuigkeit. Ein Streit mit dem Bruder der Klageführenden könnte sich als erschwerender Umstand für Stefano Benedetto erweisen, oder wie zum Henker er mit zweitem Vornamen heißt. So gesehen könnte er die Capua vergewaltigt haben, um sich an seinem Freund zu rächen.

»Habe ich das richtig verstanden, Ihr Bruder ist ebenfalls Zahnarzt? Wo arbeitet er denn jetzt, hat er auch eine eigene Praxis?«

Die Signorina senkt den Kopf, auf ihrer Stirn glänzt der Schweiß, und sie antwortet höchst ungern. »Nein, na ja, er hat keine feste Stelle. Mal hier, mal da …«

Sie hält sich bedeckt, und ich stelle fest, dass sie dieses Thema wohl nicht weiter vertiefen möchte. Ich mache mir eine Notiz und nehme mir vor, darüber noch einmal mit Stefano zu reden, einstweilen schaue ich zu Forte hinüber, der alles in den Computer tippt, und ich bemerke, dass er das Kinn vorschiebt. Also, das ist ein sicheres Anzeichen, ein echter Lackmustest, denn ich kenne ihn schon ziemlich gut und kann sehen, dass mein Assistent ebenfalls wittert, dass an dieser Angelegenheit etwas stinkt.

»Also, Signorina, rekapitulieren wir noch einmal. Wenn ich es richtig verstanden habe, arbeiten Sie seit ungefähr zwei Jahren als Zahnarzthelferin. Ist das korrekt?«

»Ja, das stimmt. Als Alessandro in den Kindergarten kam, tat es Chiara leid, dass sie keine Arbeit mehr für mich hatte. Wissen Sie, wir verbrachten den ganzen Tag gemeinsam, wir gingen im Park spazieren, kauften zusammen ein, und oft kam ich auch in die Ferien mit. Der Kleine hing sehr an mir und ich an ihm. Auch jetzt passe ich manchmal auf ihn auf, oder besser gesagt, ich habe auf ihn aufgepasst, wenn die Eltern beide am Abend etwas vorhatten. Chiara befürchtete, wenn ich bei einer anderen Familie eine Stelle finden würde, hätte ich abends keine Zeit mehr für so etwas, und daher kam sie auf die Idee, ich könnte ja in der Praxis arbeiten.«

»Also mag Chiara Sie sehr.«

Die Capua regt sich auf. »Sehr sogar, sie ist wie eine Schwester für mich.«

Wie eine Schwester? Heilige Madonna! Wenn sie das nicht wäre, was würdest du dann wohl machen?

Ich überlege und achte genau darauf, dass man mir nicht ansieht, was mir gerade durch den Kopf geht, tue so, als ob ich das Protokoll überfliege, und setze dann aus heiterem Himmel zum Todesstoß an. »Also, gemäß der Aussage von Dottor Morelli haben Sie regelmäßig oral Kontakt mit ihm. Was haben Sie diesbezüglich vorzubringen?«

Und ich muss schon sagen, dass ich nach so einer Frage auf alles Mögliche gefasst bin, von einem Ohnmachtsanfall bis hin zur Messerattacke, von denen wir hier auf dem Kommissariat schon einige erlebt haben, doch das, was die Capua jetzt bringt, liegt jenseits aller Vorstellungskraft, das ist so absurd, dass es jegliche Erwartung übertrifft.

»Was denn, meinen Sie etwa die Zahnsteinbehandlung?«, meint sie und schaut mich unschuldig wie ein Lämmchen an.

Ich bin sprachlos, und hier gibt es nur zwei Möglichkeiten: Entweder ist sie verrückt oder aber teuflisch gerissen. Und ich schwöre, ich kann mich gerade nicht entscheiden. Also sehe ich zu Forte hinüber, um mich an ihm zu orientieren, doch der starrt vorgeblich höchst konzentriert auf seinen Monitor, aber letztendlich verraten ihn seine feuerroten Ohren. Daraufhin wende ich mich Esposito zu, der sorgfältig meinem Blick ausweicht und nach oben zur Lampe starrt. Dann richte ich meine Augen wieder auf sie, die ihre Augen immer noch unschuldig aufgerissen hat und dazu mit den Wimpern klimpert wie eins von diesen süßen Mädchen aus einem japanischen Zeichentrickfilm.

Jetzt neige ich doch mehr zu letzterer Annahme, aber es ist mir doch ein wenig peinlich, die Frage noch einmal präziser zu stellen.

Wie sag ich's meinem Kinde?

»Nun, schauen wir mal, dann formuliere ich die Frage anders: Hatten Sie mit Ihrem Arbeitgeber eine intime Beziehung ohne echten Verkehr?«

Jetzt geht ein Ruck durch die Klageführende wie bei einer Sprinterin beim Start, und sie streckt empört die Brust raus. Mehrfach wirft sie ihre Mähne hin und her. »Machen Sie Witze, Commissaria? Ich bin seit drei Jahren verlobt, und Ciro ist sehr eifersüchtig.« Danach möchte sie rein vorsorglich klarstellen, dass Ciro, ihr Verlobter, Jura studiert, in seiner Freizeit Amateurboxer ist und im Moment draußen auf sie wartet.

Alle Achtung, füge ich hinzu. Und bleibe trotzdem am Ball.

»Also, damit wir uns richtig verstehen, Signorina. Fassen wir es noch einmal zusammen. Also vor dem besagten Ereignis hat der Doktor sich Ihnen niemals direkt genähert oder Ihnen vielleicht, sagen wir mal, eine etwas zweideutige Frage gestellt?«

»Nein, niemals, Stefano ist immer sehr korrekt gewesen, sehr höflich. Ein echter Gentleman. Denn sehen Sie, Commissaria, andernfalls hätte ich sofort gekündigt, sofort.«

Darunter tut sie's nicht. Für wen hält die sich eigentlich? Für die heilige Maria Goretti? Allerdings kann ich keinen Heiligenschein erkennen. Zumindest nicht über dem Kopf, der Rest ist ja, Gott und der durchsichtigen Klamotten, die sie am Leib trägt, sei's gedankt, auch ziemlich deutlich zu sehen.

Ich versuche, auf sie einzugehen. »Also eine spontane Tat. Und wie erklären Sie sich das?« »Ich weiß es nicht, er ist auf einmal völlig durchgedreht. Er hat mich gerade nach Hause gebracht, als er plötzlich an den Straßenrand fuhr und gesagt hat, dass ihm übel ist. Ich bekam es mit der Angst und habe ein Seitenfenster aufgemacht, dann hat er die Lehne nach hinten geklappt und während ich seinen Puls gefühlt habe, um zu sehen, wie es ihm ging … hat er … ich habe gar nichts begriffen … er hat mich an den Haaren gepackt, mir die Bluse zerrissen und dann … Wie soll ich Ihnen das sagen, Dottorè, also er hat mich vergewaltigt!«

»Oh mein Gott, wie schrecklich«, sage ich ganz verständnisvoll zu ihr, um meine Solidarität zu bekunden, und schiebe ihr ein Päckchen Papiertaschentücher rüber, damit sie sich die Tränen trocknen kann. Aber dieser Augenblick ist schnell vorüber. »Verzeihen Sie mir, dass ich Ihnen diese brutale Frage stelle, aber ich bin leider dazu gezwungen. Wie lange hat es gedauert?«

»Keine Ahnung, nicht allzu lange, glaube ich, vielleicht ein paar Minuten. Wissen Sie, ich war …«

»… Sie waren völlig durcheinander, nehme ich an.«

Und Angela ist so in ihre Rolle vertieft, dass sie die Ironie in meiner Stimme nicht mitbekommt.

»Ja, ja, ganz genau.«

Und dabei überlege ich, also wenn ihr ein paar Minuten kurz vorkommen, wer weiß, was sie von ihrem Muskelprotz gewohnt ist und wer weiß, ob sie jemals Reportagen und Statistiken über die sexuelle Leistungskraft des Durchschnittsitalieners gelesen hat.

»Und erklären Sie mir, Signorina, kam es zu einem vollständigen Verkehr?«

»Ja, voll und ganz.«

Auch das noch. An dieser Stelle erinnere ich mich an Morellis Aussagen und möchte noch mal nachhaken. Allerdings bin ich mir sicher, dass ich die Antworten schon kenne.

»Jetzt muss ich Ihnen leider zwei Fragen stellen, Signorina, und verzeihen Sie mir, wenn sie etwas delikat sind. War das Ihr erster Geschlechtsverkehr? Und sind Sie sicher, dass Sie noch Jungfrau waren, als Morelli Ihnen Gewalt angetan hat?«

Und hier zieht die Capua eiskalt ihren Joker aus dem Ärmel. »Nein, ehrlich gesagt nein. Auf alle beiden Fragen.«

Oh verdammt, schießt es mir durch den Kopf, das ist jetzt was Neues, wo Stefano doch behauptet, dass sie noch Jungfrau ist. Wer von den beiden hat denn nun Recht? Diese heilige Maria Goretti oder er? Und warum sollte die Capua ihm das einreden wollen?

»Also, dann wollen wir mal sehen, Signorina Capua, ich möchte das gern verstehen. Aus Ihrer Aussage geht hervor, dass Sie die Anzeige wegen Vergewaltigung einige Tage nach dem Vorfall gestellt haben. Warum haben Sie denn die Tat nicht sofort angezeigt oder zumindest bei irgendjemandem Rat gesucht, vielleicht bei einer Freundin, Ihrem Verlobten oder in der Beratungsstelle?«

»Dottorè, was soll ich Ihnen sagen, am Anfang habe ich darüber nachgedacht, aber dann habe ich mich so geschämt, vor allem habe ich mich davor gefürchtet, wie Ciro reagieren würde, der, wie gesagt, ein richtig harter Boxer ist. Doch ein paar Tage später habe ich alles gebeichtet und beschlossen, dass ich Stefano anzeigen muss.«

»Also hat die Beichte Ihnen die Kraft dazu gegeben, wenn ich das richtig verstehe …«

»Ja, so war es, oder nein, doch nicht ganz. Eigentlich war es Pater Georg.«

Pater Georg? Oh heiliger Jesus Christus, wie soll man dabei nicht an den Heiligen Vater denken? Wieder muss ich mich dazu zwingen, nicht zu Forte hinüberzuschauen. Ich starre auf einen Punkt in der Mauer vor mir, genau unterhalb des Kruzifixes, wo der Verputz wegen der Feuchtigkeit ein wenig abblättert, und spreche in der Zwischenzeit weiter: »Also Pater Georg sagen Sie. Gehen Sie immer zu ihm zur Beichte? Und in welcher Kirche wirkt er? Sagt man das so? Ach, was soll's!«

»Ja, das sagt man schon so. Pater Georg ist ein brasilianischer Priester, der in meiner Gemeinde, in Sant'Antonio, tätig ist. Ich folge schon seit einigen Monaten unter seiner spirituellen Leitung dem Weg des Glaubens. Wissen Sie, wie ich schon gesagt habe, möchte ich bald heiraten. Und er ist wirklich ein wunderbarer Geistlicher.«

»Das ist er ganz bestimmt.« Und ich habe wirklich keine Zweifel. Ich bin zwar nicht gläubig, mein kindlicher Glaube ist vor dreißig Jahren mit dem Blut meines Vaters und mit dem Leid meiner Mutter auf dem Straßenpflaster zurückgeblieben, aber ich habe großen Respekt vor den religiösen Überzeugungen anderer Menschen und bin immer wieder fasziniert davon.

Manchmal, wenn ich ganz für mich sein will, setze ich mich in eine Kirche im Zentrum. Ich liebe diese Stille, diese in sich ruhende Atmosphäre, den Geruch aus Weihrauch und brennenden Kerzen, und dass es vor dem Altar immer irgendwelche, ewig schwarz gekleideten alten Weiblein gibt, die ein Gebet murmeln. Und ich weiß nicht wie, aber wenn ich Kopfschmerzen habe, verschwinden die danach. Und so denke ich, während ich Angela von ihrem Glauben erzählen höre, und sehe, wie sie dabei von innen zu strahlen beginnt, dass nur ich diejenige bin, die etwas verloren hat. Einen Moment lang hänge ich meinen Gedanken nach, aber dann fahre ich mit dem Verhör fort.

»Glauben Sie, dass es möglich ist, mit Pater Georg über diese sehr delikate Angelegenheit zu sprechen?«

Sofort geht die Capua in die Defensive und stammelt ein »Nun ja. Sehen Sie. Ich weiß nicht.« Schließlich fühlt sie sich in die Enge gedrängt und meint abschließend vage: »Ich denke schon«, allerdings nicht ohne den warnenden Hinweis: »Sie müssen dabei auch das Beichtgeheimnis berücksichtigen.«

Und die fromme Christin beweist, dass sie nicht nur gläubig, sondern auch gut informiert ist. Ich will mich ihr nicht geschlagen geben, auch wenn wir für heute am Ende der Partie angelangt sind, und obwohl ich mich im Kirchengesetz und den vertrackten Ausnahmen vom Beichtgeheimnis nicht auskenne, behaupte ich mit dem Brustton der Überzeugung: »Wir haben es mit einem äußerst schwerwiegenden Delikt zu tun, und jemand könnte für einige Jahre hinter Gitter wandern, vielleicht möchte Pater Ralph ja mit uns zusammenarbeiten.«

Forte hört einen Moment mit dem Tippen auf und sieht amüsiert über meinen Versprecher zu mir herüber. Ich starre zurück, ja ich weiß, ich war in Gedanken bei den *Dornenvögeln*.

»Hmm, das kann ich nicht wissen, das müssen Sie ihn selbst fragen«, antwortet unser kleiner Engel ganz pikiert, und man kann ihr ansehen, dass sie ein wenig nervös wird. Und man kann meilenweit gegen den Wind riechen, dass ihr unser Eindringen in ihre spirituelle

Beziehung zu Pater Georg überhaupt nicht passt. Das könnte auch ein Motiv sein, überlege ich, ich bin nun mal von Berufs wegen misstrauisch. Wer weiß, vielleicht bekommt der brasilianische Gottesmann ja auch ab und an eine Oral-Behandlung, muss ich boshafterweise denken. Ja ja, gut, ich entschuldige mich dafür.

Zwei Minuten später räuspert sich Forte, und das ist ein klares, endgültiges Zeichen, endlich Schluss zu machen. Ich sehe auf die Uhr, es ist 20.00 Uhr am 24. Dezember. In genau vier Stunden wird das liebe Jesuskind geboren. Mein Assistent hat ja Recht, ich muss mich wirklich beeilen. Um die Signorina zu beruhigen, lasse ich das Thema vorerst beiseite und gehe zu etwas anderem über. »Möchten Sie über Ihre Beziehung zu der Signora Chiara sprechen und wie diese sich nach Ihrer Anzeige verändert hat? Haben Sie mit ihr gesprochen? Und wenn ja, wann, davor oder danach?« Ich habe allerdings den Eindruck, dass sie diese Frage, die in Wahrheit ganz einfach zu beantworten ist, etwas überrascht, und tatsächlich überlegt sie eine ganze Weile, ehe sie antwortet: »Nein, wir haben darüber überhaupt nicht geredet, das war mir einfach zu widerlich, und daher habe ich ihr nichts gesagt. Als ich dagegen heute beschlossen habe, ihr davon zu erzählen, habe ich versucht, sie anzurufen, aber ihr Telefon war immer ausgeschaltet. Allerdings war das vielleicht auch ganz gut so, denn ich hätte ganz sicher nicht gewusst, was ich ihr sagen sollte.« Das scheint sie sehr zu betrüben, wenigstens wirkt es so, und Forte und ich, die wir uns schon unseren Teil denken, schauen uns verblüfft an, Mann, die ist aber wirklich eine tolle Schauspielerin!

Esposito dagegen, der ein wenig begriffsstutzig ist, starrt immer noch die Lampe an.

»Gut, für den Moment sollte das genügen. Soweit es mich betrifft, werden wir die abgegebenen Erklärungen überprüfen und die anderen betroffenen Parteien anhören, aber Ihnen möchte ich eins raten: Versuchen Sie, zur Ruhe zu kommen, und ein frohes und friedliches Weihnachtsfest zu verbringen.«

Die Capua macht allerdings keine Anstalten zu gehen, es ist klar, dass sie der Sache nicht traut und hin- und hergerissen ist zwischen den guten Wünschen, die ich ihr gerade ausgesprochen habe, und dem Hinweis auf die weiteren Ermittlungen, die wir noch anstellen werden, und mit sehr unsicherer Stimme erwidert sie die guten Wünsche. »Was soll ich sagen, ich bedanke mich bei Ihnen, frohe Weihnachten auch für Sie und Ihre Familie. Allerdings habe ich noch nicht so ganz verstanden, was es da noch zu überprüfen gibt. Oder wie das gehen soll, wenn niemand im Auto war außer ihm und mir.«

Zum zweiten Mal innerhalb weniger Minuten wird mir klar, dass sie nicht so naiv ist, wie sie tut, und außerdem scheint sie bestens informiert, wie so ein Fall abläuft. Vielleicht, weil ihr Verlobter Jura studiert? Wie auch immer, das werden wir ebenfalls überprüfen. Und ich zwinkere meinem Assistenten zu. Dann entlasse ich sie allerdings so schnell wie möglich, denn ich ertrage sie keine Minute länger.

»Das ist nur Routine, keine Sorge, die Ermittlungen werden nach einem sehr präzisen Verfahren durchgeführt, vertrauen Sie uns. Esposito, begleite die Signora nach draußen. Guten Abend und alles Gute.«

»Alles Gute. Guten Abend.«

»Ach, entschuldigen Sie, Angela, eine letzte Sache noch, reine Neugierde. Soweit wir wissen, sollte Morellis Frau Ihre Trauzeugin sein. Bestätigen Sie das?«

»Aber sicher, Chiara und mein Bruder Dudù. Also Rodolfo.«

»Das ist alles, vielen Dank. Sie können jetzt gehen.«

Ich beobachte, wie sich die Tür hinter Antonio schließt und schaue noch einmal auf meine Uhr. Jetzt muss ich aber wirklich los, es ist kurz vor halb neun. Ich schaue durch das offene Fenster auf die Straße, draußen lässt der Verkehr langsam nach, und es sind kaum noch Passanten unterwegs, nur Angela und ihr Boxer, die Arm in Arm weggehen. Das Kommissariat leert sich, alle haben es eilig, nach Hause zu kommen, sogar Forte, der mich eingeladen hat, mit zu seiner Schwiegermutter zu kommen, doch ich ziehe es vor, zu meiner Mutter zu gehen. Wie sagte schon meine Großmutter, Weihnachten mit der Familie und Ostern mit wem du magst. Und meine Schwester Carmela mit den Jungs wird auch da sein, ebenso meine Kusine Dolores nebst Gatten, dann Norina, Tante Chechella, Onkel Nicola und vor allem frittierte Krapfen und rote Beete und rohe Venusmuscheln. Ich habe meinem Assistenten eins von meinen

Desserts mitgebracht, eine *crostata all'arancia*, damit er zufrieden ist. Doch er weiß noch nichts von seinem Glück.

Es ist schon Viertel vor eins, als ich es endlich zurück in meine Wohnung schaffe. Ich bin immer noch völlig fertig von neun Runden Bingo, Siebzehn null vier und einem golfkriegsähnlichen Knallfroschgeballere, das meine Neffen mit den Nachbarskindern von gegenüber angezettelt haben. Die Straßen sind menschenleer, aber hinter den erleuchteten Fenstern ertönt fröhliches Kindergeschrei und der eine oder andere spontane Ausruf. Gewonnen! Siebzehn null vier! Nun, warum auch nicht. Der Durchschnittsitaliener liebt nun mal das Glücksspiel, zumindest an Weihnachten.

Ich bin schon mit einem Fuß in der Badewanne, die Zitrusfruchträucherstäbchen brennen schon, als – wirklich perfektes Timing, grr – mein Handy klingelt. Ich hüpfe auf dem trockenen Fuß herum, damit so wenig Wasser wie möglich auf das gebleichte Eichenparkett tropft, das hat mich immerhin ein Vermögen gekostet.

»Hallo?«

»Hallo, Commissà, hier spricht Esposito, meine tiefempfundenen und aufrichtigen Weihnachtswünsche, auch von meiner Frau Caterina und der ganzen Familie.«

»Danke, Esposito, wie nett, dass du an mich gedacht hast.« Und dabei suche ich nach Holz, auf das ich klopfen kann, weil sich seine Glückwünsche wie Beileidsbekundungen anhören. »Das gebe ich gerne an dich und deine herzensgute Frau zurück«, die ich kaum kenne, und ich wollte gerade mit einem »Zu dieser Uhrzeit ruft man allerdings niemanden an« schließen, als mir ein Gedanke durch den Kopf schießt. »Ach, hör mal, Esposito, was meinst du, wollen wir morgen Punkt neun Morellis Ehefrau einbestellen?«

Esposito zögert. Ich kann förmlich sehen, wie er am anderen Ende der Leitung Luft ablässt. Er weiß, dass das eigentlich keine Frage ist, und bereut es bereits bitterlich, bei mir angerufen zu haben, und bringt daher einen Vorwand nach dem anderen hervor: »Um neun, Commissaria? Am ersten Weihnachtstag? Und wann wollen wir die gute Frau darüber informieren?«

»Was weiß denn ich, Esposito, das ist schließlich nicht mein Problem, hier muss jeder seinen Job machen, oder? Wie auch immer, hat die gute Frau, wie du sie nennst, nicht einen Ehemann im Gefängnis?«

»Ja sicher.«

»Also? Warum machst du dir dann Sorgen? Na dann, frohe Weihnachten, Espò, wir sehen uns morgen.«

Esposito ist ein Gentleman und bringt es nicht fertig, nein zu sagen, obwohl morgen sein freier Tag ist. Aber als er antwortet, klingt es, als hätte sein letztes Stündlein geschlagen. »Wie Sie wünschen, Commissà. Dann Gute Nacht.«

Dann beendet er die Verbindung ziemlich kleinlaut, und jetzt braucht sicher er etwas, worauf er klopfen kann.

Ich binde mir mit einem Gummi die Haare zu einem Pferdeschwanz zusammen und gleite dann in meine Belle-Epoque-Badewanne voll milchigem Schaum und Seifenblasen, die nach Orangen und Nelken duften.

Hmmm, endlich bekomme ich meine Tagesration Zärtlichkeit.

Autsch, Scheiße, ist das heiß! Mamma mia, hol dich doch der Teufel, Espò!

Freitag, der 25. Dezember

CHIARA

Ich werde von dem penetranten Piepton einer ungelesenen SMS geweckt, Zeichen dafür, dass der Speicher meines Handys voll ist. Gestern Abend, als ich zu Bett ging, bin ich wohl so müde gewesen, dass ich vergessen habe, es leiser zu stellen. Mühsam taste ich nach dem Nachttisch, dann sehe ich mit dem gesunden Auge – das andere hat minus drei Dioptrien, aber das weiß niemand, sonst könnte ich meine Stelle vergessen – auf den Wecker. Es ist sieben Uhr, und da ich heute einmal genug Zeit habe, wälze ich mich in meinem leeren Bett hin und her, räkele und strecke mich. Danach richte ich mich auf und lehne mich gegen das gepolsterte Betthaupt. Wie gern würde ich heute Morgen Frühstück ans Bett gebracht bekommen! Was brauche ich schon einen Urlaub auf den Malediven, von dem das ganze Kommissariat träumt. Ich schwöre, damit wäre ich voll und ganz zufrieden. Und inzwischen überlege ich, wie lange ich schon nicht im Urlaub war.

Aber das ist ein Fehler, denn sofort überfallen mich schlimme Erinnerungen, und damit tue ich mir bloß selbst weh. Meine letzte Reise habe ich mit Michele nach Barcelona gemacht, und das war Weihnachten vor drei Jahren.

Übelkeit erfasst meinen Magen, Kälteschauer lassen meinen gesamten Körper erzittern, und ich weiß genau, dass daran nicht die Miesmuscheln von gestern Abend schuld sind. Ich muss endlich aufhören, an meinen Ex-Mann zu denken, weil es mir noch immer nicht gelingt, meinen Frieden mit der Vergangenheit zu machen und zu akzeptieren, dass Michele vor geraumer Zeit mit einer gewissen Mariagrazia abgehauen und ihre gemeinsame Tochter Miriana mittlerweile auch schon drei Jahre alt ist.

Damit das vorübergeht, versuche ich an etwas anderes zu denken. Und da kommt mir Stefano in den Sinn, doch dann fällt mir ein, dass heute der Weihnachtsmorgen ist und er in einer Zelle aufwacht. Ich will mich unverzüglich auf etwas anderes konzentrieren, denn dieser Gedanke ist noch schrecklicher als die vorherigen Erinnerungen, weil ich Stefano aus tiefster Seele geliebt habe, ich war so verrückt nach ihm, wie man nur sein kann, wenn man noch keine achtzehn ist. Aber dann habe ich ihn mir unter vielen Tränen aus dem Kopf schlagen müssen, »weil meine Familie dich leider nicht sehr schätzt. Es heißt, seit deine Mutter Witwe ist, backt sie Brot und verkauft es auf dem Markt, und meine Mutter ist schließlich eine Baronessa und das seit vier Generationen. So ist das eben, Lolì, aber da ich dich trotzdem liebe und es nicht schaffe, von dir loszukommen, werde ich zum Medizinstudium nach Genf geschickt, damit ich dich vergesse.«

Das hat mir Stefano vor seiner Abreise erzählt, und seitdem habe ich ihn nicht mehr gesehen, obwohl seine

Mutter ihn ein Jahr später wieder aus der Verbannung nach Hause geholt hat, denn mit zwanzig sind ein Jahr oder zehn ein und dasselbe, um jemanden zu vergessen. Und das alles, damit er gestern plötzlich flankiert von zwei Polizisten vor meinem Schreibtisch steht.

Ich knipse meine Nachttischlampe an und werfe einen kurzen Blick auf meine Nachrichten.

Zwei Uhr. Tonio: *Wolltest du mich nicht anrufen?*

Drei Uhr siebenundfünfzig. Tonio: *Schläfst du?*

Sechs Uhr. Tonio: *Du verdammte Lügnerin. Ich haue jetzt ab. Na dann, frohe Weihnachten.*

Tonio. Mein Gott, wie konnte ich den nur vergessen? Was sag ich dem jetzt bloß, der ist doch immer gleich so empfindlich!? Ich knabbere mir die Nagelhäutchen von Daumen und Zeigefinger ab, denke kurz nach und tippe eine überzeugende Ausrede :

Entschuldige, ich war total am Boden, stelle dir nur einen Scheißtag auf dem Kommissariat vor + deine Kinder und deine Ex-Frau als Geschenkpäckchen unter dem Weihnachtsbaum. Ich ruf dich heute Abend an. Alles Gute. Lò. Hoffen wir mal, dass damit das Ganze gegessen ist.

Ich beschließe, es heute ganz ruhig angehen zu lassen. Als ich die Rollläden hochziehe, sehe ich, dass die Sonne scheint, ein Zeichen dafür, dass der Tag schön wird, Gott sei Dank, denn meine Laune hängt stark vom Wetter ab.

Noch im Schlafanzug gehe ich hinunter und hole mir die Zeitungen aus dem Briefkasten. Drei Tageszeitungen, das Wochenmagazin »L'Espresso« und eine Klatschzeitschrift. Diese fünf und die Romane von Gaetano Cappelli stellen meine unverzichtbare Lektüre dar.

Eine Klatschzeitschrift? Na gut, nobody is perfect.

Im Aufzug treffe ich auf den Vorsitzenden der Eigentümergemeinschaft, der zwei Etagen über mir wohnt, und wir wünschen uns frohe Weihnachten. Zum Glück hat ihn seine Frau fest an der Kandare, so entgehe ich seinen aufdringlichen Küssen. Dann fahre ich wieder hinauf, führe zwei belanglose Telefonate und mache mir endlich einen Kaffee und meine ganz persönliche Mischung aus Milch und Panettone mit Orangenschalen, von mir selbst getrocknet, ein echter Genuss, das sage ich euch.

Dabei blättere ich die Zeitungen durch und esse ganz langsam, schließlich gibt es dort draußen niemand, der auf mich wartet. *Singlesein ist schön*, habe ich neulich gelesen, das mag ja stimmen, aber ich habe davon noch nichts gemerkt, und heute will ich nicht darüber nachdenken. Deshalb tue ich einfach so, als wäre dem so, und durchforste meinen Kleiderschrank nach etwas Besonderem zum Anziehen, schließlich ist heute Weihnachten, und da habe ich wirklich keine Lust auf meine Uniform. Die jemand, der bei der Kriminalpolizei ist, auch nicht unbedingt tragen müsste, aber könnt ihr euch vorstellen, was los wäre, wenn ich jeden Tag in den Sachen zum Dienst käme, die ich normalerweise trage? Zum Beispiel in hautengen Jeans, hochhackigen Stiefeln und weißer Bluse? Könnt ihr euch vorstellen, wie die Capriati sich darüber das Maul zerreißen würde?

Ich finde ein eng geschnittenes Kostüm, ein pflaumenfarbenes Top und ziehe sogar die Schuhe mit den zehn Zentimeter hohen Absätzen an, die mir Mariella zum Geburtstag geschenkt hat. Sie sind aus rotem Wildleder, mit Pfennigabsätzen und Strassriemchen. Richtig schicke Schuhe für eine feine Abendgesellschaft, wo ich damit hin soll, ist noch nicht raus, aber meine Freundin behauptet, dass hochhackige Schuhe aus zwei Gründen unverzichtbar für mich seien, denn a) muss ich ziemlich dringend mehr Selbstbewusstsein ausstrahlen und b) muss ich genauso dringend einen annehmbaren Partner finden. Und das sagt sie so dahin, als wäre die Sache so einfach wie zum Obsthändler zu gehen und Orangen zu kaufen.

Als ich das Kommissariat erreiche, finde ich den mit einer gelben Linie markierten Platz für die Streifenwagen besetzt. Dort parkt illegalerweise ein Taxi, der Motor läuft, und alle vier Türen und die Heckklappe stehen offen, und der Kofferraum ist vollgestopft mit Louis Vuitton-Gepäck. Im Fahrgastraum sitzt eine Signora um die fünfzig, blond, ziemlich gewöhnlich und von oben bis unten aufgedonnert, die auf einen Jungen aufpasst, der ganz ruhig mit seiner Playstation spielt. Der Taxifahrer verhandelt lautstark mit dem Beamten in der Pförtnerloge, weil er noch einige Minuten hier stehen bleiben will. Ein Blick genügt, und wir verstehen uns sofort.

Natale, der Beamte, will keinen Ärger und lehnt jede Verantwortung ab. »Ich kann nichts dafür, Commissaria, ich hab ihm doch gesagt, dass er schleunigst von hier verschwinden muss.«

»Nein, bitte hören Sie, Commissaria«, geht der Taxifahrer dazwischen, ein kleiner untersetzter Mann mit einem hübschen Toupet über den verschwitzten Schläfen. »Ich warte auf eine Dame, die hier nur eine Formalität zu erledigen hat, ihr Flugzeug geht in weniger als einer Stunde.«

Automatisch denke ich an die lästigen Scherereien mit der Bürokratie, vielleicht geht es nur um einen abgelaufenen Reisepass, und weil ich heute mit dem richtigen Bein zuerst aufgestanden bin, zeige ich mich verständnisvoll. Verdammt, schließlich ist Weihnachten, der kleine Junge wartet, manchmal muss man eben tolerant sein. Ich spiele also die Großmütige, lächle den Taxifahrer wohlwollend an, nicke, doch dann schränke ich meine Großzügigkeit ein und wende mich entschieden an den Beamten: »Aber wirklich nur zwei Minuten. Corrado, kontrollier du das, denn schließlich steht hier ein Verbotsschild so groß wie ein Haus.«

Als wäre es das Natürlichste von der Welt, steige ich schickgemacht in meinem schwarzen, an der Seite geschlitzten Kostüm und den Schuhen, die so feuerrot sind wie die einer Tangotänzerin, die Treppe zum Kommissariat hinauf. Und damit wir uns richtig verstehen: Wenn ich dabei ein wenig die Hüften wiege, liegt das nur an den Absätzen. Dabei weiß ich genau, dass sie mir leise hinterherfluchen.

Ich gehe durch den weißen Säulengang zum Kommissariat, und bevor ich im Gebäude verschwinde, drehe ich mich noch einmal um und sehe auf das Meer hinaus. Bei uns kommen sogar die Heiligen von dort. Einen Augenblick lang sauge ich es mit Blicken ein, wie jeden Morgen, und wie immer wirkt es anregender auf mich als Kaffee.

Und das ist auch gut so, denn das kann ich heute wirklich brauchen.

Noch bevor ich mein Büro betreten habe, steht sie plötzlich vor mir in ganzer Pracht wie die Madonna von Pompeji. Ein knöchellanger honiggelber Pelzmantel, Schlangenlederstiefel mit Pfennigabsätzen, die ausgewaschenen und an vielen Stellen geschlitzten Jeans in den Schaft gesteckt, eine ultraexklusive Markenhandtasche und eine platinblonde Mähne. Natürlich trägt sie reichlich Goldschmuck. Da fehlt nichts, und ich gebe zu, auch wenn es schmerzt, sie ist eine echte Schönheit.

Ich gehe unbeirrt den Flur entlang und tue so, als ob nichts wäre, eine boshafte Bemerkung kann ich mir allerdings nicht verkneifen: »Und wer zum Teufel ist die denn? Die sieht ja aus, als hätte sie sich für einen Bummel durch Cortina d'Ampezzo aufgedonnert! Merkt die eigentlich nicht, dass wir uns hier auf einem Kommissariat befinden?«

Soll sie mich doch hören. Kann sie aber gar nicht, da sie im Flur auf und ab läuft und laut in ihr bonbonrosa Handy quatscht. Wirklich, es ist bonbonrosa. Verlegen verstecke ich mein solides, zwölf Jahre altes

Nokia 5110, das mich noch nie im Stich gelassen hat, in einem austauschbaren Plastikcover. Natürlich wird es nicht mehr produziert, aber damit hat man sogar im Tunnel noch Empfang, ihr könnt es gern selbst ausprobieren.

Eiligen Schrittes betrete ich mein Büro, die Tür lasse ich offen, und rufe Forte, der innerhalb von zwei Minuten auf der Matte steht, geschniegelt und im feinen Anzug und mit einem stumpfsinnigen Lächeln im Gesicht. »Frohe Weihnachten, meine liebe Lolita.«

»Hm ja, Antò, dank dir. Entschuldige, aber dafür habe ich heute keinen Kopf. Und kann ich vielleicht mal erfahren, wer diese aufgedonnerte Blondine draußen auf dem Flur ist, die aussieht, als wäre sie eine Kusine von Roberto Cavalli dem Modezar?«

»Wen meinst du, etwa Miss Italia?«, tönt er, ihm fallen fast die Augen aus dem Kopf, und er fuchtelt fragend mit den Händen. »Also, entschuldige mal, aber hast du die denn nicht einbestellt?«

»Ich? Was erzählst du denn da?«, murre ich, doch dann wird mir schlagartig klar, wer diese Frau ist. Da brauche ich keine Akte, um zu wissen, mit wem sie verheiratet ist. »Neein, Antonio, das glaub ich nicht! Das ist Morellis Frau? Mein Gott, der arme Kerl …«

Forte ist anderer Meinung und kontert: »Also, armer Kerl würde ich wirklich nicht sagen, wenn man eine solche Klassefrau zu Hause hat, die einem von morgens bis abends zur Verfügung steht! Du bist doch nur neidisch, Lolì! Also, ich werde nie verstehen, warum sich Frauen ihrem eigenen Geschlecht gegenüber immer so beschissen verhalten müssen.« Kopfschüttelnd beendet er seine philosophischen Lebensbetrachtungen.

Was für ein Idiot.

Ich klatsche die Handtasche auf den Schreibtisch und werfe mich in die Brust. »Neid, sagst du? Und worauf denn bitte? Schau mich mal genau an, hat die etwas, was ich nicht habe?« Ich gehe drei Schritte zurück, damit er mich auch wirklich von oben bis unten betrachten kann, BH-Größe inklusive. Dabei stütze ich die Hände in die Hüften und denke, nur gut, dass ich heute wenigstens das Kostüm angezogen habe.

Angesichts meines Temperamentsausbruchs weicht Forte erschrocken zurück, er öffnet den Mund, um etwas zu erwidern, aber da fahre ich ihm sofort in die Parade. »Nein, Antonio, du hältst den Mund, jetzt rede ich, denn ich weiß genau, wie der Hase läuft. Ihr Männer seid einfach Schweine, durch die Bank, das ist es. Sogar du, Antò, tut mir leid. Ihr denkt immer nur an das Eine.«

Dann lasse ich mich völlig verbittert auf einen Hocker fallen.

»Lolì«, meint er väterlich, als wäre er der große Frauenversteher, und legt mir beschützend einen Arm auf die Schulter. »Hör auf mich, du weißt doch, ich liebe dich wie ein Bruder. Dir fehlt etwas, und zwing mich nicht, dir zu sagen, was das ist, aber du bist erst seit drei Wochen hier, und trotzdem weiß jeder Bescheid. Jetzt müsstest du bloß mal ein bisschen in dich gehen und darüber nachdenken, das würde dir bestimmt nichts schaden.«

»Ach ja, ich müsste also darüber nachdenken«, äffe ich ihn nach.

»Ja, Lolì! Endlich hast du es kapiert.«

»Habe ich dir eigentlich schon mal erzählt, was mein Großvater in einer solchen Situation zu sagen pflegte?«

»Kann sein, Lolì, aber im Moment erinnere ich mich nicht. Was hat er denn gesagt?«

»Wer sich nur um seinen eigenen Mist kümmert, lebt hundert Jahre, und das gilt auch für dich. Los, ruf die Frau schon herein. Dann ist eben heute ein Scheißtag.«

Endlich hält Forte den Mund und holt diese Miss Italia herein, wie er sie genannt hat.

Die klappernden Absätze der Signora hallen auf dem Flur wider, und ich brauche es wohl nicht zu erwähnen, dass mir das ziemlich auf den Keks geht. Ist doch nicht meine Schuld, wenn ich heute nicht gut drauf bin.

In Begleitung von Esposito klopft die schnatternde Gans an meine Tür.

»Darf ich?«

»Bitte, nehmen Sie doch Platz, ich habe Sie schon erwartet.« Und ich weiß nicht, warum meine Stimme noch trockener klingt als eine gesalzene Sardelle.

»Nun ja, eigentlich habe ich auf Sie gewartet, und draußen steht bereits mein Taxi und wartet.« Ich sehe auf die Uhr vor mir. Neun Uhr drei. Ich deute auf die Uhr und sage: »Ich bin sicher, dass ich Sie für neun Uhr einbestellt habe, und wie Sie sehen können, es ist jetzt genau neun.«

Die Frau ist wirklich eine ausgekochte Schlampe, wie man bei uns zu sagen pflegt, deshalb begreift sie sofort, dass sie so nicht weiterkommt, sie nickt und versucht gleich, ihren Fehler wieder wettzumachen. »Ja, na gut, entschuldigen Sie, das habe ich nicht so gemeint, aber Sie haben mich doch recht plötzlich einbestellt, und ich will eigentlich verreisen, also wäre es mir sehr lieb, wenn wir uns jetzt beeilen oder, noch besser, das Ganze verschieben könnten.«

Ach, sie verreist also, deshalb wartet das Taxi draußen, deshalb auch die vielen hübschen Koffer. Blitzschnell verarbeitet mein Hirn diese neuen Fakten.

»Und wo wollen Sie hin, Signora?«

Na also, die Gute beginnt zu strahlen wie die Lichter am Eiffelturm. Ich habe wohl den richtigen Knopf gedrückt. »Nach Paris. Eurodisney. Wissen Sie, das tue ich nur für den Jungen, er soll nicht darunter leiden. Der Vater im Gefängnis, Mamma mia, was für eine schlimme Sache! Deshalb habe ich mir gedacht, dass ich ihn besser für eine Weile von hier fortbringe.«

Ich nicke überzeugend. »Das haben Sie gut gemacht, Signora. Es geht vor allem um die Kinder. Da haben Sie aber Glück gehabt, kurz vor Weihnachten noch einen Platz zu finden.«

»Allerdings. Ein *Last-Minute*-Angebot.«

»Ach ja, natürlich, ich habe im Fernsehen schon von solchen Reisen gehört. Das bietet bestimmt nicht jedes Reisebüro an.«

Ich werfe das einfach so ein, aber die Signora schluckt brav den Köder. »Also, jedes bestimmt nicht. Ich gehe immer zu *Viaggeria dei sogni* im Corso Italia. Sie können es dort versuchen, für mich ist es das beste Reisebüro in der ganzen Gegend.«

»Meinen Sie? Vielen Dank für den Tipp, Signora, das muss ich mir aufschreiben.«

Ich werfe Forte einen Blick zu. Auf jeden Fall hat es die Signora ziemlich eilig, sie möchte lieber nicht zu sehr ins Detail gehen, ist hypernervös und schaut öfter verstohlen auf ihr Handy, das ununterbrochen vibriert. Wollte die mir doch glatt vorschreiben, wie viel Zeit ich brauchen darf! Die hat nicht das Geringste begriffen!

Obwohl Forte sie zwei Mal aufgefordert hat, sich zu setzen, will sie nicht einmal Platz nehmen. »Nein, vielen Dank«, antwortet sie äußerst kokett, manche Frauen können eben einfach nicht anders, »aber ich muss jetzt wirklich gehen.«

Die Signora kann es nicht lassen. Dann, als sie sich an mich wendet, ändert sie ihr Verhalten, da sie weiß, dass Flirten bei mir nichts bringt. »Hören Sie, Commissaria, verzeihen Sie, wenn ich noch mal darauf zurückkomme, aber können wir uns beeilen, schließlich hat der Carabiniere, der zu mir nach Hause gekommen ist, gesagt, es dauere nur ein paar Minuten und sei eine reine Formalität …«

Ich sehe sie erstaunt an, sogar ein Carabiniere, wen meint sie eigentlich?

»Welcher Carabiniere bitte?«

»Was meinen Sie mit welcher Carabiniere? Selbstverständlich der, der mir heute Morgen die Vorladung gebracht hat.«

»Ach, Sie meinen Esposito! Bei allem Respekt für die Kollegen vom Militär, aber der Mann ist Polizeibeamter, gute Frau.«

»Ach ja? Woher soll ich das denn wissen, ich kenn mich doch mit diesen Uniformen nicht aus! Ja und?«

So ganz allmählich bringt die mich auf die Palme, die Schnepfe lässt nicht locker und hat immer noch nicht begriffen, dass sie heute Vormittag bestimmt nicht in diesen verdammten Flieger steigen wird. Ich versuche, die angemessenen Worte zu finden, damit sie das ein für alle Mal kapiert. »Schauen Sie, Signora, es tut mir wirklich leid, dass ich Ihnen das sagen muss, aber es war ein Fehler, dass Sie zu einem so heiklen Zeitpunkt diese Reise gebucht haben. Das hier ist keine Angelegenheit von ein paar Minuten, Sie müssen begreifen, dass Ihr Mann wegen des Tatbestands der Vergewaltigung in Untersuchungshaft sitzt und ihm sechs Monate bis zu drei Jahren Gefängnis drohen. Dottor Morelli hat erklärt, er sei unschuldig, und es ist unsere Aufgabe, die Wahrheit herauszufinden. Ganz egal, ob Weihnachten ist, Sie ein Ticket nach Paris gebucht haben und draußen ein Taxi auf Sie wartet. Ich brauche Ihre Zeugenaussage, und das hat absolute Priorität.«

Das erbost die Signora sichtlich, sie wird rot wie eine scharfe Chilischote und dazu noch laut.

»Sind denn hier alle verrückt geworden? Ihr beschuldigt mich, Ihr beschuldigt eine Unschuldige. Ich will mit meinem Anwalt sprechen, ja genau.« Mit unschuldig meint sie natürlich sich selbst.

Ich winke Forte, er soll die Tür schließen, wir fallen jetzt schon genug auf, und halte ihr gelassen den Hörer hin. »Bitte setzen Sie sich doch, und rufen Sie ruhig Ihren Anwalt an, wenn Sie möchten. Das ist Ihr gutes Recht, und niemand will Ihnen das verweigern, aber denken Sie daran, dass wir Sie überhaupt nicht beschuldigen. Ihr Ehemann wurde festgenommen, und wir glauben, dass es im Augenblick nichts Wichtigeres gibt. Außerdem haben Sie eine ordnungsgemäß vom Richter bestätigte Vorladung erhalten« – das stimmt zwar nicht, aber das muss ich ihr ja nicht auf die Nase binden – »damit Sie hier als jemand, der mit den Tatsachen vertraut ist, eine Aussage machen. Danach können Sie gehen, wohin Sie wollen, auch nach Paris, wenn Ihnen danach ist.«

»Ja, als ob das Flugzeug auf mich warten würde«, jammert die Blondine niedergeschlagen.

Ooooh, geschafft, endlich hat sie es begriffen, das war aber eine schwere Geburt! »Entschuldigen Sie, aber das ist nicht mein Problem.«

»Das kann ich mir vorstellen.«

Die Signora will um jeden Preis Krieg, sie weiß nicht, was für ein harter Knochen ihr gegenübersitzt. Na jedenfalls schaffen wir es endlich, dass sie Platz nimmt. Sie seufzt ein wenig, dann verlangt sie ein Glas Wasser, das ihr Forte, selig, dass er sich endlich nützlich machen kann, eiligst bringt.

»Dann fangen wir mal ganz von vorn an, Signora. Bitte nennen Sie Ihre Personalien, und weisen Sie sich aus. Forte, du schreibst mit: Führerschein. Chiara Pontrelli, zweiunddreißig, verheiratet, Hausfrau.« Und so weiter.

»Also, Signora, wann haben Sie von der Verhaftung Ihres Mannes Kenntnis erhalten?«

»Gestern Morgen. Das Büro seines Anwalts hat mich angerufen, das wird so gegen neun Uhr gewesen sein. Wie Sie sich denken können, habe ich da noch geschlafen.«

Oh, die Ärmste, man hat sie also geweckt. »Und wie haben Sie darauf reagiert? Ich nehme an, Sie waren erschrocken. Was haben Sie in diesem Moment gedacht?«

Ihre Augen sind jetzt zu Schlitzen zusammengezogen, ihr Blick ist giftig wie der einer Klapperschlange, und sie gibt mir eine überraschende Antwort: »Sie wollen wirklich wissen, was ich gedacht habe, Commissaria? Dann will ich ganz ehrlich sein, ich habe gedacht, das hat dieser Angeber verdient!«

Betroffen weiche ich auf meinem Drehstuhl zurück. Oh mein Gott, wer sitzt denn da vor mir? Etwa Judas? Ich möchte unbedingt wissen, was diese Aussage bedeuten soll, und lege ihr die Worte in den Mund: »Soll ich dem entnehmen, dass Sie von der Schuld Ihres Ehemanns überzeugt sind?«

Die Signora ist jedoch schlauer als ich und lässt sich nicht täuschen. »Das habe ich nicht gesagt, er sollte nur ein bisschen Angst bekommen und lernen, sich nicht mehr so idiotisch zu verhalten. Nur damit wir uns richtig verstehen, Commissaria, sind Sie jemals in seiner Praxis gewesen?«

»Also hören Sie mal, so geht das nicht, hier stelle ich die Fragen.«

»Es war doch nur rhetorisch gemeint. Also, Commissaria, das sind alles nur Frauen, die Patienten meine ich. Und sie sind alle hübsch. Er spielt dort den Gockel, und zu Hause gibt er dann damit an. Weißt du, was die zu mir gesagt hat, stell dir vor, die hat mir Komplimente gemacht. Und so weiter, das meine ich.«

Ich muss wieder an mein eigenes Bild von den hübschen jungen Müttern denken, und mein Hals wird so trocken, dass ich einen Schluck Wasser brauche. Ich stehe auf, fülle das Glas und trinke, ohne sie aus den Augen zu lassen. Ihr Gesicht ist stark gerötet, und auf ihrer Oberlippe stehen einige Tröpfchen Schweiß, aber auch so ist sie noch wunderschön. Es zieht mir den Magen zusammen, und ich begreife sofort, dass Stefano sie sehr lieben muss und sie mit solchen Sprüchen bloß ein wenig eifersüchtig machen will.

Das heißt, ich habe ihn gefunden und schon wieder verloren. Ich werde wohl als alte Jungfer sterben.

Ich will die Pontrelli auf dem richtigen Fuß erwischen, um ihr die Würmer aus der Nase zu ziehen, wie man bei uns sagt, deshalb heuchele ich Verständnis. »Also diese Männer, ich werde sie nie verstehen! Zum Beispiel Ihren Ehemann, warum tut er das, wenn zu Hause eine so schöne Frau auf ihn wartet? Habe ich nicht Recht, Antonio?«

Forte reißt die Augen auf und nickt verlegen. Diese

Schmeichelei hätte er von mir nicht erwartet. Genauso wenig wie sie, die jetzt unverschämt grinst und wesentlich gelassener wirkt. Wäre da nicht das Taxi, das ständig laut hupt.

Ich schaue auf die Uhr. Zehn Uhr fünfundvierzig. Carmela erwartet mich gegen zwölf, damit ich ihr beim Vorbereiten vom frittierten Gemüse und Fisch helfe, deshalb wechsle ich schnell das Thema, um allmählich zum Ende zu kommen. »Nun, Signora Pontrelli, haben Sie nach den Geschehnissen Gelegenheit gehabt, mit der Capua über die erlittene Vergewaltigung zu sprechen? Erste Ermittlungen haben ergeben, dass Sie eng befreundet sind. Bestätigen Sie das?«

Das tut sie voll und ganz. »Befreundet? Viel mehr … wir sind wie Schwestern.«

Das glaube ich dir, ihr seht ja wirklich wie eineiige Zwillinge aus. Doch gleich darauf bestreitet Signora Pontrelli genau wie vorher in ihrem Verhör die Capua, dass sie mit ihr in den achtundvierzig Stunden nach der Anzeige im Kommissariat, das ich leite, gesprochen hat.

»Natürlich habe ich versucht, sie anzurufen, aber was hätte ich ihr sagen sollen? Entschuldige, mein Mann ist eben ein Schwein?«

Arridagli, denke ich. Und dann lächele ich wirklich. So ist das also mit der Signora, die jetzt aussieht wie die hübsche Titelheldin auf dem Schutzumschlag eines dieser schmalzigen Liebesromane von Federico Moccia. Vielleicht schreibe ich irgendwann auch mal so ein Buch, zu erzählen hätte ich einiges. Inzwischen notiere ich mir, dass ich für alle Beteiligten Telefonlisten anfordern muss, und nehme das Verhör wieder auf.

»Also sind Sie der Meinung, dass Angela die Wahrheit gesagt hat?«

»Ich weiß nicht, was ich darauf sagen soll.«

»Wissen Sie, ob Angela noch Jungfrau war?

»Das geht mich nichts an, aber ich denke schon, sie hat ein Gelübde abgelegt.«

Ich kenne Stefanos Aussage bereits auswendig und brauche die Sache mit dem Gelübde deshalb nicht zu überprüfen. Daraus schließe ich, dass etwas Wahres dran sein muss und freue mich, dass er mich nicht angelogen hat. Aber diese letzte Überlegung hat wirklich nichts mit meiner Arbeit zu tun.

»Die Capua behauptet in ihrer Aussage das Gegenteil, nämlich sie sei keine Jungfrau mehr. Aber dieses Detail ist im Moment nicht so wichtig, erzählen Sie mir lieber etwas über Ihr eheliches Verhältnis. Soweit ich verstanden habe, gab es in Ihrer Partnerschaft einige Reibungspunkte.«

»Von welchen Reibungspunkten sprechen Sie, bitte?«

»Ich meine Spannungen, Unstimmigkeiten. Sind Sie vielleicht gerade dabei, sich zu trennen?«

Ich übertreibe ganz bewusst, und wie beabsichtigt regt die Signora sich schrecklich auf und zeigt ihr wahres Gesicht.

»Na, immer hübsch langsam mit solchen Behauptungen. Wir und uns trennen? Aber keineswegs, wer hat Ihnen denn diesen Blödsinn in den Kopf gesetzt?

Ich wette mal diese geschwätzige Ziege über uns, da bin ich mir sicher. Die sollte lieber darüber nachdenken, durch welche fremden Betten ihr eigener Mann hüpft, denn wir trennen uns sicher nicht. Aber es stimmt, dass mein Mann und ich uns oft streiten. Das ist wahr.«

»Und aus welchen Gründen?«

»Hmm, das kann ich Ihnen gar nicht so genau sagen, Commissà. Mein Mann versteht mich eben nicht. Ich verbringe den ganzen Tag zu Hause, und damit bin ich auch zufrieden, aber abends möchte ich ausgehen! Zum Beispiel ins Kino oder so, auswärts essen, ab und zu ein Wochenende verreisen. Aber das will er nicht, er kommt spät nach Hause, dann setzt er sich hin und beschäftigt sich mit unserem Jungen, sieht fern und kümmert sich überhaupt nicht um mich. Und dann sind da noch all seine Patientinnen, das habe ich Ihnen ja schon erzählt, die gehen mir wirklich auf die Nerven.«

Na, das glaube ich dir. Du hast ja Recht. Aber das sage ich ihr nicht. Stattdessen versuche ich zu vermitteln. »Vielleicht ist das nur Erschöpfung, es liegt an der Arbeit oder daran, dass er ein wenig älter geworden ist …« Als ich sie bekräftigend und beinahe gerührt nicken sehe, denke ich, dass ich vielleicht den Beruf verfehlt habe, ich hätte lieber Paartherapeutin werden sollen. Doch die Signora hat zurzeit kein Bedürfnis nach einem Seelenklempner und fasst sich sofort wieder, sie ist stinkwütend auf ihren Ehemann und gibt sich keine Mühe, das zu verbergen.

Sie will ihm einfach etwas anhängen, jede Wette. Und sie ist so von Hass erfüllt, dass die Antwort, die sie mir jetzt gibt, sie beinahe verrät. »Jeder Mensch arbeitet und muss mit dem Altern fertigwerden.«

Nun gut, das kann ich ihr nicht durchgehen lassen und pariere die Attacke. »Wer denn, Signora, meinen Sie jemand Bestimmtes?«

»Nein, das habe ich ganz allgemein gemeint.«

»Vielleicht wollte er Sie ja nur eifersüchtig machen?«

»Dazu ist es zu spät.«

Na, endlich ist es heraus.

Stefanos Frau hat sich gerade verraten, und ich könnte glatt ein halbes Monatsgehalt darauf verwetten, dass sie einen Liebhaber hat. »Wie meinen Sie das, es ist zu spät? Bitte erklären Sie das genauer.«

Doch der Blondschopf riecht den Braten und zieht sich sofort auf allgemeine Betrachtungen zurück. »Na ja, Commissaria, was soll ich dazu sagen, ich habe nichts Bestimmtes gemeint.«

Ich schaue auf die Wand mir gegenüber, wo die Uhr hängt. Es ist schon Viertel vor Zwölf, aber trotzdem bin ich mit der Signora noch nicht fertig. Na gut, dann komme ich eben zu spät.

»Sie kennen Rodolfo Capua, richtig?«

Stefanos Frau reißt die Augen weit auf und schluckt schwer. »Na, was hat denn Dudù damit zu tun? Ja, natürlich kenne ich ihn. Er ist schließlich Angelas Bruder.«

Ich nehme eine Akte vom Schreibtisch und tue eine Weile so, als würde ich sie durchblättern. »Ach, nur das? Wir wissen, dass er früher auch Teilhaber Ihres Mannes war. Wenn man den Gerüchten glaubt, reden sie nicht einmal mehr miteinander.«

»Ich möchte wirklich gern wissen, wer Ihnen so etwas erzählt, aber das geht nur die beiden etwas an, und es hat nichts mit unserem Problem hier zu tun, deshalb rede ich nicht darüber.«

»Signora, da muss ich Ihnen aber widersprechen, denn diese Fakten sind untrennbar mit dem Verfahren verbunden. Wir müssen auf jeden Fall wissen, wie Ihr Verhältnis zu Rodolfo Capua war und aus welchem Grund dessen Partnerschaft mit Ihrem Ehemann, sagen wir mal, gelöst wurde.«

»Na gut. Sehen Sie, Commissaria, als mein Mann seinen Facharzt gemacht hatte, steckte Dudù noch mitten im Examen. Trotzdem folgte Stefano meinem Rat und entschied sich, die Praxis mit ihm gemeinsam aufzubauen, und darauf zu warten, dass auch er seinen Abschluss machte. Im Gegensatz zu Dudù kommt Stefano aus einer reichen Familie und hat beinahe das ganze Kapital vorgestreckt. Dudù unterschrieb dafür alle Papiere für eine Teilhaberschaft und verpflichtete sich, mit der Zeit seinen Anteil zu erstatten. Doch in den folgenden Jahren kam es anders als geplant, Dudù hatte Probleme mit dem Studium, dazu kamen finanzielle Schwierigkeiten, und er hat seinen Anteil nie abbezahlt, obwohl ihm der Steuerberater der Praxis immer die Hälfte der Einnahmen aus der Praxis auf ein Konto auf seinen Namen eingezahlt hat. Nach einiger Zeit hatte mein Mann genug davon, dass sowohl Dudùs Abschluss als auch das Geld auf sich warten ließen, und er beschloss, die Partnerschaft aufzulösen und sich allein selbstständig zu machen. Dudù wollte das absolut nicht, er stellte sich quer und weigerte sich, eine Verzichtserklärung für seine Anteile zu unterschreiben. Stefano hat auf seinem Standpunkt beharrt, und von da an haben sie nur noch gestritten.«

Oh Mann, die Angelegenheit zieht immer weitere Kreise. »Und, lagen Sie auch mit ihm im Streit?«

»Was habe ich denn damit zu tun? Nein, keineswegs. Das geht nur die beiden etwas an, Commissà, und ich habe nicht vor, mich da einzumischen. Außerdem habe ich Dudù schon vor meinem Ehemann gekannt.«

Also dieser Umstand ist wirklich interessant, das muss ich mir aufschreiben.

»Und was denkt Angela über die ganze Geschichte?«

»Was soll sie Ihrer Meinung nach darüber denken? Wenn ihr vorher quasi die halbe Praxis gehört hat und dann gar nichts mehr? Natürlich steht sie auf der Seite ihres Bruders, oder?«

Das weiß ich nicht, aber ohne es zu wollen, hat mir die Signora geholfen, und ich sehe langsam klarer.

Punkt zwölf Uhr zwingt uns der Glockenklang von der Basilika zu einer Pause, und ich beschließe, dass es jetzt reicht, sonst weiß ich nicht, was mir meine Schwester erzählen wird. »Gut, Signora, Sie können gehen.« Forte seufzt erleichtert und steht von dem Tisch mit dem Computer auf.

»Ach ja, vielen Dank auch, inzwischen habe ich durch Ihre Schuld das Flugzeug verpasst. Guten Tag.« Und die gute Frau rauscht hinaus, während sie ganz laut in ihr Handy Marke Hello Kitty spricht.

Forte starrt mich verwirrt an. »Warum hast du sie weggeschickt, ausgerechnet jetzt, wo das Beste kommen würde?«

»Hör mir mal zu, Antò, während die geredet hat, habe ich mir einen Eindruck verschafft. Die drei halten zusammen und wollen Stefano hinter Gitter bringen, da ist nichts zu machen. Vielleicht geht es sogar um Rache für die aufgelöste Teilhaberschaft. Was meinst du dazu?«

Forte schüttelt rhythmisch den Kopf, wie immer, wenn er denkt, dass ich mich verrannt habe. »Lolì?«

»Was ist?«

»Bitte beruhige dich. Ja sicher, die zwei Geschwister, okay, und ich kann auch verstehen, welcher Schaden ihnen entstanden ist, aber die arme Ehefrau hat nun wirklich nichts damit zu tun.«

»Ach, dass die arm dran ist, meinst aber auch nur du. Die hat dich doch bloß eingewickelt! Wieso kapierst du das nicht? Dieser Typ Frau hat dich schon verarscht, bevor du es richtig begreifst, du schwanztragender Idiot! Hast du nicht gesehen, mit welcher Verachtung sie von ihrem Mann gesprochen hat?«

Trotzdem lässt sich Antò nicht überzeugen, und es gefällt ihm natürlich gar nicht, dass ich ihn einen schwanztragenden Idiot genannt habe. »Hör mal, Lolì, selbst wenn wir gute Freunde sind, nenn mich nicht

Idiot, und sei bitte wenigstens ein Mal objektiv. Ich weiß, dass Morelli deine erste Liebe war, und deshalb hast du jedes Recht, sie nicht zu mögen, aber so geht es nicht weiter, du musst doch selbst zugeben, Lolì ...« An dieser Stelle muss ich ihn einfach unterbrechen, weil er so herumschwafelt, typisch.

»Ich mag sie nicht, hast du gesagt, eigentlich hätte ich sie am liebsten erwürgt.«

»Na also, siehst du.«

»Antò?«

»Was?«

»Werde du mal verhaftet, und deine Frau reist nach Paris, und dann sprechen wir uns wieder. Dann wirst du ein wenig nachvollziehen können, was ich fühle. Also, hör mal, morgen musst du mich an drei Dinge erinnern. Ich muss den Polizeipräsidenten anrufen, das Reisebüro und dann noch in Paris. Und die von der Telefongesellschaft, wenn wir schon dabei sind.«

»Genau! Noch was?«

»Los, du kannst gehen. Sogar ich weiß, dass heute Weihnachten ist.«

Samstag, der 26. Dezember

TONIO

Der 26. Dezember, zweiter Weihnachtsfeiertag, der Tag des heiligen Stefano.

Wer zum Teufel dieser Stefano war, habe ich nie begriffen und außerdem, was für einen Sinn hat dieser nutzlose Feiertag, wo wir doch weiß Gott Wichtigeres zu tun haben. Und außerdem hat dieser Tag überhaupt nicht gut angefangen.

Ich habe noch tief und fest geschlafen, da klingelt es bei mir Sturm. Ich habe meine Kontaktlinsen nicht drin und taste mich vorsichtig durch die Wohnung zur Tür, um zu öffnen, und eine wohlmeinende Frau informiert mich darüber, dass sie die Signora Manicone sei und sich gerne mit mir über die Worte des Vaterunsers unterhalten würde.

Gleich das *Vaterunser*, und das so früh am Morgen. Ich schwöre, ich habe sie nur aus Respekt vor Gott und der Uniform, die ich trage, nicht zum Teufel geschickt. Denn man soll mir nicht nachsagen, dass Commissaria Lobosco die Bürger dahin schickt, wo der Pfeffer wächst.

Ich bin zu Fuß zum Revier gegangen, um mir ein wenig die Beine zu vertreten, seit gestern macht mir der

Maccheroniauflauf mit Artischocken und Fleischbällchen zu schaffen, eines der Gerichte, mit denen meine Mutter immer brilliert, das mir aber immer wie Blei im Magen liegt.

Auf der Straße ist kein Schwein unterwegs, und weil sich auch die Müllabfuhr einen Ruhetag gönnt, muss ich zwischen den Müllsäcken und den Spielzeugverpackungen Slalom laufen, die überall an den Straßenecken stehen.

Den halben Vormittag lang habe ich alle Hotels von Eurodisney abtelefoniert, zum Glück wird in Paris auch an Weihnachten gearbeitet. Im Disneyland-Fünf-Sterne-Luxushotel der Extraklasse, die lassen es an nichts fehlen, sind zwei Superiorzimmer auf den Namen Chiara Pontrelli reserviert, genauer gesagt eins mit Ehebett und eins mit zwei Betten. Ich zähle eins und eins zusammen und komme auf vier Personen. Sie, ihre Mutter und der Junge. Und wer noch? Oder schläft Signora Pontrelli allein im großen Bett? Das Ganze wird immer mysteriöser. Ich trinke einen Kaffee, um wieder einen klaren Kopf zu bekommen. Auf dem Schreibtisch meldet sich der Vibrationsalarm des Handys. Piep. Eine SMS.

Tonio. *Hab Schicht kommst du vorbei?*

Piep. Ausgehende SMS.

Ja aber später. Ich arbeite nämlich auch.

Tonio Toledo, neunundvierzig, getrennt lebend, zwei Kinder, Eisenbahner, nein, sogar Stationsvorsteher.

Mein Schwager, beziehungsweise der Ex meiner Schwester. Weibergeschichten, was soll's, das kommt in den besten Familien vor, und außerdem ist meine Schwester manchmal wirklich schwer zu ertragen. Aber davon später.

Im Büro trödele ich erst einmal herum, lese noch einmal die Zeitungen von gestern, Bari steht – den Callgirls unseres Ministerpräsidenten sei's gedankt – immer noch im Zentrum des öffentlichen Interesses, dann esse ich drei Orangen, eine nach der anderen, und räume die Aktenschränkchen auf. Die Zeit vergeht trotzdem langsam, weil es heute wenig zu tun gibt, abgesehen von Routinefällen: sechs Handtaschendiebstähle, ein Raubüberfall, neun Wohnungseinbrüche und drei gestohlene Autos. Alles im normalen Rahmen, möchte ich meinen. Und zum Glück ist auch die Capriati nicht da, um mich auf die Palme zu treiben.

Ich sehe auf die Uhr, es ist schon nach acht, und bald werde ich mich auf die Socken machen. Ich wische noch einmal mit Glasreiniger über meine Schreibtischplatte, damit ich morgen alles schön sauber vorfinde, bevor ich mein Büro verlasse, und plaudere kurz mit dem diensthabenden Beamten, um noch ein wenig Zeit rumzukriegen. Er hat einen schlimmen Husten, und ich verrate ihm eines der hundertprozentig wirksamen Hausmittel meiner Großmutter, das bei mir zu Hause immer zur Anwendung kommt. Warmer Wein mit Zucker. »Das wirkt Wunder, ich schwör's, aber auf keinen Fall während der Dienstzeit.«

Der Bahnhof, wo mein Schwager arbeitet, liegt ein paar Kilometer außerhalb, ganz in der Nähe eines Vororts am Meer, der im Sommer knallvoll ist mit Erholungssuchenden im Badeanzug. Den Rest des Jahres herrschen hier garantiert absolute Ruhe und Einsamkeit.

Ich war noch ein kleines Mädchen, als meine Schwester sich mit Tonio verlobte und ihn zum ersten Mal mit zu uns nach Hause brachte. Damals trug er einen Bart, wie mein Vater. Und er erinnerte mich ein wenig an ihn, schließlich hatte ich ja keinen Vater mehr, seit man ihn zwei Jahre zuvor abgeknallt hatte. Ich himmelte ihn sofort bedingungslos an, und das verzeiht mir meine Schwester bis heute nicht.

»Wie kannst du nur so herzlos sein!«, hält sie mir jedes Mal vor, wenn sie erfährt, dass ich mich mit ihm getroffen habe, nur weil sie sich vor ein paar Jahren getrennt haben. Aber für mich hat sich dadurch nichts verändert, und Tonio wird immer mein Schwager bleiben, mein Bruder, ein Teil von mir. Auch wenn er ein Weiberheld ist, auch wenn er seiner Frau ganz schön übel mitgespielt hat und das hat er, weiß Gott. Aber ich kann ihm deswegen nicht böse sein, denn Carmela ist ja auch nicht so unschuldig, wie sie tut. Sie ist kratzbürstig, undankbar, hat für keinen, nicht einmal für die eigenen Kinder, ein freundliches Wort übrig und rennt ständig mit dem Rosenkranz in der Hand in die Kirche. Sie kann nur rumätzen, ganz besonders mit mir. Sie verteidigt sich mit Zähnen und Klauen und will immer Recht haben. »Also, ich hätte dich einmal sehen wollen, als Papa gestorben ist«, wiederholt sie bei den üblichen Streitereien jedes Mal, »Mama war völlig verwirrt, und du warst ja bloß am Rumzicken. Also wenn ich nicht gewesen wäre, dann wärst du irgendwann bei den Nonnen im Internat gelandet. Und jetzt kommst du daher und sagst mir ›Carmè, du bist immer so biestig‹. Weil du ja so herzensgut bist, unsere Lolita, unsere Prinzessin! Aber eins wollen wir mal schön festhalten, wer wurde denn hier verlassen und nach Hause geschickt? Das warst ja wohl du.«

Das macht sie absichtlich, um mich zu verletzen, denn sie weiß ganz genau, wie weh sie mir damit tut, wenn sie das sagt, und sie mag ja meine Schwester sein, aber trotzdem ist sie ein ziemlich fieses Miststück.

Das Bahnwärterhaus, in dem Tonio arbeitet, ist eines dieser typischen Gebäude aus den Fünfzigern, niedrig, breit und komplett weiß getüncht, wie man sie hier bei uns im Süden noch am Stadtrand findet. Darum ein kleiner eingezäunter Garten und ein Schuppen mit der Kurbel für die Schranken. Draußen sind alle Lichter aus, es gibt nicht einmal einen Weihnachtsbaum, und ich beeile mich mit dem Parken, denn man kann ja nie wissen.

Ich hupe kurz, und dann betrete ich ohne anzuklopfen den Schuppen mit der Wachstube. Die Tür ist offen, Tonio schaut fern. Er dreht sich zu mir um, um mich zu begrüßen, steht aber nicht auf und mustert mich dann von oben bis unten.

»Ich habe dir eine *crostata* mitgebracht«, sage ich und stelle ihm den Teller auf den kleinen Tisch.

»Du hast zugenommen, Commissà«, gibt er mir zur Antwort.

Tonio hat einen Röntgenblick. Er ist es gewohnt, Frauen zu taxieren wie ein Metzger seine Rinderviertel. Auf jeden Fall ist er der Einzige, der mir unverblümt sagen darf, dass ich zugenommen habe. Alle anderen, die so etwas wagen, verspeise ich sonst zum Frühstück.

Ich beuge mich zu ihm hinunter, um ihm einen Kuss zu geben. »Ciao Tonio, frohe Weihnachten. Da hast du allerdings Recht, zwei Kilo, oh Mann … Du dagegen siehst wie immer super aus, wie machst du das bloß?« Und das stimmt, die hellblaue Uniform der Eisenbahngesellschaft sitzt wie angegossen.

»Lolì, wie oft muss ich dir das noch sagen? Du willst ja nicht auf meinen Rat hören, aber du kennst doch Tonios Geheimnis. Aktivität, körperliche Betätigung.« Und dabei unterstreicht er seine Worte mit einer eindeutigen Handbewegung. »Aber auf dem Ohr bist du ja taub, hör doch mal auf deinen lieben Tonio, der es ein- oder zweimal täglich treibt. Das belebt unglaublich, es hält dich jung, und abnehmen kannst du davon auch. Verbinde doch das Angenehme mit dem Nützlichen. Was willst du mehr?«

»Was will ich wohl, Tò? Wie kann man es denn treiben, wenn einem das Ausgangsmaterial fehlt?«

»Ach ja richtig, die Eier! Aber jetzt schau dich doch mal an, du siehst doch toll aus, da ist alles dran, wie bei den Fernsehstars, ja genau, wie bei der Ferilli! Dreh dich doch mal, komm schon rüber, Lolì, Mamma mia, du siehst heute aber wieder rattenscharf aus …«

»Was hat das denn damit zu tun, Tò?«, frage ich ihn ganz ernst. »Wenn es nur ums Treibenwollen ginge, könnte ich auch jeden Tag, aber du weißt doch, wie es ist, ich muss mich vorher erst verlieben …«

»Ach ja, und wann?«

»Na ja, wenn ich den Richtigen finde. Das ist schließlich nicht so leicht.«

Tonio schüttelt den Kopf und stellt den Stuhl verkehrt herum hin, dann stützt er die Arme auf die Lehne und versucht mich davon zu überzeugen, dass es nur an mir liegt, wenn ich noch keinen Mann gefunden habe. Und vielleicht stimmt das sogar.

»Lolì, reden wir doch mal Klartext, es ist nicht so, dass du keinen findest, du willst gar keinen finden. Denn du denkst immer noch an diesen Kerl, der dich verlassen und jetzt mit einer anderen eine Tochter hat.«

Jetzt hat er es ausgesprochen. Dabei weiß er ganz genau, dass das Thema Michele tabu ist und dass ich nicht darüber reden möchte. Und wie aufs Stichwort bleibt mir fast die Luft weg, deshalb reiße ich ein Fenster auf und tigere in dem kleinen Raum auf und ab. »Du bist ein Arschloch, Tò. Ein richtiges Arschloch. Du bist um keinen Deut besser als unsere liebe Carmela.«

Aber meinen Schwager lässt das kalt. Er hat beschlossen, es mir heute richtig zu geben, und stochert noch mit dem Messer in der Wunde herum. »Nein, Lolì, du weißt so gut wie ich, dass es stimmt, und wenn ich es dir nicht sage, und ich mag dich wirklich, dann sagt es dir niemand. Denn die Leute haben Angst, offen mit dir zu reden.«

»Aaaangst? Vor wem denn, vor mir? Das ist doch völlig verrückt! Was erzählst du denn da?«, schreie ich ihn an und rüttle an dem Stuhl, auf dem er sitzt. Er verharrt in seiner stoischen Gelassenheit, streicht sich über den Bart und schaut mir geradewegs in die Augen.

»Entschuldige, Lolì, bist du jetzt ›Commissaria Lobosco‹ oder nicht?«

»Ach, leck mich doch.«

Ich will jetzt wirklich gehen.

Tonio steht auf, um mich davon abzuhalten, packt mich am Arm und hält mich fest. »Ach Mensch, Lolì, jetzt hab dich nicht so, komm, wir vertragen uns wieder, es ist doch Weihnachten.«

»Nein!«

»Ach komm, mach schon, komm her zu deinem lieben Tonio, und setz dich ein wenig zu mir.« Und er zeigt auf einen kleinen Tisch mit einer himmelblauen Resopalplatte, um den zwei von der hohen Luftfeuchtigkeit ziemlich angerostete Chromstühle gruppiert sind, die ebenfalls aus den Fünfzigern stammen.

Ich gebe nach, auch weil ich keine Lust habe zu gehen und Tonio wirklich der einzige männliche Familienanhang ist, der mir noch geblieben ist. Und außerdem möchte ich gern, dass er mir das von eben genauer erklärt.

Ich schiebe den Stuhl heran. »Was soll das heißen, ich schüchtere die anderen ein, Tò?«

»Ach gar nichts, Lolì, das habe ich einfach nur so dahingesagt …«

»Ich weiß ja nicht, ob du das einfach nur so dahingesagt hast, weil ich nämlich bereits jetzt einige Probleme auf dem Präsidium habe.«

»Ach ja, was denn für Probleme?«

»Du erinnerst dich doch noch an diese Megaschlampe Capriati?«

»Die Capriati … Lass mich mal überlegen. Warte mal, das ist doch die aus der Bar unter der Wohnung von deiner Mutter, die Tochter vom Cavalier Capriati?«

»Richtig, ja genau die. Wie könntest du die auch vergessen haben, wo sie doch genau dein Typ ist! Also die Signorina hat diesem Schwein von Polizeipräsidenten immer so willig die Cappuccinos und Sandwiches serviert, dass diese Tochter einer Schlampe irgendwann den Lohn für ihre Dienste einfordern konnte, und jetzt rate mal, wo sie gelandet ist?«

»Im Bett vom Polizeipräsidenten.«

»Du sagst es. Und nicht nur da! Die hockt jetzt in der Abteilung Jugendkriminalität auf einer Vollzeitstelle.«

»Ist ja gut, Lolì, das ist deren Bier. Jetzt sag mir lieber, wo dein Problem liegt.«

»Wo könnte das wohl liegen, deiner Meinung nach? Erinnerst du dich nicht mehr, wie wir uns als kleine Mädchen immer an den Haaren gezogen haben?«

»Wie könnte ich das vergessen? Wer hat euch denn immer getrennt, das ist dir wohl entfallen?«

»Schön, dann machen wir eben heute Abend Frage-und-Antwort-Spielchen. Was meinst du wohl, wie fuchsig die geworden ist, als sie gesehen hat, wer die neue Commissaria ist und dass ich ihre Vorgesetzte bin? Auf dem ganzen Kommissariat hetzt sie die Leute gegen mich auf, ganz zu schweigen von den Sachen, die sie dem Polizeipräsidenten über mich erzählt. Sie hat sogar gesagt, dass es dieses Jahr an Weihnachten so warm ist, weil ich so eine Hitze ausstrahle. Und wir wissen alle beide, wie sie das gemeint hat! Aber das ist noch nicht alles, sie posaunt überall herum, dass ich die Knöpfe an meiner Uniform lockere, damit sie mir abplatzen und ich dann mit nackten Titten im Büro rumstehen kann.«

»Mit nackten Titten, echt? Und wer erzählt dir das dann weiter, Lolì?«

»Na wer wohl? Antonio, mein Assistent, wir sind alle zusammen zur Schule gegangen, auf den kann ich mich verlassen.«

»In Ordnung, Lolì, denk jetzt nicht mehr darüber nach. Warte, ich mach den Ofen an, es wird ein wenig kühl. Was willst du denn haben, ein Stück Panettone, Sekt, Zuckerkringel, Chips, deine üblichen Orangen ...«, zählt er auf, während er aufs Geratewohl die Türen der Anrichte öffnet und alles herausholt, was da ist.

In Ordnung, er hat Recht, ich sollte einfach nicht mehr darüber nachdenken.

Ich werfe einen Blick auf die Uhr, kurz nach halb zehn, und ich habe einen Bärenhunger. »Ach, du hast ja wirklich von allem etwas da... Lass mich mal überlegen, ich wollte eigentlich gern eine Pizza.«

Tonio erstarrt mit der Flasche Sekt in der Hand, zu Tode betrübt, denn er weiß ganz genau, dass es hier im Umkreis keine Pizzeria gibt, die im Winter geöffnet hat.

Und ich müsste das eigentlich auch wissen, dass sie nur zur *Saison* aufmachen, hatte es aber vergessen.

»Eine Pizza! Und wo soll ich die jetzt herzaubern? Eine Pizza, wie kommst du denn jetzt auf einmal da drauf?«

Ich beschließe, einen Scherz daraus zu machen, denn bei ihm läuft es sowieso immer darauf hinaus.

»Na ja, mein Lieber, du weißt doch wie das ist, wenn man nichts anderes hat …«

Sofort strahlt Tonio wieder übers ganze Gesicht, als hätte man eine Neonröhre angeknipst. Er traut seinen Ohren nicht, aber er erkennt, dass wir einen historischen Moment erleben, weil ich, die unerschütterliche, beinharte Lolita, gerade zugebe, dass sogar ich das eine oder andere Bedürfnis habe. »Komm schon, Lolì, das kann ich gar nicht glauben.« »Ich bin schließlich auch eine Frau, was denkst du denn.«

»Und was für eine Frau!«

»Lässt du das endlich sein? Nein, aber mal Scherz beiseite, das stimmt schon.«

Das Thema interessiert ihn brennend, denn Tonio ist ganz verrückt nach allem, was mit Sex zu tun hat. »Nur damit ich das jetzt richtig verstehe, Lolì, wenn du Lust aufs Vögeln bekommst, dann isst du was?«

Ein Typ wie er kann das nicht begreifen, denn er ist da anders, wahrscheinlich könnte er zwei Jahre ohne etwas zu essen auskommen, aber ohne Sex niemals.

»Ja!«, sage ich im Brustton der Überzeugung.

»Und was isst du?«, fragt er mich verstört, denn er kann sich schon das ein oder andere denken.

»Na ja, ich habe da ein paar, wie soll ich sagen, Ersatzlebensmittel.«

»Was denn so? Und jetzt komm mir nicht wieder mit deinen Orangen.« Er ist neugierig geworden. Schau mal einer an, der denkt richtig nach.

»Zuckerkringel und Stracchinokäse«, sage ich zu ihm, so begeistert, als spräche ich von französischen Austern.

Er wirkt allerdings eher skeptisch. »Hmm. Und was noch?«

»Crêpes mit Nutella.«

Hier treffe ich mehr seinen Geschmack, ich kenne ihn gut und weiß, dass er ein Süßer ist, und tatsächlich nickt er zustimmend. »Nutella, Lolì. Das glaub ich gern … Und sonst?«

Jetzt verblüffe ich ihn vollends. »Bbbananen und Hohonig, Tò …«

Tonio starrt mich hingerissen an, als wäre ich eine *Lapdance*-Tänzerin. »Mmmh, Madonna, und wie ist das?«, fragt er stockend und klingt ganz heiser.

Ich lasse meine Stimme jetzt lüstern klingen und kriege ihn damit dran. »Ich schwör's dir, Tonio, das ist echt der Hammer, Tò, der absolute Höhepunkt. Richtig geil. Du schälst eine Banane, dann nimmst du das Honigglas, du tunkst sie ein …«

»Und dann?«

»Das war's, was hast du denn gedacht? Aber man muss eine Stunde auf dem Fitnesstrainer strampeln, um das wieder runterzukriegen.«

Tonio ist wie versteinert und starrt mich an, er hatte

sich ein ganz anderes Finale erwartet. Irgendwas nicht Jugendfreies, so viel steht fest. »Lolì?«

»Was gibt's?«

»Willst du einen Rat?«

»Von dir immer …«

»Du solltest es dir wirklich ab und zu mal besorgen lassen, hör auf deinen lieben Tonio, der es nur gut mit dir meint, dann nimmst du auch nicht zu.«

Also, das ist Tonio. Der immer die Wahrheit sagt und der mich gernhat. Und der es immer schafft, dass ich wieder gute Laune bekomme.

Und deswegen liebe ich ihn.

Doch als ich nach Hause komme, denke ich an das, was er mir gesagt hat. Er hat ja Recht. Seit drei Jahren habe ich keinen Mann mehr gehabt. Und ich weiß selbst, dass ich ganz allein daran schuld bin, aber das ändert auch nichts, denn wie auch immer, ich bin und bleibe allein. Immerhin war ich schon mal verheiratet, mit Michele, da haben wir Nägel mit Köpfen gemacht. Und dann ist er abgehauen. Mit einer anderen, die bereits im sechsten Monat schwanger war.

Ich schnappe mir die Fernbedienung und zappe ständig zwischen den Programmen hin und her, erstes, zweites, drittes, Kanal 5, aber ich bin viel zu nervös, um mich auf eine Sendung zu konzentrieren. Warum bin ich auch zu ihm gegangen, was für ein Teufel hat mich da geritten, jetzt habe ich den Salat! So werde ich mich niemals von Michele befreien, denke ich, während ich alle Kissen vom Sofa nehme und sie gegen das Fenster pfeffere, obwohl es schon zehn Uhr abends ist.

Wie soll man auch darüber wegkommen? Ich schaffe das nicht. In der ersten Wut hatte ich sogar noch gedacht, was soll's, dann schnapp ich mir halt einen anderen, und dann wird er schon sehen. Aber später? Ein anderer Mann in mir, auf mir, dort, wo Michele war und fast keiner außer ihm. Gut, abgesehen von Stefanuccio, das wisst ihr ja schließlich noch, oder? Und vielleicht hat ja gerade der mich angeschmiert. Meine Mutter hat es mir immer gesagt: »Pass auf, Lolì, die Zeiten haben sich geändert, heute sind Ehen wie Melonen, wenn sie zu reif sind, will sie keiner mehr haben, und dann schmeißt man sie dir nach.«

Das sagt sich so leicht, aber ich habe jedenfalls nicht auf der langen Verlobungszeit bestanden und dass wir warten, bis er seinen Abschluss hat.

Und danach? Dann ist ihm die Leidenschaft abhandengekommen, hat er gesagt. Von einem Tag auf den anderen. Hätte er mir das nicht vorher sagen können? Dann hätten wir uns das viele schöne Geld für die Feier sparen können und den Kredit nicht aufnehmen müssen.

Während ich mir Wasser in die Badewanne einlasse, betrachte ich mich im Spiegel. Heute keine Kerzen und Räucherstäbchen mit Zitrusduft, dafür bin ich nicht in Stimmung. Aber ich mache alle Lampen an, auch die direkt vor mir, die ein gnadenloses Licht verbreitet. Und ich mustere mich Pore für Pore wie ein Gerichtsmediziner. Hier, genau am Ansatz des Scheitels, wächst ein graues Haar. Und links und rechts von Nase und Mund verlaufen zwei hässliche Falten. Nasolabialfalten, so hat sie Patrizia, meine Kosmetikerin, genannt. »Aber dagegen lässt sich was machen«, hat sie mir versichert. »Ein kleiner Einstich hier und da, ein bisschen Elektrostimulation rund um das Gesicht, und du siehst wieder aus wie neu«, sagt sie.

Ich denk drüber nach, vielleicht sind sie ja ein Anzeichen meiner Müdigkeit, meiner mangelnden Lebensfreude. Dann ziehe ich mich aus, und dieser Anblick tröstet mich. Ich drehe mich vor und zurück, taste mich ab und nehme jedes Körperteil ganz genau unter die Lupe. Die Titten und der Arsch ... wenigstens die sind noch fest und hart wie zwei Wochen altes Schüttelbrot, wenn man sie anfasst.

Und wer weiß, was das neue Jahr bringt, manchmal geschehen ja noch Zeichen und Wunder.

Ich bleibe eine geschlagene Stunde in der Wanne, bis das Wasser lauwarm ist und es mir allmählich zu kalt wird, dann wickele ich mich in den Bademantel aus Waffelpiqué, trockne mich ab und reibe mich von oben bis unten mit diesen teuren Cremes ein, die mir Anna und Teresa, meine Freundinnen in der Parfümerie am Corso, jedes Mal aufdrängen, wenn ich bei ihnen vorbeischaue. »Lolì, Körperpflege ist für uns Frauen das Wichtigste«, sagen sie mir ständig, und sie haben Recht.

Nach einer halben Stunde Rubbeln, Zupfen und Einreiben ziehe ich mir den Schlafanzug an und gehe in die Küche. Ich schalte den Fernseher ein, schnappe mir wieder die Fernbedienung, schäle mir eine Orange, während ich die Spätnachrichten schaue, dann trinke ich ein Glas kalte Milch und gehe ins Bett.

Dort drehe ich mich hin und her wie ein Hähnchen auf dem Grillspieß und kann nicht einschlafen, weil ich immer an Stefano denken muss. Ich möchte unbedingt erreichen, dass er bald entlassen wird, und deshalb muss ich morgen den Polizeipräsidenten anrufen und vielleicht auch den Richter. Ich möchte versuchen, ihm zu helfen, denn meine Vorstellung von dem Fall hat mit dieser Schweinerei, die man ihm vorwirft, so gar nichts zu tun, und außerdem habe ich längst vergessen, wie hässlich es war, dass er abgehauen ist und mich wie eine alte Jungfer sitzen gelassen hat.

Aber morgen ist Sonntag, und da geht gar nichts, weil es in diesem Jahr wieder einmal ein höllisch langes Weihnachten gibt, sehr zur Freude der Arbeitnehmer und zum Verdruss der Händler, die all ihre überzähligen Lebensmittel entsorgen müssen, und dieser armen Leute wie mir, die lieber einen Tag arbeiten gehen als noch so einen dämlichen Feiertag rumzubringen, denn wenn du kein Kind mehr bist, macht dich das nur traurig.

Sonntag, der 27. Dezember

MARIETTA

Marietta Carrozzo, achtunddreißig, Richterin, verheiratet, zwei Kinder und meine beste Freundin. Lange rote Haare, Sommersprossen und wunderschön. Wir haben uns vor fast zwanzig Jahren an der Universität kennen gelernt, als wir alle beide Jura studierten. Doch jetzt ist sie Richterin in einer anderen Stadt, und ich bin froh, wenn ich beruflich nichts mit ihr zu tun habe, denn im Gerichtssaal wird sie zu einem ganz scharfen Hund, und man erkennt sie nicht mehr wieder. »Meine« Marietta, meine beste Freundin, liebe ich. Wenn sie nach Bari kommt, kann ich stundenlang mit ihr durchs Zentrum bummeln und Klamotten anprobieren, die wir uns ganz bewusst niemals kaufen, weil sie zu teuer sind. Oder ich gehe mit ihr in die Spätvorstellung ins Kino, wenn ich gerade von der Arbeit komme und ihre Kinder seit ein paar Stunden schlafen. Und ich kann mit ihr über Männer reden. Selbstverständlich über solche, die es in unserem Leben nicht gibt. Auch wenn sie verheiratet ist und tatsächlich einen Mann hat, aber der gehört zu der Sorte, die ich als nichtexistent bezeichne, Männer ohne Mumm und Durchsetzungskraft. Dabei ist Marietta eine temperamentvolle Frau, zumindest jetzt. Gemeinsam mit ihr habe ich entdeckt, was wahre Freundschaft ist, die weder Neid noch Eifersucht kennt, sondern voller zärtlicher, verrückter und fröhlicher Einfälle ist. Wo es sogar ehrlicher zugeht als mit einer leiblichen Schwester.

Heute hat sie mich zum Mittagessen eingeladen. Ich soll zum Nachtisch Törtchen besorgen, und auf dem Weg in die Bäckerei komme ich sowieso beim Büro vorbei, da kann ich ja noch schnell einen Sprung hinein machen.

Ich laufe den Corso unter den Bäumen entlang, wobei ich sorgfältig darauf achte, nicht in Taubenscheiße zu treten. Zwischendrin halte ich immer mal wieder kurz an, um mit ein paar Leuten zu reden, die ich schon ewig nicht mehr gesehen habe, und das mal ganz in Ruhe, nicht so gehetzt wie sonst. Selbstverständlich geht es fast immer um Politik, jetzt, wo die Regionalwahlen vor der Tür stehen und alle Parteien Frauen als Kandidaten ins Rennen schicken. Einschließlich ein paar attraktiver Fernsehsternchen, die schon einen sicheren Listenplatz haben.

Als ich mit dem Päckchen Törtchen ins Büro komme, ist dort alles in Ordnung, und Neuigkeiten gibt es auch keine.

Die Rathausuhr schlägt zwölf, und ich habe noch viel Zeit, denn bei Marietta wird es wegen der Kinder, die ständig dazwischenfunken, ja doch immer zwei, ehe es etwas zu essen gibt, daher beschließe ich, mich für fünf Minuten in mein Büro zu verdrücken, um das alte Ekel von Polizeipräsident bei sich zu Hause anzurufen.

Ich komme bei ihm gleich zur Sache, dem kann man es sowieso nie recht machen, nur damit wir uns recht verstehen, er gehört noch zu den Männern, die mehr oder minder in der Zeit von Filmen wie *Die Knallköpfe von der 6. Kompanie* steckengeblieben sind.

»Ich bin's, Lolita. Guten Tag, Herr Polizeipräsident, nachträglich frohe Weihnachten.«

»Oh, was für eine Freude, Lolita! Meine Lieblingscommissaria. Frauen sind mir immer willkommen, und so sollte es überall sein, meine ich. Vor allem, wenn sie so gut aussehen wie du, Lolì!«

»Vielen Dank, Präsident. Sie sind doch wie ein Vater für mich.« Und ich betone das »Vater« sehr. Dieses Schwein! Wenn ich ihn Papi nenne, bildet der sich vielleicht noch ein, er sei Berlusconi, womöglich denkt er, dass alle Frauen solche Schlampen sind wie die Capriati.

Und jetzt sollte ich vielleicht mal etwas ausholen und erklären, wer diese Capriati ist, denn ein ganzes Kapitel möchte ich ihr wirklich nicht widmen.

Also, Innocenza Capriati, genannt Cenza, sechsunddreißig Jahre alt wie ich, nur dass sie im Juni Geburtstag hat und ich im September, hat ihr ganzes Leben lang in meiner Gegend gewohnt. Ihr Vater betrieb eine sehr gut gehende Bar mit Konditorei und rackerte sich von morgens bis abends zwischen Backstube und Ladentheke ab, während die kleine Cenza und ihr Bruder sich den lieben langen Tag im Hof vergnügten und immer die tollsten Spielsachen dabeihatten. Ich beobachtete sie vom Balkon aus und beneidete sie, oh mein Gott, was habe ich sie beneidet!

Aber Cenza war nicht zufrieden damit, dass sie einfach alles hatte und ich gar nichts, nicht mal einen Vater. Sie gönnte mir nicht einmal das wenige, was ich besaß, sondern war sogar neidisch auf meinen wunderschönen Namen. Sie hätte alles dafür getan, nur um auch Lolì genannt zu werden.

Nach ein paar Jahren voller wütender Zankereien, Puppen, denen die Augen herausgerissen wurden, Bällen, die jemand mit dem Messer zerstochen hatte und vom Balkon ausgekippten Wassereimern, von den unzähligen Knüffen und ausgerissenen Haarbüscheln ganz zu schweigen, landeten wir schließlich auf derselben Schule, sie strunzdumm und ich supergut. Und das ließ die Auseinandersetzung zwischen uns nur noch weiter ausufern.

Wenige Jahre später eröffnete ihr Vater einen angesagten Nachtklub, und Cenza, die zugestandenermaßen ein wirklich attraktives Mädchen war, ließ das Jurastudium nach der Hälfte sausen und spielte sich noch mehr auf als früher. Sie begann, sich Cinzia zu nennen, kaufte sich einen metallicblauen Porsche und ließ sich die Nase, die Titten und was weiß ich nicht alles machen. Dann änderte sich schlagartig alles, ihr Vater machte Pleite, und zuletzt hatte sie mit ihrem Bruder zusammen eine Bar in einem anderen Viertel eröffnet.

Die Bar, die sie jetzt betreiben, ist ein ziemlich mieser Schuppen, aber Cinzia hat offenbar dem Polizeipräsidenten den Cappuccino so hingebungsvoll serviert, dass er sich in sie verliebt hat. Daraufhin hat er ihr zu einem Schmalspurdiplom verholfen und sie zunächst in die Ausweisbehörde des Polizeipräsidiums gehievt, doch nachdem seine Frau ihm deswegen eine Szene gemacht hat, hat er sie in die Abteilung für Jugendkriminalität des Kommissariats versetzt, wo ich jetzt arbeite.

Kaum hatte sie sich hinter dem Schreibtisch breitgemacht, hat sie sich gleich aufgeplustert, wie mir jemand hinterbracht hat. Unter den vier geilen Böcken, die dort arbeiten, fühlt sie sich als unumstrittene Königin, und jeden Tag, wenn sie das Büro betritt, ist das wie eine Modenschau. Da kann man sich leicht vorstellen, was passierte, als sie mitbekam, wer die neue Commissaria ist. Sie hat sofort begriffen, dass die Schmeicheleien vorbei waren, ist vor Neid ganz gelb geworden und hat dann begonnen, gegen mich zu schießen und überall üble Gerüchte über mich zu verbreiten.

Und jetzt wieder weiter im Text.

»Was gibt's, meine liebe Lolita? Welchem Umstand verdanke ich denn die Ehre deines Anrufs?«

Oh Mann, immer dieses Lolita-Gelaber. Und sagt mir jetzt nicht, das sei auch nur ein Name wie jeder andere und wenn ich beispielsweise Teresa hieße, würde man mich bestimmt auch nicht öfter beim Nachnamen nennen. Aber das stimmt einfach nicht, und so höre ich Lolì hier und Lolì da. So ein Mist!

Ich versuche ruhig zu bleiben und vor allem, so unbeteiligt wie möglich zu klingen, denn wenn das alte Ekel mitbekommt, dass mir die Angelegenheit am Herzen liegt, erzählt er das brühwarm seiner Herzallerliebsten weiter, und ich bin verraten und verkauft. Daher räuspere ich mich und gehe sofort das Thema Stefano an. »Also, Herr Präsident, ich wollte Ihnen nicht nur nachträglich frohe Weihnachten wünschen, sondern mit Ihnen auch über Stefano Morelli sprechen, den Zahnarzt, den wir Heiligabend verhaftet haben.«

Er lässt mich nicht einmal ausreden, offensichtlich ist er in der Sache auf dem Laufenden, schließlich haben alle Zeitungen darüber berichtet, außerdem ist die Familie Morelli in der ganzen Provinz Bari bekannt. Darüber hinaus hat die Capriati dem Ganzen sicher einige boshafte Details hinzugefügt.

»Ach ja, ich hab verstanden, ja verstanden … was für ein Irrsinn. Bis gestern war er noch ein hochangesehener Zahnarzt. Abschluss mit summa cum laude, summa cum laude. Ich kannte seinen Vater, ja, den kannte ich, den Richter Morelli. Ein echter Herr! Aber was will man machen, Lolita, gegen die Triebe kommt man nicht an … Oh, und ich weiß, wovon ich rede, meine schöne Lolita, jeder Mann ist schließlich auch nur ein Mann, ganz besonders, wenn er auf schöne Frauen trifft wie dich, Lolì … da kann man schon mal den Kopf verlieren, meine ich. Und das ist keine Frage des Alters, ja, keine Frage des Alters, denn in diesem Fall …«

Langsam bin ich gereizt, oh Mann, er hält mir einen umständlichen Vortrag, und was für einen. Und es sieht nicht so aus, als wollte er zu einem Ende kommen. Ich würde ihm am liebsten sagen, dass mich seine Angelegenheiten nun wirklich einen Scheißdreck interessieren, aber stattdessen schneide ich ihm bloß das Wort ab. Ich lasse meine Stimme ganz ruhig klingen, auch wenn ich ihn am liebsten mit dem Telefonkabel erdrosseln würde. »Schauen Sie, Herr Präsident, und entschuldigen Sie bitte, dass ich Sie unterbreche, genau deswegen rufe ich Sie ja an. Ich glaube, dass es ziemlich dringend ist. Aus den Ermittlungen, die ich anstelle, geht meiner Meinung eindeutig hervor, dass es sich um eine Verschwörung gegen Morelli handelt. Also, Dottò, ich glaube, man will ihn hinter Gitter bringen.«

Der Polizeipräsident ist ein alter Hase und lässt sich nicht so leicht aufs Glatteis führen, nicht einmal von einer schönen Frau, es sei denn, sie besorgt es ihm so wie die Capriati.

»Gleich eine Verschwörung! So ein hässliches Wort und das aus deinem Mund, Lolì! Aber da stellt sich mir doch die Frage nach dem Warum?«, sagt der alte Fuchs und gibt sich ganz ahnungslos. Aber ich weiß zu genau, dass er nur so tut, der Mistkerl hat mich kalt erwischt, und ich muss jetzt zugeben, dass das nur pure Vermutung ist. Leise hauche ich in den Hörer: »Wenn ich das nur wüsste …«

»Hör mal, Lolì, dann stimmt es also, du hast nichts in der Hand?«, bohrt er nach und obwohl er zuckersüß klingt, hat er doch alles glasklar erfasst.

»Dottò, was kann ich denn groß in Händen haben, wenn er Heiligabend verhaftet wurde und gestern erst der zweite Weihnachtsfeiertag war? Verdachtsmomente, Vermutungen, aber nichts Konkretes. Sagen wir, ich verfolge eine Spur.«

»Ach sooo, ich habe verstanden. Du verfolgst eine Spur. Und jetzt möchtest du ihn freilassen, einfach so, sagen wir mal, weil er dir gefällt? Vielleicht ist er ein hübscher Kerl, und soweit ich weiß, lebst du ja getrennt«, fügt er anzüglich hinzu wie ein altes Klatschweib. Ich würde ihm am liebsten auf den Kopf kotzen, aber durchs Telefon geht das leider nicht, und daher versuche ich, ihm diese seltsamen Gedanken aus dem Kopf zu schlagen. »Aber nein, Dottore, wo denken Sie hin.«

Was im Klartext heißen soll, du blöder alter Sack, das zahle ich dir heim!

»Jetzt hör mal auf den guten Papa, Lolì, ich möchte dir ja helfen, aber heute ist Sonntag, und sollen wir da etwa die Richter anrufen? Du weißt doch, wie es läuft. Und hör auf mich, Lolì, schließlich habe ich ein paar Jährchen mehr auf dem Buckel als du: An einer Woche im Gefängnis ist noch niemand gestorben. Und jetzt, wo wir so ein schönes Weihnachten haben, so warm war es ja schon lang nicht mehr, warten wir ruhig mal ab bis Silvester, und dann können wir ja sehen.« Damit ist für ihn der Fall vorerst erledigt. So ein Mistkerl. Wenn er mit seinem Gewissen vereinbaren kann, dass ein armer Unschuldiger die Woche zwischen den Jahren hinter Gittern verbringt, dann darf ich das ruhig so sagen.

Ich fühle, wie mich der Mut verlässt, aber da muss

ich durch. »Wie Sie meinen, Dottore, und entschuldigen Sie nochmals, dass ich Sie gestört habe. Noch einmal frohe Weihnachten.«

»Ach woher denn, Lolì? Mach's gut, und amüsier dich hin und wieder.«

Auweia, das hat mir gerade noch gefehlt!

»Ach, Lolì, einen Augenblick noch, ich wollte dir nur sagen, dass ich darüber nachgedacht habe, warum es Weihnachten dieses Jahr so heiß ist, und da bist du mir in den Sinn gekommen.«

Oh Mann, aber sicher!

Als ich bei Marietta ankomme, sieht sie mir gleich an, dass ich stinkig bin. »Oh nein, Lolita, das lass ich nicht zu. Heute bleibt die Arbeit vor der Tür. Bitte. Was glaubst du wohl, was ich jeden Tag mit den zwei kleinen Monstern hier durchmache?« Wie zur Bestätigung toben ihre Kinder gleich unter großem Gejohle mit den neuen Rollschuhen, die ich ihnen mitgebracht habe, durch die Wohnung. Doch dann, als wir uns an den Tisch setzen und sie mir nach dem Tischgebet einen Teller dampfender Orecchiette mit Tomatensoße vor die Nase setzt, ein absolutes Gedicht, lächle ich, tauche ein in den Duft von Soße mit Rouladen und vergesse alles. Allerdings kann ich mir nicht verkneifen, darüber nachzudenken, wie lange ich danach wohl auf dem Fitnesstrainer strampeln muss, um das wieder runterzubekommen. Mindestens eine Stunde. »Also gut, in Ordnung, allen einen guten Appetit.«

Und ich gieße mir ein Glas Primitivo ein.

Nachdem Mariè und ich zusammen das gute Geschirr und die Kristallgläser gespült und abgetrocknet haben, gehen wir mit den Kindern in den Zirkus. Was für ein Trauerspiel, dachte ich, aber den Kleinen hat es unglaublich gut gefallen. Zuckerwatte, ein Foto auf dem Kamel und eine Runde auf dem Elefanten, das Ganze für zehn Euro. Und als wir wieder zurück sind, schaffen wir es endlich, ein bisschen Zeit für uns zu finden, worauf wir den ganzen Tag gewartet haben. Denn als die Kinder schon raufgehen, um bei Oma aufgewärmte Reste vom Festtagsbraten zu essen, bleiben Marietta und ich eine Stunde im Auto vor dem Haus sitzen, um über unsere eigenen Angelegenheiten zu reden.

Marietta lebt in einem Wohngebiet am Stadtrand, in einem von diesen Wohnhäusern, die alle gleich aussehen und die vor dreißig Jahren von einer Eigentümergemeinschaft hochgezogen wurden. Sie tragen merkwürdige Namen und sind alle von dem gleichen bordeauxfarbenen Zaun umgeben. Mariettas grauer Fiat Punto parkt unter einer flackernden Straßenlaterne vor der Klebsamenhecke, die die Wohnhäuser umgibt. Es ist ruhig, die Straße fast menschenleer, meine Freundin seufzt laut, lässt das Fenster herunter und steckt sich wie üblich eine Zigarette an, dann schaltet sie leise das Radio ein, und wir fangen an zu quatschen, über Kleinigkeiten, über ihre Arbeit, über meine, über ihre Kollegen, die ich auch kenne, über ihre Babysitterin, die im Mai heiratet und danach nicht mehr arbeiten wird und darüber, wie schwierig es sein wird, jemand anderes zu finden, der es mit ihren Kindern aushält. Währenddessen sitze ich da, beobachte sie und denke, dass ihre Stimme heute etwas merkwürdig klingt, leiser, sinnlicher. Und außerdem fährt sie sich ständig durch die Haare. Schließlich redet sie wirres Zeug, ohne auf den Punkt zu kommen, und ich verstehe sie nicht, sie schließt das Fenster und malt dann Muster auf die beschlagenen Scheiben. »Ich muss dir was sagen, Lolì. Besser gesagt zwei Dinge.«

»Na also, ich wusste doch, da war noch was, seit fünf Minuten redest du nur Unsinn. Was gibt's, Mariè? Sag's mir.« Und dabei denke ich, dass vielleicht auch sie ernsthafte berufliche Probleme hat.

»Ich treffe mich da mit jemandem.«

»Oh mein Gott, und das erzählst du mir einfach so!« Was soll ich euch sagen, so etwas hätte ich von ihr einfach nicht erwartet, denn schließlich hat sie einen einigermaßen annehmbaren Mann, einen anstrengenden Job und den auch noch außerhalb, und ihre Kinder halten sie Gott sei's gedankt auch ständig auf Trab. Wie sie da noch Zeit findet, an so einen Blödsinn auch nur zu denken, ist mir ein Rätsel. Ich fasse meine Gedanken in einem »Aber bist du jetzt völlig verrückt geworden?« zusammen, das tief aus meinem Herzen kommt. Aber dann siegt doch meine weibliche Neugier. »Wer ist es, kenne ich ihn?«

»Vielleicht schon, Lolì«, gibt sie mit gesenktem Kopf zu. »Besser gesagt ganz bestimmt, schließlich ist es einer meiner Kollegen.«

Und da wird mir klar, dass wir beide sogar seine Steuernummer kennen. Plötzlich erinnere ich mich wieder daran, dass sie mir beim letzten Mal, als wir uns gesehen haben, jede Menge von einem Richter erzählt hat, den wir beide kennen und der sich in letzter Zeit auch politisch betätigt. Vorsichtshalber frage ich noch einmal nach, aber ich kenne die Antwort bereits: »Ist er verheiratet?«

»Ja, Lolì, das weißt du doch … Er ist seit mehr als zwanzig Jahren verheiratet und hat schon zwei erwachsene Kinder. Und du weißt genau, wer es ist.«

Während sie redet, malt sie wieder auf der Fensterscheibe herum, und ich bilde mir ein, zwei Herzchen zu sehen und darunter einen Namen. Mann, ist das verrückt!

Ich erstarre, denn Mariè weiß, was ich davon halte. Für mich ist ein verheirateter Mann unantastbar. Ich habe selbst zu viel durchgemacht, als dass mich der Schmerz einer anderen Ehefrau kalt lassen würde. Und diese Geschichte gefällt mir ganz und gar nicht.

Ich drehe meinen Kopf weg, und wir wirken fast wie ein Pärchen, das sich gerade trennen will. Dann, nachdem wir eine Weile nichts gesagt, sondern stocksteif den Songs von Negramaro gelauscht haben, legt mir Marietta einen Arm um die Schulter. Sie versucht, mich zu umarmen, sie will mir unbedingt von ihm erzählen und braucht außerdem meinen offiziellen Segen. Aber sie weiß, dass das nicht einfach wird. »Jetzt sei nicht katholischer als der Papst, Lò«, bettelt sie, »bitte nicht bei mir. Nicht alle Ehen sind der Himmel auf Erden und wenn du ehrlich bist, war deine das auch nicht.« Jetzt begibt sie sich auf gefährliches Terrain, und ich verstehe nicht, warum in letzter Zeit alle auf meiner beschissenen Ehe herumreiten müssen, wo wir doch alle wissen, wie die geendet hat.

Und tatsächlich, sie fährt fort, als hätte sie ein schlechtes Drehbuch auswendig gelernt: »Jetzt schau mich mal an, Lolì. Du musst ein für alle Male begreifen, dass deine Ehe bereits vorbei war, bevor sie überhaupt begonnen hatte. Du weigerst dich als Einzige, dir das einzugestehen und willst nicht verzeihen. So wie du dich einfach nicht mit dem armen Michele aussöhnen willst.«

Also, das ist wirklich nicht fair, jetzt übertreibt es Marietta aber. Michele arm zu nennen, das darf nicht einmal sie. Ich bin wütend und werde dabei richtig laut: »Das auch noch! Das hat mir gerade noch gefehlt. Jetzt hör mir mal zu: Ich habe keine Lira Unterhalt von ihm verlangt, er hat die Scheidung gewollt, und ich habe mich nicht dagegen gewehrt, ich lasse ihn völlig in Ruhe, und trotzdem soll ich diesem Kerl etwa auch noch zujubeln nach allem, was er mir angetan hat? Du bist doch völlig verrückt, Mariè.«

Ich bin ziemlich laut geworden, und der alte Mann, der in der Hausjacke mit seinem Hund kurz vor die Tür Gassi gegangen ist, bleibt stehen, um sich das Gekeife zwischen Weibern kurz vor den Wechseljahren nicht entgehen zu lassen.

»Nein, meine liebe Lolita, ich bin nicht verrückt, sondern du. So läuft es eben im Leben, irgendwann gehen die Klopapierrollen zur Neige, Leute sterben, Ehen scheitern, und die Liebe vergeht. Jeden einzelnen, gottverdammten Tag. Das haben sie uns sogar in der Schule beigebracht, erinnerst du dich? *Panta rhei*, alles fließt. Wer hat das noch mal gesagt? Sokrates, glaube ich. So zu tun wie du, als wäre da nichts und alles unter den Teppich zu kehren ist pure Heuchelei.«

»Mamma mia, jetzt vögelst du nicht nur herum, sondern kommst mir auch noch philosophisch. Gleich Sokrates. Du hältst mich also für scheinheilig? Schön und gut, und warum verlässt du dann deinen Mann nicht einfach, anstatt mit allen beiden in die Kiste zu steigen? Und im Übrigen war es Heraklit, du blöde Kuh, morgen Nachmittag kannst du ja ein bisschen Philosophie nachholen, anstatt zu dem anderen zu rennen, schaden wird dir das bestimmt nicht.«

»Was soll jetzt das Gerede, dass ich mit beiden ins Bett gehe, Lolì? Gut, du sagst, es war Heraklit, ich glaube, es war der andere. Wie auch immer, du denkst nur an das eine, aber an meine Kinder denkst du dabei nicht! Warum soll ich ihnen den Vater wegnehmen, jetzt wo sie noch klein sind und ihn brauchen? Na sag schon, Lolì! Warum? Ich weiß, ich weiß, du glaubst, dass ich alles falsch mache, weil du ja die Frau Lehrerin mit dem Rotstift bist. Aber hey, willst du die Wahrheit wissen? Seit das angefangen hat, kann ich endlich einmal aufatmen, ich lebe auf und fühle mich sogar schön dabei. Wie zehn Jahre jünger. Und außerdem, Lolì, wir tun doch niemandem weh, ich schwör's. Wir knapsen das von unserer Zeit ab und nicht von der der anderen.«

Wie alle, die fremdgehen, hat sich Marietta ihre ganz persönliche Rechtfertigung zurechtgezimmert, ein Generalablass für die Sünden des Fleisches und des Herzens, und sie scheint gar nicht mitzubekommen, dass die Lüge sich früher oder später ausbreiten wird wie ein Rotweinfleck auf einem sauberen Tischtuch und die Luft verpesten wird, die sie jetzt noch aufatmen lässt. Ich versuche natürlich, ihr das ganz sanft beizubringen, denn ich weiß, dass man die Dinge anders beurteilt, wenn man verliebt ist, und der eigene Blickwinkel auf die Welt viele Tausend Lichtjahre von dem desjenigen entfernt ist, der direkt neben dir lebt.

»Also, dass du niemanden verletzt, damit wäre ich mal ganz vorsichtig, denn du kannst nie wissen, was in jemand anderem vorgeht. Und was das betrifft, dass du schöner wirst: Schön bist du doch schon, was willst du denn noch?«

Solchen Schönheitskuren misstraue ich gewaltig. Ich habe ja Patrizia, die sich um mich kümmert. Aber Marietta will nicht auf mich hören, sie denkt vollkommen anders und versucht jetzt, mich umzustimmen. »Lolì, das ist nicht der Punkt, du kannst Venus persönlich sein, aber trotzdem vergisst du, dass du schön bist, wenn dir das niemand ab und zu sagt. Und deshalb möchte ich dir einen Tipp geben: Verlieb dich, Lolì, verlier keine Zeit. Die Jahre vergehen, und du weißt ja gar nicht, was dir jeden Tag entgeht. Und ich glaube, du erinnerst dich vielleicht gar nicht mehr, wie flau es einem im Magen wird, wenn du jemanden küsst, eben so, dass du ...«

Marietta bricht verträumt ab, presst die Hände aufeinander und sucht mit den Augen draußen nach dem Mond.

Ich schaue sie an, während sie redet, und denke, dass sie vielleicht Recht hat. Sie ist schöner geworden in letzter Zeit, fraulicher, nicht so schroff. Mir war das schon vor längerem aufgefallen, aber ich habe gedacht, das läge daran, weil sie mit der Diät aufgehört hätte. Und dann sage ich ihr auch noch, dass sie schön ist, aber jetzt habe ich es eilig, ich will gehen, denn ich spüre, wie in mir Tränen und Schwermut aufsteigen. Wie auf den Platten mit neapolitanischen Liedern, die mein Vater abends auflegte.

»Vielleicht hast du ja Recht, Mariè. Und jetzt los, lass mich nach Hause fahren.«

»Bleib doch noch ein bisschen, Lolì, wer weiß, wann wir uns wiedersehen …«

Aber ich will jetzt keine Minute länger bleiben, denn heute Morgen bin ich in aller Herrgottsfrühe aus dem Haus gegangen, und ich habe einfach keine ruhige Minute, wenn ich weiß, dass Stefano im Gefängnis sitzt. Ich fühle mich verantwortlich, denn mir wird klar, dass ich die Einzige bin, die an ihn glaubt. »Nein, ich bin müde, Mariè. Und morgen muss ich wieder ganz früh raus.«

»Nein, Lolì, du bist wütend auf mich, und ich will nicht, dass wir so auseinandergehen.«

»Ach Quatsch, ist doch nichts passiert … Ich schwöre dir, das ist vergeben und vergessen. Jetzt muss ich aber wirklich los.«

In diesem Moment erscheinen ihre Kinder auf dem Balkon und rufen nach ihr, sie muss mich gehen lassen.

»Wie du willst, aber denk darüber nach, was ich dir gesagt habe … du bist jung, du bist schön, was willst du mehr, greif zu, Lolì, greif zu.«

Und dann, als ob nichts gewesen wäre, meint sie, als wir uns zum Abschied küssen: »Ach, hör mal, Lolì, das hätte ich fast vergessen. Könntest du mir einen Gefallen tun?« Sagt sie einfach so.

Misstrauisch stellen sich meine Ohren auf, wie bei Hunden, schließlich bin ich nicht umsonst Commissaria, ich bekomme sofort mit, wenn eine Sache stinkt.

»Was ist?«

»Hör mal, Lolì, könntest du mir vielleicht für zwei Stunden deine Wohnung überlassen … du weißt schon wofür, komm«, sagt sie und wird dabei nicht einmal rot.

Also, das schlägt dem Fass den Boden aus! Und doch kann ich es ihr nicht abschlagen, das bringe ich nicht übers Herz, denn wenn man sich unter Freundinnen nicht weiterhilft, bedeutet das, dass die Freundschaft vorbei ist.

»In Ordnung. Da, nimm den Zweitschlüssel. Aber sag mir zumindest vorher Bescheid, ich will auf keinen Fall in Verlegenheit kommen.«

Und jetzt kann ich es kaum erwarten, wieder nach Hause zu kommen, mir einen schönen Orangensaft zu pressen und dann ins Bett zu gehen.

Montag, der 28. Dezember

ANTONIO

Am Montagmorgen sage ich als Erstes zu Forte, dass er das Reisebüro anrufen und danach unverzüglich Rodolfo Capua einbestellen soll, zweiundvierzig, ledig, vor kurzem hat er sein Medizinstudium abgeschlossen.

Nach ein paar Stunden kommt Antonio gut gelaunt zurück. »Oh, Lolì, weißt du, dass du mal wieder Recht hattest?« Selbstverständlich weiß ich das, und das sage ich ihm auch.

»Und was hast du herausbekommen?«

Forte setzt sich mir umständlich gegenüber, in der Hand hat er Fotokopien und einen Katalog von *Alpitour*. »Also, Lolì, wichtige Neuigkeiten! Nach allem, was mir die Dame vom Reisebüro erzählt hat, war die Reise von Signora Pontrelli keineswegs eine *Last-minute*-Reise, wie sie es behauptet, sondern ein Angebotspaket, das nur bis zum achtzehnten Dezember gebucht werden konnte. Flug plus Hotel und ein Kind bis sechs Jahre gratis. Und die Reservierung lautete über drei Erwachsene und ein Kind.«

Ich stütze meine Ellenbogen auf den Schreibtisch und bin ganz Ohr, denn auch wenn Antonio das nicht weiß, etwas Schöneres hätte er mir gar nicht sagen können. Endlich sehe ich einen Hoffnungsschimmer für Stefano, und ich bekomme sogar den objektiven Beweis, dass ich mit meinen Vermutungen richtiglag und sie nicht nur Hirngespinste einer vertrockneten alten Jungfer waren. Der Capriati und diesem Ekel von Polizeipräsidenten zum Trotz.

»Verdammt, Antonio, da haben wir doch was. Das ist der Beweis, dass sie alles geplant haben. Jetzt spuck die Namen aus.«

»Mal ganz ruhig.« Forte möchte seinen Triumph auskosten und lässt sich Zeit. Er hat schon vergessen, dass für ihn unsere liebe Chiara unschuldig, ja superunschuldig war. Dieser Schlampe hat doch bloß noch der Heiligenschein gefehlt. Auf jeden Fall beschließe ich, klein beizugeben, hauche ihm ein »Ich gehorche, Meister Antò« zu, was ihn sichtlich glücklich macht, mache es mir hinter meinem Schreibtisch gemütlich und nuckele an einer kandierten Orangenschale. »Bist du bereit, Lolì? Sehr gut. Und jetzt halt dich fest. Also, die Reservierung lautet auf Chiara Maria Pontrelli, Pasqualina Miuli, verwitwete Pontrelli, die Mutter, Alessandro Morelli, den Sohn, und Rodolfo Capua, den Liebhaber.«

»So eine miese Schlampe, so eine Sau, siehst du!« Ich bitte um Entschuldigung für den harten Ausdruck, das ist mir einfach so rausgerutscht. Wie soll man auch sonst zu so einer sagen? Und dabei muss ich mich noch bei den Schweinen entschuldigen, sollten sie mich hören können. Jetzt muss ich aber meinem lieben Antonuccio ein bisschen den Kopf waschen, der meint, er wüsste alles über Männer und Frauen. »Und Antonio, was sagst du jetzt? Was hatte ich dir gesagt? Commissario sollten bloß noch Frauen werden, ja, das sollten sie. Wir haben nämlich den unerbittlichen Röntgenblick, und wir lassen uns von niemandem hinters Licht führen.«

Forte hört mir aufmerksam zu, sagt kein Wort, aber überzeugt ist er nicht. »Glaubst du wirklich?«

»Was meinst du denn, genau so ist es doch, oder?«

»Nein, Lolì, weißt du, wie es ist? Wir sind einfach blöd, weil wir immer wieder auf schöne Frauen reinfallen. Aber bei euch Frauen reichen manchmal zwei wirkungsvolle Komplimente, und ihr wisst nicht mehr, wo oben und unten ist. Oder versteht bloß noch das Eine«, sagt er, und seine Worte sind bitterer als ein Ramazotti.

Ich bin völlig von den Socken, wieso reden in diesen Tagen alle immer nur über das Eine? Jetzt fängt auch noch Antonio damit an. »Sag mal, Forte, hast du zufällig getrunken?«

Darauf ist er eingeschnappt und stellt die Sache gleich richtig. »Ich trinke niemals im Dienst, und das weißt du ganz genau, Lolì.«

»Ach, also im Moment weiß ich gar nichts mehr, denn in den letzten zwei Tagen kommst du mir ziemlich merkwürdig vor. In all den Jahren habe ich dich noch nie so ordinär erlebt. Willst du wirklich die Wahrheit wissen, Antò?«

»Jetzt rück schon raus damit, du scheinst ja heute Wahrsagerin spielen zu wollen.«

»Dann sage ich sie dir, keine Sorge, Antò. Die Wahrheit ist, dass neunzig Prozent aller Frauen, wenn sie vögeln, nicht vögeln, sondern Liebe machen. Und willst du wissen, warum? Weil sie verliebt sind.«

Ich mache eine kurze Pause, Forte ist neugierig, das Thema gefällt ihm.

»Und die anderen zehn Prozent?«

»Die, mein Lieber, sind keine Frauen, sondern Schlampen, das ist was anderes.«

Und hier mache ich eine noch längere Pause. Dann fahre ich fort: »Und willst du wissen, wie es bei den Männern aussieht?«

Er nickt stumm.

»Ach ja? Also, neunzig Prozent von euch bumst bloß.«

»Und die restlichen zehn Prozent?«, fragt er unschuldig wie ein Internatszögling.

»Na ja, Antò, die sind schwul, tut mir leid …«, sage ich sehr verständnisvoll.

Und hier reagiert mein Assistent auf einmal ganz merkwürdig, er springt auf, schüttelt den Kopf, starrt mich ernst an und zeigt mit dem Finger auf mich. »Lolì, du machst mir Angst. Du bist sauer auf uns, du bist sauer auf das gesamte männliche Geschlecht, und das ohne Ausnahme.«

Also jetzt platzt mir der Kragen, das hätte Antonio wirklich nicht sagen dürfen. Denn das stimmt einfach nicht, ich bin nicht sauer auf alle Männer. Und das möchte ich meinem Freund erklären. Ich springe ebenfalls auf, umrunde den Schreibtisch und baue mich vor ihm auf. Ich packe ihn am Kragen und stelle die Sache klar. »Antò, das stimmt doch nicht. So etwas Hässliches darfst du nicht sagen, ich bin nur sauer auf den Scheißkerl, dem ich mein ganzes Leben geschenkt habe und der es einfach weggeschmissen hat. Und jetzt tu mir den Gefallen und verpiss dich, und mach die Tür hinter dir zu, denn jetzt habe ich zu allem Überfluss auch noch Kopfschmerzen.«

Antonio ist schlau, er begreift, dass er sich jetzt besser davonmachen sollte, und dafür liebe ich ihn. »In Ordnung, wie du willst, Lolita, ich gehe.« Zwei Minuten später steht er ganz reumütig wieder in meiner Tür. »Lolì, was ich dich noch fragen wollte, brauchst du etwas?«

»Nein, nichts.«

»Okay, okay, … Hör mal, Lolì, aber noch was …«

»Was denn noch?«

»Soll ich dir einen Kamillentee bringen, ehe ich nach Hause gehe, Lolì?«

»Also wenn schon, dann bring mir einen Kaffee!«

Dienstag, der 29. Dezember

DER POLIZEIPRÄSIDENT

Vielleicht hat es an den Orangen gelegen, die ich gestern gegessen habe, aber heute Nacht habe ich vor Sodbrennen kein Auge zugetan, nicht mal ein Glas Zitrat hat geholfen, das Hausmittel meiner Großmutter Dolò. Deshalb bin ich heute Morgen als Erstes, vielleicht weil ich gereizt oder weil ich meinem lieben Stefanuccio noch einen Versuch schuldig war, ins zentrale Polizeipräsidium gefahren, um mit diesem Ekel von Polizeipräsident zu reden.

Bevor ich raufgehe, überprüfe ich noch mal mein Aussehen – Knöpfe, trägerloser BH, Rock, Ausschnitt –, damit er auch ja keinen Zentimeter Haut zu viel zu sehen kriegt, sonst kommt der bloß auf dumme Gedanken. Zum Glück muss die Capriati gestern Abend bei ihm ganze Arbeit geleistet haben, denn er sitzt ganz friedlich in seinem Sessel, rund, fett und rosa wie eine in der Pfanne ausgebackene Wildzwiebel.

Selbstverständlich küsst und umarmt er mich deutlich stürmischer, als er sollte, aber schließlich, nachdem er mich zweimal in die Wange gekniffen hat und kurz bevor ich ihm in den Finger beiße, bietet er mir einen Platz auf einem kleinen Sofa aus Cretonne unter dem Fenster an.

»Meine liebe Lolita«, beginnt er, »worüber sollen wir heute Morgen sprechen, wo du mir bereits am Telefon angedeutet hast, die Angelegenheit wäre etwas heikel?«

Ich starre ihn verstört an, warum kapiert der das einfach nicht? Was heißt hier *worüber sollen wir heute sprechen*, du armer Irrer! Erinnerst du dich wirklich nicht mehr, wo dieser arme Kerl immer noch sitzt?

Er tut jedoch ganz unschuldig, und daher halte ich die Klappe und schlucke die bittere Pille.

»Also, Herr Präsident, es geht um den Fall, über den ich gestern mit Ihnen bereits am Telefon gesprochen habe und der mich zurzeit beschäftigt. Der Fall Dottor Morelli, vielleicht erinnern Sie sich ja jetzt …«

Der Polizeipräsident erinnert sich sofort und verzieht das Gesicht. Ich würde sagen, er wirkt verärgert. »Schon wieder dieser Fall. Lolì, du kannst es anscheinend nicht lassen, meine Liebe. Darüber haben wir doch schon gesprochen, nicht wahr. Und ich habe dir bereits klipp und klar gesagt, was ich davon halte.«

»Ja, das stimmt, Dottò, Sie haben sich sehr deutlich ausgedrückt, aber entschuldigen Sie bitte, wenn ich Sie noch einmal damit belästige. Nach unserem Telefongespräch habe ich einige neue Beweise zusammentragen können, aus denen sich ergibt, dass ich dem Angeklagten trauen kann und für ihn …«

»Hausarrest fordern möchte?«

»Eigentlich dachte ich an eine Aufhebung der Untersuchungshaft…«

Vielleicht war das ja zu hoch gepokert. »Lolità,

machst du Witze?«, legt das Ekel todernst los. »Gleich *Aufhebung der Untersuchungshaft*! Kennst du denn diesen Morelli so gut, dass du ihm so sehr vertraust? Ich kann ja verstehen, dass man ihm Hausarrest zubilligt, und damit könnten wir alle gut leben, aber ihn einfach so auf freien Fuß zu setzen, das erscheint mir doch etwas übertrieben, meine ich ... Ich habe die Unterlagen nicht überprüft, aber Eile scheint mir hier nicht geboten. Du bist erst seit kurzem hier, aber so reibst du dich auf, meine Liebe.«

Die Situation ist heikel, und ich muss genau darauf achten, was ich jetzt sage, wenn ich hier mit einer Unterschrift raus will. »Ich kenne Morelli überhaupt nicht, Dottore, aber die Fakten sprechen für sich, und auf Grundlage der zusammengetragenen Beweise bin ich restlos von seiner Unschuld überzeugt und möchte es riskieren.«

»Na gut, Lolì, diesmal will ich dir den Gefallen tun. Junge Leute müssen ermutigt werden, sagt mein Chef immer. Und du trägst das Feuer der Leidenschaft in dir. Du bist noch neu hier, das stimmt, aber du bist auch eine tapfere junge Frau, das habe ich schon begriffen«, meint der Polizeipräsident schließlich und nickt mehrmals mit seinem kahlen Schädel. Fast könnte ich ihn sogar sympathisch finden.

»Aber du weißt schon, dass diese Genehmigung der Richter unterschreiben muss, und es ist nicht ausgeschlossen, dass der sich irgendwann verdünnisiert. Und man muss auch sagen, dass solche Leute wie Morelli manchmal, wenn sie nicht so einen Schutzengel haben wie dich, bis zum Prozess hinter Gittern bleiben. Habe ich nicht Recht, Lolì?«, meint er, nimmt meine Hand und streichelt sie mehr als ein bisschen.

»Damit liegen Sie ganz richtig«, bringe ich gerade noch heraus und ziehe meine Hand ganz langsam zurück. Denn ich verstehe sofort, dass man so jemanden nicht über Nacht ändern kann. »Dann warten wir also noch einen Tag.«

»Sehr gut, Lolì, so gefällst du mir! Sehr entgegenkommend … Du musst nämlich wissen, dass mir ein kleines Vögelchen gezwitschert hat, du wärst etwas gereizt, und zwar ständig.« Ich würde ihn gern fragen, ob es sich bei diesem Vögelchen nicht um eine fette Taube und zwar um diese Riesenschlampe Capriati handelt, aber aus Nächstenliebe beiße ich mir auf die Zunge und halte den Mund. Dann stellt mir das Ekel noch fünf oder sechs Routinefragen, ob ich den Typen kenne, den ich aus der Haft entlassen möchte, ob es zwischen ihm und mir verwandtschaftliche Bande oder andere Beziehungen gibt und welche das denn wären. Auf alle seine Fragen antworte ich mit einem entschiedenen Nein, beschwöre es sogar, und der Polizeipräsident, der aus welchen Gründen auch immer jetzt hochrot im Gesicht wird, geht jetzt zu den Ermahnungen über. Ich muss mir seine ganze Litanei anhören, dass man gewisse Dinge nicht leichtfertig entscheiden darf, dass er mir vertraut, obwohl ich noch nicht lange im Dienst bin, dass er auf meine Intuition baut, aber wenn ich mich irren würde, wäre das ausschließlich meine Angelegenheit und so weiter.

Eine gute halbe Stunde später drückt er mir endlich den unterschriebenen und einmal zusammengefalteten Wisch in die Hand, mit dem ich nun zum Richter muss, und ich darf gehen. Jetzt brauche ich erst einmal einen starken Kaffee, ehe ich weitermachen kann.

ASSUNTA

Heute Morgen hat mein hellblauer Bianchina Cabriolet, Baujahr 1962, mit dem Namenszug Lucia in kursiven Metalliclettern auf der Windschutzscheibe, ums Verrecken nicht anspringen wollen, den einer meiner unverheirateten Onkel väterlicherseits ganz legal mit dem bei der Sisallotterie gewonnenen Geld gekauft und dann mir vererbt hat. Um vom Polizeipräsidium in mein Büro zu kommen, muss ich deshalb mit einem Milchwagen mitfahren, der zu meinem Glück gerade in die Richtung Via Napoli unterwegs ist, ganz in der Nähe des Kommissariats.

Allerdings erweist sich die ungeplante Spazierfahrt, von einem dumpfen Geruch nach sauer gewordener Ricotta einmal abgesehen, unversehens als äußerst aufschlussreich, da mir Nicolino Lavermicocca, ein alteingesessener lokaler Geschäftsmann, er wurde sogar mit dem Ehrentitel »Cavaliere del lavoro« ausgezeichnet, verrät, dass hier im Viertel mehr als eine Familie nach Eurodisney aufgebrochen ist. Zum Beispiel der dicke Inhaber des Matratzenladens an der Ecke oder der Besitzer der Pizzeria *L'antico trave*, übrigens auch sein eigener Enkel und »die Frau von diesem *curnuto*, diesem gehörnten Trottel von Doktor, die den Sohn und ihren Geliebten nach Paris mitgenommen hat, während er es in seiner Praxis mit der Krankenschwester getrieben hat.«

Dass der Cavaliere del lavoro mütterlicherseits sizilianische Wurzeln hat, war mir bisher entgangen, und ich weiß natürlich, dass Neuigkeiten stets leicht verfremdet wiedergegeben werden und sich daher allmählich verändern, aber seit Anbeginn der Welt findet sich in Gerüchten, die von Tür zu Tür gehen, immer ein Quäntchen Wahrheit, und das gilt ganz bestimmt auch für die Beziehung zwischen Stefanos Frau und dem Doktor ohne Examen, da muss mehr dahinterstecken.

Ich schreibe in mein Notizbuch, dass ich dringend Rodolfo Capua einbestellen muss, denn das hat Angelo, so sicher wie das Amen in der Kirche, vergessen.

Kaum habe ich das Kommissariat betreten, spüre ich sofort, dass es etwas Neues geben muss, ich brauche mir nur anzusehen, wie die Kerle in Dreiergrüppchen nah an der Wand zusammenstehen, laut lachen und sich mit den Ellenbogen anstoßen, um zu wissen, dass es sich um eine Frau handelt. Das wittere ich zehn Meilen gegen den Wind, und tatsächlich durchziehen Schwaden eines süßlichen Parfüms die Eingangshalle. Und es ist nicht der Duft der Capriati, den kenne ich genau, da sie schließlich jeden Tag die Damentoilette damit verpestet.

Ich sehe niemanden an, erwidere nicht einmal den Gruß von bekannten Gesichtern und gehe direkt in mein Büro. Die Tür ist zwar geschlossen, aber durch die Milchglasscheiben erahne ich seltsame Schatten, die sich bewegen. Ich trete ein ohne anzuklopfen, das ist mein gutes Recht (und selbst wenn es nicht so wäre, würde ich es tun, nur damit das klar ist), und wedele übertrieben mit den Händen vor meiner Nase herum, denn die Luft ist so parfümgeschwängert, dass man hier kaum atmen kann, aber auch, um dem Ganzen ein wenig Dramatik zu verleihen. Und nun ratet mal, wer sich da ganz gemütlich hinter meinem Schreibtisch breitgemacht hat? Ja genau, Antonio Forte, mein erster Assistent, plaudert ganz liebenswürdig mit einer Doppelgängerin von Ela Weber, der bekannten sexy Blondine aus dem Privatfernsehen, sie hat sogar die gleichen dicken Titten.

Die Signora wirkt wie eine gut erhaltene Vierzigjährige, ist von Kopf bis Fuß sonnengebräunt und hat sich in einen enganliegenden schwarzen Hosenanzug gezwängt. Dazu trägt sie ein tiefausgeschnittenes rotes Top, eine grobgliedrige Kette aus Weißgold, die sie zweimal um den Hals geschlungen hat und an der ein Medaillon baumelt. Sie hat die Beine übereinandergeschlagen. Bei meinem geräuschvollen Auftritt erschrickt Forte und springt auf, die Signora dagegen bleibt ruhig sitzen.

»Oh, Commissaria, Sie schon hier! Wie das, Sie hatten mir doch gesagt, dass Ihr Auto heute Morgen nicht angesprungen ist?«

»Ja, du hast ganz richtig verstanden, dass mein Wagen nicht angesprungen ist, aber dass ich nicht komme, hast du offensichtlich missverstanden«, sage ich, ohne ihn eines Blickes zu würdigen, auf dem Weg zu meinem Platz, den Forte hastig geräumt hat.

»*Hai fàtt' prest' hai fàtt'*.«

»Oh ja, ich habe mich beeilt. Der Milchhändler, ein echter Kavalier, hat darauf bestanden, mich persönlich hierher zu bringen, damit du dir keine Sorgen machen musst.«

»Uh, wie aufmerksam. Bei dem muss ich mich bedanken. Das muss ich tatsächlich.«

»Aber«, fährt er plötzlich ganz respektvoll fort und geht zu der bei uns üblichen Höflichkeitsform »Ihr« über, »wie Ihr sehen könnt, Commissaria, habe ich schon mit der Arbeit begonnen, ich möchte Euch Avvocato Assunta Malaspina vorstellen, von der Gemeinschaftskanzlei Uva & Malaspina, die ich nur die paar Minuten bis zu Eurem Eintreffen unterhalten habe. Gut, dann verabschiede ich mich von Ihnen, Avvocato, es war mir ein Vergnügen, wirklich ein Vergnügen«, sagt er und verbeugt sich sichtlich beeindruckt vor Signora Malaspina oder vielmehr vor ihrem wunderbar präsentierten Vorbau. Sie verzieht keine Miene und würdigt ihn keines Blickes. Trockener als jeder eingemehlte Tintenfisch deutet sie gerade mal ein Nicken an, das reichlich Spielraum für Interpretationen lässt, zum Beispiel auch für ein »Verzieh dich!«.

Nach fünf Minuten Hin und Her entschließt sich Forte endlich, die Tür von außen zuzumachen, und mit strahlendem Gesicht eilt er davon, um sich im Glanze seines Ruhmes bei seinen Kollegen zu sonnen, in deren Achtung er gerade unglaublich gestiegen ist. Die Zeit, die er allein mit Avvocato Malaspina hinter verschlossenen Türen in diesem Raum verbracht hat, wird mit Sicherheit unverzüglich zum Stadtgespräch, und aus zweideutigen Komplimenten, halb im Raum stehen gelassenen Andeutungen, Bekenntnissen, Ellenbogenstößen und Augenzwinkern entwickelt sich dann ein richtig vulgäres Gerücht, das in den Kasernen der Carabinieri, auf den Kommissariaten, den Polizeiwachen, den Hafenämtern und so weiter und so weiter der ganzen Region die Runde machen wird. Und der gute Ruf der Signora wird, wenn wir optimistisch sein wollen, für die nächsten zehn Jahre ernsthaft angekratzt sein. Mindestens.

Ich setze mir eine von diesen Brillen auf, die es für zwanzig Euro in allen Apotheken zu kaufen gibt. Ich brauche sie zwar noch nicht, habe sie aber immer in der Schublade parat, um für gewisse Gelegenheiten gerüstet zu sein, und tue so, als würde ich einen keineswegs flüchtigen Blick in die Akten und den Posteingang auf meinem Schreibtisch werfen, nur um der Signora nicht die Genugtuung zu geben, dass ich mir für sie ein Bein ausreiße. Und eigentlich auch, weil ich die Zeit brauche, um zu begreifen, wer sie zum Teufel eigentlich ist.

»Noch zwei Minuten, dann bin ich bei Ihnen«, tue ich ihr nach einer Weile in meine Unterlagen versunken kund, vor allem, weil sie so stocksteif dasitzt wie eine Mailänder Salami und diese Norditaliener manchmal glauben, wir hier im Süden seien alles ungehobelte Bauern.

Sie, in deren Verwandtenkreis mindestens zwei oder drei waschechte Norditaliener zu finden sein müssen, nickt nur und bleibt aufrecht und wohlerzogen auf ihrem Platz sitzen.

Also, ich muss schon zugeben, die Signora hat Stil.

Gut zehn Minuten sind vergangen, als ich beschließe, dass sie jetzt an der Reihe ist. Absichtlich lasse ich die Anrede weg und gehe direkt zum Angriff über. »Da wären wir. Soweit ich begriffen habe oder vielmehr den Worten meines Assistenten entnehmen konnte, wollten Sie mit mir sprechen, obwohl wir einander überhaupt nicht kennen, dessen bin ich mir vollkommen sicher. Ich wüsste auch nicht, dass wir einen Termin hätten, das habe ich extra in meinem Kalender kontrolliert.« Das nur, damit sie begreift, wie es hier läuft. An dieser Stelle mache ich eine dramatische Pause, die mindestens gute neunzig Sekunden dauert. »Aber gut, da mein Assistent Sie in meiner Abwesenheit bereits empfangen hat, mache ich mir jetzt die Mühe, Sie auch anzuhören. Ich habe zwar nicht viel Zeit, aber bitte, reden Sie.« Ich gebe mich absichtlich so herablassend wie ein Souverän während einer der seltenen Audienzen, die er seinen Untertanen gewährt. Die eiskalt wirkende Signora lässt sich dadurch nicht entmutigen, sie lächelt schüchtern und wird auf einmal zuckersüß, spricht in den höchsten Flötentönen, und damit hat sie mich sofort am Haken, denn wir Frauen, und hier hat Forte Recht, sind nun mal ganz einfach zu übertölpeln.

»Ich muss gestehen, Commissaria, dass ich leider versäumt habe, mich Ihnen anzukündigen, dafür möchte ich mich ausdrücklich entschuldigen, und ich danke Ihnen für Ihr Entgegenkommen, aber Sie müssen mir glauben, dieses Versäumnis war keine Absicht, mir blieb schlicht und einfach keine Zeit. Stellen Sie sich vor, ich bin gestern Abend überstürzt aus Kenia zurückgekommen und sitze schon seit heute Morgen um acht in Ihrem Büro. Ach, beinahe hätte ich ja das Wichtigste vergessen, ich vertrete offiziell und in allen Belangen meinen Klienten Dottor Stefano Benedetto Morelli.«

Oh Heiliger Jesus Maria und Josef, was habe ich da bloß angestellt! Konntest du mir das nicht gleich sagen, gute Frau, dann hätte ich dich nicht einmal eine halbe Minute warten lassen und dir auch die ganze Komödie erspart.

Ich gebe ihr gleich eine neutrale Zusammenfassung der Ereignisse und bemühe mich, genauso zuckersüß zu klingen wie sie, obwohl meine Stimme trotz aller Bemühungen unverändert ein wenig rau aus meinem Mund kommt. Sehr sinnlich, sagt man mir immer.

»Ach so, Morelli. Ja, das ist wirklich ein sehr heikler Fall. Sie haben gut daran getan, dass Sie gleich gekommen sind, Avvocato, das zeigt, wie ernst Sie Ihren Beruf nehmen, und glauben Sie mir, bei allem, was hier so durch meine Hände geht, nicht viele Ihrer Kollegen wären bereit, einen Urlaub in Kenia abzubrechen, um einem Klienten beizustehen. Und dann noch kurz vor dem Jahreswechsel.«

Da gibt es nur ein Problem: Während ich rede, überkommt mich plötzlich eine Art Eingebung, und ich erfasse blitzschnell, was Sache ist. Ich würde mir am liebsten auf die Zunge beißen. »Sehen Sie, Commissaria«, bestätigt sie noch flötender und sieht mir direkt in die Augen, beinahe als wollte sie mir etwas suggerieren, »mein Klient ist vor allem ein lieber Freund und außerdem noch mein Zahnarzt.«

Was hat die denn geschluckt, ein Blasinstrument?

Aber dann verirren sich meine Gedanken zu all den widerlichen Witzen über Blasinstrumente wie Flöten, Schalmeien, Fagotte und Kontrafagotte, die mit Sicherheit bei allen Herrenfriseuren der Stadt die Runde machen. Und aus weiblicher Solidarität tut mir das leid, und ich bereue meine Sünde.

Ein lieber Freund, sagst du? Genau da wollte ich dich hinhaben, du mieses Stück, denke ich inzwischen in einer anderen Hirnwindung – während vor meinem geistigen Auge die passenden Bilder ablaufen –, und ich suche fieberhaft nach einem Weg, um ihr die Würmer aus der Nase zu ziehen.

»Ich frage mich jetzt, ob Sie vielleicht Kenntnis von einigen Details haben, die bei unseren Ermittlungen bisher noch nicht aufgetaucht sind, da der Fall, wie Sie ja selbst genau wissen, äußerst mysteriös ist.«

»Schauen Sie, Commissaria«, entschuldigt sich die Zauberflöte, »leider weiß ich nicht viel über die Angelegenheit. Ich war seit drei Tagen mit meinem Mann auf einer Safari in Kenia, und mein Partner, Avvocato Nicola Uva, hat in meinem Hotel eine Nachricht hinterlassen, um mich darüber zu informieren, dass ein Klient unserer Kanzlei verhaftet wurde und vergeblich versucht hatte, Kontakt zu mir aufzunehmen. Sobald ich festgestellt hatte, dass es sich bei dem Betreffenden um Stefano handelte, konnte ich unmöglich noch einen Tag länger bleiben. Ich habe meinen Urlaub sofort abgebrochen und ihn gleich nach meiner Landung besucht.«

Ich überlege auf der Stelle, dass ich ihn eigentlich auch besuchen sollte, bevor sie ihn entlassen, aber Avvocato Malaspina unterbricht meine Gedanken.

»Entschuldigen Sie, Commissaria, wenn ich mir das anmaße, aber ich möchte Sie jetzt bitten, mich so genau wie möglich über den Fall zu informieren, und offen gesagt, hätte auch ich Ihnen noch etwas in Bezug auf die Angelegenheit darzulegen.«

Ach wirklich. Was will mir dieses Vollweib jetzt wohl sagen, frage ich mich und platze fast vor Neugierde. Ich muss ihr auf jeden Fall den Vortritt lassen. »Bitte, Sie zuerst, ich höre«, sage ich zu ihr, ungefähr so höflich, als würde ich ihr in meinem Wohnzimmer Tee und Kuchen servieren.

Sie nickt, dann schweigt sie zwei Minuten lang, während der sie sich die blonden Strähnen, die ihr Gesicht seitlich umrahmen, mit zwei emaillierten Klemmen zurücksteckt. Ich nutze die Gelegenheit, um sie mit den Worten zu ermutigen, jedes Detail könnte den Ermittlungen nützen. Sie lächelt mit einem Anflug von Schüchternheit, wählt ihre Worte sorgfältig und meint, sie sei froh, eine Frau vor sich zu haben, denn das, was sie mir gleich erzählen würde, sei a) streng vertraulich, b) sehr heikel und c) so gefährlich, dass es, wenn die Familie ihres Ehemanns, die eng mit einem berühmten Würdenträger der Kirche verwandt ist, davon erführe, ihren Ruin bedeuten würde. Da die Stadt klein ist und die Leute reden, habe ich sofort ihren gesamten Stammbaum, den ihres Ehemanns, ja sogar den seines Onkels, des Kardinals, dessen Name mit Heiligkeit gleichzusetzen ist, vor Augen, und dasselbe gilt für die gesamte Sippschaft. Und dabei ist der Kardinal in der ganzen Diözese als Weiberheld verschrien. Ich versichere der Signora, dass über alles, was sie mir im Fall Morelli erzählen will, kein Wort über meine Lippen kommen würde, und ich gebe ihr außerdem mein Ehrenwort, für den Fall, dass meine Uniform nicht genügt, um sie diesbezüglich zu beruhigen. Und ich mache mich bereit, ihr zuzuhören.

Bei der Geschichte, die mir Assunta jetzt offen und ehrlich erzählt, handelt es sich um eine dieser weit verbreiteten, immer gleichen Liebe- & Ehebruchsstorys, die ganz Italien von Süd nach Nord einschließlich der Inseln durchziehen, und damit erzählt sie mir nichts Neues, denn im Bett gibt es keine regionalen Unterschiede, kein Terronia und Padania, beim Sex sind wir Italiener alle gleich. Und da mir die Sache nicht vollkommen gleichgültig ist, schließlich ist mir, wie soll ich das jetzt ausdrücken, der Betreffende durchaus nicht unbekannt, rutsche ich ständig auf meinem Stuhl hin und her, als hätte ich Hämorrhoiden.

»Sie müssen wissen, Commissaria, bevor wir Klient und Anwalt wurden, waren ich und mein Schützling zwei Jahre lang ein Liebespaar«, gesteht sie und ist mit einem Mal so butterweich wie eine gesalzene Aubergine.

Die ist doch bescheuert! Du erzählst mir also ganz unverblümt, dass du vierundzwanzig Monate mit *meinem Freund* ins Bett gegangen bist? Das denke ich natürlich nur, spreche es aber nicht aus und fordere sie mit einer recht deutlichen Handbewegung auf, weiterzuerzählen. Nach diesem Geständnis betet die Signora all die Gründe herunter, die sie zu dieser amourösen Verwirrung getrieben haben, als hätte sie ein Drehbuch auswendig gelernt, denn ich kann euch versichern, wir im Süden gehen niemals ausschließlich aus Gefühlsüberschwang fremd, sondern immer nur aus einem einzigen klaren Bedürfnis. Und was für ein Zufall, das trifft auch im Fall von Assunta Malaspina zu. »Ich muss Ihnen ganz offen sagen, und Sie werden das sicher verstehen, Commissaria, ich habe nie auch nur in Erwägung gezogen, meinen Ehemann zu betrügen«, flüstert sie so demütig wie eine barfüßige Karmeliterin, die vor einem Kruzifix kniet, »aber vor einigen Jahren befand ich mich in einer schrecklichen Lage, mein Ehemann war ständig beruflich unterwegs.«

Mir kommt der Gedanke, dass zumindest hier in unserer Gegend die angesprochenen Entfernungen im Allgemeinen nie weiter sind als fünf oder sechs Kilometer Luftlinie, aber ich habe ja schon deutlich gesagt, wie ich darüber denke, siehe Kapitel Marietta.

Ich nicke der armen Frau aufmunternd zu und fordere sie auf fortzufahren, denn wenn es in diesem Tempo weitergeht, wird sie mir noch die komplette Bibel erzählen, wo sie doch bei Adam und Eva anfängt.

»Sie wissen doch, Commissaria, wie so etwas geht.«

Natürlich nicht, möchte ich ihr sagen, ich bin aus anderem Holz geschnitzt und außerdem, was willst du schon über mich wissen? Aber ich beiße mir auf die Zunge und lasse sie weiterreden. »Obwohl wir noch nicht lange verheiratet waren, hat Pietro mich ziemlich vernachlässigt, er war nie da, ich kam nie aus dem Haus und fühlte mich Tag für Tag einsamer und hungerte nach Aufmerksamkeit.«

Nun wirkt Assuntina wie das kleine Mädchen mit den Schwefelhölzern, und um tiefer in ihre Rolle einzutauchen, wickelt sie ihre Jacke enger um sich, legt sich eine Hand auf die Brust, macht eine Pause, räuspert sich und tupft eine unsichtbare Träne ab. Sie hätte gern, dass ich sie mit einem lockeren Scherz aus ihrer Verlegenheit erlöse, aber ich bin Commissaria und kein Beichtvater, und ich kann weder die Absolution erteilen noch Bußen verhängen. Ich habe ausschließlich die Aufgabe, meine Ermittlungen ordentlich zu machen, damit der arme Stefano so schnell wie möglich wieder nach Hause kommt.

Ich hüstele nervös, wie um sie aufzufordern, weiterzuerzählen, sie lässt sich das nicht zwei Mal sagen, und folgsam fährt sie in ihrer Erzählung fort. »Ja, verzeihen Sie, Dottoressa. Ich weiß, ich strapaziere Ihre Geduld …«

Sehr gut, du hast es kapiert. Also mach voran.

»Ich bin Stefano vor einigen Jahren ganz zufällig begegnet. Zu dieser Zeit hatte ich starke Rückenschmerzen, und mein Arzt hatte mir nicht nur spezielle Untersuchungen, sondern auch einen Besuch beim Zahnarzt empfohlen. Ich wandte mich an die Praxis Morelli, bekam einen Termin, und die Röntgenaufnahmen dort ergaben eine Überlagerung der Backenzähne. Dass es da einen Zusammenhang geben könnte, hätte ich nie gedacht, aber Dottor Morelli erklärte mir alles ganz geduldig, und mit einer Zahnspange und zahlreichen Sitzungen behob er mein Problem in wenigen Monaten.«

Und anscheinend nicht nur das. »Gut, dadurch erklärt sich Ihre Bekanntschaft bis zu einem gewissen Punkt, aber kommen Sie bitte endlich zur Sache, da Sie, wie Sie vorhin angedeutet haben, Kenntnis von Fakten haben, die Sie als bedeutsam für die Lösung des Falles ansehen. Vielleicht sollten Sie sich bei den äußeren Umständen etwas kürzer fassen und schnell zu den betreffenden Fakten kommen, auch weil ich fürchte, dass meine Zeit begrenzt ist.«

Assuntina begreift sofort, dass mir ihre Zähne vollkommen egal sind. Sie senkt den Kopf und entschuldigt sich, dann fügt sie hinzu, dass sie gerade zum Wesentlichen kommen wollte. »Wissen Sie, Commissaria, Stefano ist ein sehr einfühlsamer Mann und hat sofort begriffen, dass ich damals auch persönliche Probleme hatte, die sich in psychosomatischen Symptomen äußerten und mich sehr stark frustrierten. Und hilfsbereit wie er ist, hat er versucht, mich zu unterstützen und stand mir in jeder Hinsicht zur Seite. Also, um es kurz zu machen, innerhalb von drei Monaten wurden Stefano und ich ein Liebespaar.«

Und hier geht plötzlich eine Verwandlung durch die Signora, sie bäumt sich regelrecht auf, streckt die Brust heraus, sie sieht mich mit stolzem Blick an und versteckt sich nicht mehr. Jetzt ist sie ganz Frau, sie schleppt ihre Beute triumphierend im Maul herum und schwenkt sie vor mir hin und her wie eine Fahne. »Ich verstehe«, zische ich mit zusammengebissenen Zähnen, fordere sie auf fortzufahren und versuche, möglichst über dieses *und stand mir in jeder Hinsicht zur Seite* hinwegzuhören, das sie ein wenig stärker betont hat.

»Wir trafen uns ein- oder zweimal die Woche, fuhren raus aus der Stadt, manchmal parkten wir an der Küstenstraße, um das Meer zu betrachten, verbrachten einige Stunden in einem Motel in der Gegend oder aßen irgendwo eine Pizza, je nachdem. Mit der Zeit wurde unsere Beziehung immer intensiver, denn bei Stefano gab es ebenfalls Spannungen in der Familie und mit seiner Frau, nach allem, was er mir erzählt hat, stand es auch nicht gerade zum Besten. Wir hingen sehr aneinander und waren zwei Jahre lang ein Liebespaar, aber dann hat sich unsere Leidenschaft allmählich in ein tieferes, ehrlicheres Gefühl verwandelt, ohne dass wir das gewollt hätten. Jetzt sind wir nur noch Freunde, außerdem natürlich Klient und Patient beim jeweils anderen, und sind jetzt noch enger verbunden als vorher, wenn das überhaupt möglich ist.«

Hier unterbricht sich Avvocato Malaspina. Man sieht, dass sie sehr aufgewühlt ist, auf ihrer Oberlippe hängen kleine Schweißtropfen. Um sie aus der Verlegenheit zu erlösen, gieße ich ihr ein Glas Wasser ein, und wenn ich ganz ehrlich bin, muss ich zugeben, dass mir diese Frau trotz ihrer unerlaubten Extratouren mit meiner ersten Liebe sehr gefällt und sie außerdem sehr aufrichtig und Stefano zugeneigt wirkt.

In einer Zeit, wo jeder nur an sich denkt, ist es nicht leicht für eine Frau, einfach so zuzugeben, dass sie fremdgegangen ist, nur um einem Klienten aus der Klemme zu helfen, oder wenn man so will, einem Freund, oder sogar einem Ex-Geliebten.

Und deswegen mag ich Assunta.

Nachdem sie zwei Finger breit Wasser getrunken und ihre Klemmen zurechtgerückt hat, nimmt sie den Faden ihrer Erzählung wieder auf. »Wenn Stefano und ich uns trafen, haben wir nur über uns und unsere Familien geredet, was dort schieflief und was wir uns gewünscht hätten. Stefano erzählte mir von den Problemen mit seiner Frau, aber auch, wie sehr er an seinem Sohn hängt. Genau deswegen hat es mich tief erschüttert, als er mir eines Abends enthüllte, er wolle sich einem DNA-Test unterziehen, um festzustellen, ob er wirklich Alessandros Vater ist.«

Assunta Malaspina unterbricht sich noch einmal. Sie lässt sich gegen die Rückenlehne des Stuhls sinken und seufzt tief, was mir Zeit zum Nachdenken gibt.

Das hätte ich nicht erwartet. Aber jetzt wird mir vieles klar, und alles ist plötzlich viel einfacher. Jetzt bin ich mir sicher, hinter dem Ganzen steckt eine Verschwörung, und ich bin vollkommen von Stefanos Unschuld überzeugt.

»Er hat Ihnen gegenüber also den Verdacht geäußert, ein anderer könnte der Vater sein, oder hat er Ihnen vielleicht einen bestimmten Namen genannt?« Assunta schüttelt den Kopf. »Dann müssen sofort die entsprechenden Untersuchungen vorgenommen werden. Ihnen ist natürlich bewusst, dass es sich sogar als belastender Umstand erweisen können, sollte er nicht der leibliche Vater sein. Selbstverständlich würden wir in einem solchen Fall die Theorie verfolgen, man hätte sich hinter seinem Rücken gegen ihn verschworen.« Mein letzter Satz war so leise, dass Assunta ihn vielleicht nicht einmal gehört hat, aber mein Kopf arbeitet wie verrückt, und ich beginne einfach draufloszureden.

Signora Malaspina hört mir sehr aufmerksam zu, aber kaum bin ich fertig, klärt sie mich darüber auf, dass da noch eine nicht zu vernachlässigende Kleinigkeit wäre, die sie mir bis jetzt verschwiegen hätte. »Und was ist das, bitte?«, brumme ich ein bisschen gereizt, denn die ist nun schon zwei Stunden hier und rückt immer noch nicht mit der ganzen Wahrheit raus. Um dann auch noch festzustellen, dass es gar nicht um eine Kleinigkeit geht, denn anscheinend weigert sich Stefano, über diesen Test und seinen Zweifel an der Vaterschaft zu sprechen, um das Kind in einem so schwierigen Moment nicht mit hineinzuziehen.

»Noch heute Morgen, als ich ihn besucht habe, hat er davon gesprochen, Commissaria. Ich muss zugeben, er hat von selbst kein Wort darüber verloren, ich habe ihn an seine schwerwiegende Bemerkung hinsichtlich einer Feststellung der Vaterschaft erinnern müssen. Da hat sich Stefano aufgeregt, und ich musste ihm schwören, dass ich jedem gegenüber Stillschweigen bewahren würde über das, was er mir ganz im Vertrauen gesagt hatte. Ganz besonders Ihnen gegenüber, Commissaria. Ich habe ihm erklärt, dies könnte der wichtigste Punkt seiner Verteidigung sein, aber er wollte nichts davon hören. Und genau aus diesem Grund habe ich beschlossen, mich über seine Entscheidung hinwegzusetzen und unverzüglich herzukommen. Ich habe erfahren, dass Sie den Fall leiten, und bin froh darüber, weil ich behaupte, auch wenn nicht jedermann diese Überzeugung teilt, dass man sich unter Frauen besser versteht. Und, um ehrlich zu sein, gibt es da noch einen persönlicheren Grund.«

Und hier macht Assunta eine lange dramatische Pause, bevor sie wie David Copperfield das Kaninchen aus dem Hut zaubert. Dann sagt sie ziemlich unumwunden: »Stefano hat damals, als wir noch … na, Sie wissen schon, also einmal hat er mir von seiner ersten Liebe erzählt, eine dunkelhaarige Kleine mit einem Pferdeschwanz, die immer nach Orangen, Vanille und Puderzucker roch, eine Jugendliebe, die doch sehr tief gewesen sein muss und wie sehr er immer noch an sie dachte, wenn er traurig war. Heute hat Stefano mir eröffnet, dass Sie dieses junge Mädchen waren, Commissaria, und dass Sie sich nach langer Zeit unter so schmerzlichen Umständen wiedergefunden haben. Und da ich nun mal eine unheilbare Romantikerin bin und ihn wirklich sehr mag, habe ich mich entschlossen, zu Ihnen zu kommen, Commissaria, denn wir müssen Stefano helfen, er verdient es wirklich, glauben Sie mir das.«

Sie ist nun so aufgeregt, dass ihre Lippen zittern und ihre Wangen so rot sind wie die von Frau Antje aus der Käsewerbung.

Ich kann nicht mit Worten beschreiben, was ich in dem Augenblick empfinde, als Assunta mir sagt, dass ich für Stefano immer noch das kleine Mädchen bin, das nach Vanille riecht, ich, die ich seit damals diesen Geruch vermeide, wo ich nur kann, weil ich dann an ihn denken muss. Bevor ich jetzt auch nur ein Wort herausbringe, muss ich mich räuspern.

»Avvocato, ich muss Ihnen für dieses Gespräch danken und möchte Ihnen noch einmal versichern, dass ich es absolut vertraulich behandeln werde. Ich garantiere Ihnen, dass ich mein Möglichstes tun werde, damit die Wahrheit ans Licht kommt. Im Allgemeinen habe ich ja so meine Zweifel, dass man sich unter Frauen besser versteht, aber für heute muss ich Ihnen Recht geben. Und das freut mich. Und ich möchte Ihnen eins ganz im Vertrauen sagen. Heute Morgen hat der Polizeipräsident an den zuständigen Richter einen Antrag auf Entlassung aus der Untersuchungshaft weitergeleitet. Und deshalb sollte unser gemeinsamer Freund dieser Tage freigelassen werden.«

Ich schaue ihr in die Augen, deute ein Lächeln an und würde ihr gern mehr sagen, vielleicht wie unglaublich ich in diesen Jungen verliebt war und dass ich ihn auch nicht vergessen habe, aber das schaffe ich nicht. Ich kann meine Gefühle nicht mehr herauslassen, aus diesem dunklen Verlies, in das ich sie eingesperrt habe, und ich fühle mich, als würde mitten durch meine Brust ein ausgetrocknetes Flussbett verlaufen.

Ich bringe Assunta Malaspina zur Tür, und während wir uns die Hände reichen, kann ich sie nur anlächeln und mich bedanken.

Mittwoch, der 30. Dezember

STEFANO

Am Tag nach Assuntas Besuch bei mir lasse ich mich von Esposito im Streifenwagen ins Gefängnis ans andere Ende der Stadt bringen.

Im Stop-and-go fahren wir durch verwinkelte Straßen, die von Verkaufswagen mit Sardinen und Ständen mit exotischen oder getrockneten Früchten verstopft werden, vorbei an hell leuchtenden Weihnachtsbäumen und allenthalben ausgerollten roten Teppichen, so dass man sich vorkommt wie in Kairos Moscheen. Heute Morgen wimmelt es in den beliebtesten Vierteln von geschäftigen Passanten und mit Einkaufstaschen bepackten Frauen. Bari ist wie ein Kochtopf, der in banger Vorfreude auf den Silvesterabend vor sich hin brodelt, wenn die ganze Stadt sich Punkt vier Uhr nachmittags zu Tisch setzt und sich in einer heidnischen Orgie bei Essen, Wein, Kartenspielen und Feuerwerkskörpern mit den absurdesten Namen bis in den Morgen des neuen Jahrzehnts im dritten Jahrtausend amüsiert.

Bei unserer Ankunft informiert uns der wachhabende Beamte, dass sich der Untersuchungsgefangene Stefano Morelli seit heute Morgen sechs Uhr auf der Krankenstation befindet und im Moment unter Beruhigungsmitteln steht. Ich verlange trotzdem, ihn zu sehen, ich habe die Erlaubnis des Polizeipräsidenten für ein Verhör bei mir, und um die Sache klarzustellen, halte ich ihm den Wisch unter die Nase und betone, dass es ziemlich dringend ist und ich nicht immer laut werden möchte.

Man führt uns durch einen engen langen Flur, der mit einer Rigipswand in eine Krankenstation umgewandelt wurde. Es gibt dort zwei Betten, bei einem ist die Matratze umgedreht, was mich irgendwie erschreckt, und im anderen liegt bleich und eingefallen wie der leidende Jesus am Kreuz Stefano.

Seine Augen sind geschlossen, die Lippen blau angelaufen, er ist unrasiert, und am linken Arm hängt ein Tropf. Seit ich ihn zuletzt gesehen habe, und das ist gerade mal fünf Tage her, scheinen mindestens zehn Jahre vergangen zu sein, und ich komme mir vor wie am Bett eines Kriegsveteranen. Ich frage den Pfleger, was mit ihm los ist, und ob es möglich ist, einen Arzt zu sprechen. Da erfahre ich, dass Dottor Nicola Deleo, genannt Colino, der Gefangenenarzt, der bald in Pension geht, eben das Haus verlassen und dass sich der Gefangene Morelli die ganze Nacht über starke Schmerzen in der Lendengegend beklagt hat. Es besteht der Verdacht auf eine durch Nierensteine verursachte Kolik. Man hat ihm bereits eine Dosis Toradol und Rilaten intravenös verabreicht. Jetzt geht es dem Patienten besser, aber er hat immer noch Fieber.

Der Pfleger nimmt es sehr genau, er rattert mir bereitwillig die ganze Krankenakte herunter und informiert mich schließlich, dass er im dritten Jahr Medizin studiert. Ich bitte darum, dass man mich mit dem Patienten allein lässt, weil ich ihm ganz dringend Fragen zu einem Ermittlungsverfahren stellen müsse, sobald er aufwacht, und schließlich zieht er einen Faltparavent rund ums Bett und schafft so ein Minimum an Privatsphäre.

Ich gehe zu Stefano, der reglos im Bett liegt und meine Anwesenheit gar nicht wahrnimmt, strecke eine Hand aus und streichle ihm über die Stirn. Säuerlicher Geruch steigt mir in die Nase, ein unerträglicher Gestank von Erbrochenem. Erst jetzt bemerke ich, dass Stefanos himmelblauer Kittel ganz verschmutzt ist. Ich schimpfe laut auf die Regierung und Konsorten, krame in meiner Handtasche nach Erfrischungstüchern und versuche, Stefanos Gesicht und seine Hände ein wenig zu säubern, doch schließlich wird mir der Gestank zu viel. Ich gebe auf, rufe den Pfleger und verlange, dass man dem Patienten verdammt noch mal wenigstens einen anderen Kittel anzieht!

Ich verlasse den Raum, um etwas frische Luft zu schöpfen, und warte, bis der grummelnde Pfleger das Nötige erledigt hat. Als ich zurückkehre, habe ich den Eindruck, dass Stefano immer noch schläft, deshalb lege ich ihm die drei Orangen, die ich ihm mitgebracht habe, auf das Nachttischchen, ziehe den Stuhl an die Liege heran und setze mich still daneben und warte. Ich streiche zärtlich über die blaue Bettdecke, mustere sein angespanntes Gesicht und bemerke bestürzt, dass mich eine Vielzahl von Gefühlen übermannt. Eine immer noch vorhandene große Zärtlichkeit, die Wut, die ich ebenfalls immer noch in mir trage, und meine Ohnmacht, dass ich ihn nicht unverzüglich von diesem schrecklichen Ort fortbringen kann.

Er muss meine Gedanken wahrgenommen haben, denn kurz darauf öffnet er die Augen und fragt mich leise: »Bist du das, Lolì?«

Ich betrachte ihn noch einen Moment, ehe ich antworte, und ich weiß, dass ich das eigentlich nicht tun sollte, aber dann verdränge ich alle meine zärtlichen Gefühle und gebe wieder ganz die harte Commissaria.

»Ja, was denkst du denn, wer das sein könnte, deine Frau vielleicht? Die ist nach Disneyland geflogen, hast du das vergessen?«

Und natürlich bin ich gar nicht so fies, aber ich muss ihn jetzt provozieren, muss eine Reaktion aus ihm herauskitzeln, damit er sich verteidigt, aus seiner Starre erwacht und aus diesem dunklen Gefängnis rauskommt, in das man ihn geworfen hat.

Stefano antwortet nicht, das war bestimmt nicht das, was er hören wollte. Er zieht sich die Decke übers Gesicht und dreht den Kopf zur anderen Seite, um zu verbergen, dass seine Augen feucht schimmern. Deshalb gehe ich ums Bett herum und stelle mich wieder vor ihn.

»Jetzt stell dich nicht blöd, und sieh mir ins Gesicht. Reden wir doch mal Klartext. Ich kann versuchen, dich vorläufig hier rauszuholen, aber du musst endlich kapieren, dass man dir bis zu sieben Jahre aufbrummen kann, wenn sie dich drankriegen, weißt du? Die ziehen dich aus bis aufs letzte Hemd, und deinen Sohn wirst du auch nicht wiedersehen! Ist es das, was du willst, Stefano? Sag es mir! Denn wenn du das willst, brauche ich hier nicht dumm rumzustehen und meine Zeit mit dir zu vergeuden. Dann kann ich genauso gut auch gehen.«

Und um dem Ganzen mehr Dramatik zu verleihen, tue ich so, als wollte ich tatsächlich gehen. Stefano dreht den Kopf wieder zu mir und bedeutet mir, dass ich doch bitte bleiben möchte, aber ich bleibe so hart wie eine Kokosnuss, allerdings würde ich auf keinen Fall gehen, bevor er mir nicht klipp und klar gesagt hat, wie die Dinge wirklich liegen. »Schließen wir einen Pakt, ich bleibe nur, wenn du mir sagst, was Sache ist.« – »Lass mich doch bitte in Ruhe, Lolita. Lasst mich bitte sterben, mein ganzes Leben ist eine einzige Katastrophe«, jammert er. Ich lasse mich nicht davon beeindrucken, denn das ist eine ganz normale und allgemein verbreitete Reaktion eines Menschen, der zu Unrecht beschuldigt wird. Du denkst, dass keiner dir glaubt und dass es dir niemals gelingen wird, die Wahrheit zu beweisen. In dem Fall ist es besser, der Wirklichkeit zu entfliehen und den Tod herbeizusehnen.

Es tut mir so leid, ihn so zu sehen, und ich spüre seinen Schmerz und wie die Trauer ihm die Brust zerreißt. Ich sehe in sein eingefallenes Gesicht mit dem unrasierten Kinn, das ihn wie einen alten Mann wirken lässt, und werde weich. Ich komme näher und entschließe mich, dass es Zeit ist, die Gangart zu wechseln und ihn wieder aufzurichten. Sanft drücke ich seine Hand und streiche zart über seine Stirn. »Sag mir, wie es dir geht, komm schon. Ist es mit den Schmerzen besser geworden?«

Endlich schaut er mich an, aber das ist noch schlimmer, denn er blickt so verloren wie ein streunender Hund. »Danke, Lolì, vielleicht ein bisschen besser, aber ich bin sehr müde und habe die ganze Nacht kein Auge zugetan. Du kannst es dir nicht vorstellen, diese Schmerzen. Ich musste an Frauen in den Wehen denken, vielleicht sind das ja die gleichen Schmerzen, die sie spüren. Ich habe an Chiara gedacht, als Alessandro auf die Welt kam, sie muss ähnlich gelitten haben, die Ärmste.« Und er sagt das ganz liebevoll.

Seine zärtlichen Gefühle für die Frau, die meiner Meinung nach zumindest teilweise für seine Lage verantwortlich ist, bringen mich auf die Palme, und ich kann mich nicht mehr zurückhalten. »Jetzt denk doch nicht an sie, alle Frauen leiden bei der Geburt, doch danach vergessen sie das wieder, schließlich bringen sie zwei oder drei Jahre später wieder ein Kind zur Welt.«

»Alle, meinst du? Oh nein, Chiara nicht. Sie wollte keine mehr haben, weil sie meinte, sie hätte genug gelitten. Und ich auch, wenn man sieht, was ein so kleines Kind durchmachen muss. Weißt du, Lolita, Alessandro musste operiert werden, als er gerade mal fünf Wochen alt war.«

Ich sehe ihn erstaunt an, irgendetwas habe ich da wohl nicht mitbekommen. Vielleicht nicht zum ersten und nicht zum letzten Mal, aber in diesem Fall ist es womöglich so, dass der Junge schwere gesundheitliche Probleme hat und ich darüber nicht Bescheid weiß. Mir ist klar, dass es nicht besonders feinfühlig von mir ist, aber es ist meine Pflicht, da Näheres zu erfahren.

Endlich scheint es Stefano etwas besser zu gehen, und das Reden tut ihm gut. Er bittet mich um etwas Wasser und sogar darum, dass ich ihm dabei helfe, die Rückenlehne hochzustellen. Ich gehe auf die andere Seite des Bettes, aber da ich nicht weiß, in welche Richtung ich den Hebel bewegen muss, rufe ich den Pfleger und verlasse für fünf Minuten das Zimmer.

Im Flur treffe ich auf Esposito, der mit dem Wachtposten einen Kaffee neben dem Münzautomaten trinkt. Sie bedeuten mir, ob ich auch einen möchte, aber ich schüttele den Kopf, weil ich möglichst schnell wieder zu Stefano will. Als ich das Zimmer wieder betrete, liegt er halb aufgerichtet im Bett, gestützt von zwei Kissen im Rücken. Ich gehe zu ihm und lächle ihn an, er nimmt meine Hände und streicht damit über sein Gesicht. Diese Geste macht mich sehr verlegen, brüsk ziehe ich beide Hände zurück und setze mich wieder an meinen Platz.

»Ich wusste gar nicht, dass es bei der Geburt des Jungen Probleme gegeben hat.«

»Doch, und du kannst dir gar nicht vorstellen, wie schlimm das war. Als Alessandro auf die Welt kam, war die Oberlippe nicht vollständig ausgebildet, und auch der Gaumen war nicht in Ordnung. Es war eine zum Glück nicht allzu schwere Form der Lippen-Kiefer-Gaumenspalte, eine weit verbreitete angeborene Fehlbildung, die ungefähr ein Baby von siebenhundert betrifft. Ich bin selbst Arzt und wusste daher, dass man das Problem mit einem kurzen, wenn auch nicht einfachen chirurgischen Eingriff, Logopädie und ein wenig Kieferorthopädie beheben konnte. Chiara dagegen war völlig verstört. Ich erinnere mich, dass sie das Baby nicht einmal stillen konnte, weil es ihr so schlecht ging. Innerhalb von wenigen Tagen versiegte die Milch, und der Junge musste künstlich mit einer Magensonde ernährt werden, weil er Probleme mit dem Saugen hatte. Als der Kleine fünf Wochen alt war, sind wir mit ihm in die Meyer-Kinderklinik nach Florenz gefahren, wo ein Team von Spezialisten ihm in einer schwierigen Operation den Gaumen und die Lippe aufgebaut hat. Der Eingriff verlief erfolgreich, und abgesehen von ein paar kleinen Aussprachefehlern bei Konsonanten hat der Junge heute keine Probleme mehr.«

Stefano macht eine kurze Pause, setzt sich aufs Bett und bittet mich um etwas Wasser. Er wirkt ruhiger, oder vielleicht hat er über seiner Erzählung ganz vergessen, wo er ist. Möglicherweise denkt er, er sei wirklich in einem Krankenhaus. Der Geruch nach Nudeln und Kartoffeln, der vom Flur ins Zimmer dringt, sagt mir, dass es gleich Mittagessen gibt, auch wenn es erst Viertel vor zwölf ist. Ich nutze die Gelegenheit und verlasse den Raum und die Krankenstation, um in aller

Ruhe in der Bar Esperia eine Tasse Kaffee zu trinken. Von Esposito keine Spur, registriere ich beim Hinausgehen. Dieser Schuft, morgen kriegt er was von mir zu hören, aber hallo!

Als ich knapp zwanzig Minuten später wieder zurückkehre, ist Stefano schon so gut wie fertig mit dem Mittagessen und schält sich gerade eine der Orangen, die ich ihm mitgebracht habe. Er reicht mir einen Schnitz, und im ersten Moment möchte ich ablehnen, aber dann nehme ich ihn und esse, um ihm eine Freude zu machen.

»Erinnerst du dich daran, wann wir uns zuletzt eine Orange geteilt haben, Lolì?«

»Nein, daran kann ich mich nicht mehr erinnern und wenn ich gewusst hätte, dass wir dadurch jetzt wieder in alten Erinnerungen schwelgen, hätte ich dir sicher keine mitgebracht«, schnauze ich ihn an, und dann mache ich etwas, was Commissari wohl für gewöhnlich nicht tun, ich senke die Lider und werde automatisch rot, während ich Stefano am liebsten rechts und links eine runterhauen möchte, weil er nur zu gut weiß, dass ich dieses letzte Mal ganz bestimmt niemals vergessen könnte.

Wir waren bei mir zu Hause, es war früh am Morgen, an einem jener sonnigen Tage gegen Ende des Schuljahres, während es in der Schule eigentlich eine Versammlung gab. Stefano hatte sich in der Küche eine Orange aus der Obstschale genommen und sie in der Mitte durchgeschnitten. Dann kam er zu mir und schob seine Hände unter mein Sweatshirt.

»Weißt du, an was mich deine Brüste erinnern, Lolita?«

»Nein, woran?«

»Schau doch, sie sind genauso vollkommen wie das Rund dieser beiden Orangenhälften.«

Ich hatte gelächelt, ihn geküsst, und danach haben wir die Orange gegessen, jeder eine Hälfte. Ein paar Monate später ist dann passiert, was passieren musste.

Ich gebe mich reserviert und schweige, er dagegen klopft mit der Hand auf die Decke und fordert mich auf, mich neben ihn zu setzen, und dieses eine Mal lasse ich mich nicht lange bitten. Allerdings schließe ich erst die Tür.

»Weißt du Lolita, als du eben die Krankenstation verlassen hast, hatte ich eigentlich überhaupt nicht vor, dir von dem zu erzählen, was ich dir jetzt gleich sagen werde, aber wenn ich dich jetzt so ansehe, wie du nach so vielen Jahren bei mir bist und dir in dieser völlig absurden Situation wieder eine Orange mit mir teilst, wird mir klar, dass ich mich nur dir anvertrauen kann und dir alles sagen muss.«

Ach was, hast du's jetzt endlich kapiert, na, das hat ja eine Ewigkeit gedauert, und was für eine!

Ich schiebe mir gedankenverloren einen Orangenschnitz in den Mund und verkrampfe mich. Ich darf jetzt nichts sagen, weil alles, was Stefano mir jetzt erzählen wird, nützlich sein kann, um ihn später zu entlasten, schließlich könnte er sich danach weigern, es ein zweites Mal zu erzählen, und ich habe kein Aufnahmegerät dabei.

»Als Alessandro zur Welt kam, galt allgemein die Auffassung, dass diese Fehlbildung irgendwie auf Umwelteinflüsse zurückzuführen sei und nur, sagen wir mal, zu zehn Prozent auf genetische Gründe. Man neigte dazu, während der Schwangerschaft eingenommene Medikamente dafür verantwortlich zu machen. Beispielsweise Benzodiazepine oder Steroide. Und Chiara hatte während der Schwangerschaft tatsächlich etwas davon eingenommen, auch wenn sie sonst kaum darauf zurückgreift. Daher dachte ich in aller Unschuld, als ich sie so leiden sah, dass sie sich grämte, weil sie deswegen ein schlechtes Gewissen hatte. Und bis vor ein paar Wochen habe ich das immer noch geglaubt, bis ich in meiner Praxis ein Fachmagazin las, das ich abonniert habe. In einem sehr interessanten Artikel über Lippen-Kiefer-Gaumenspalten schilderte man die wichtige Entdeckung, die ein Team italienischer Forscher erst vor kurzem noch vor den amerikanischen Kollegen gemacht hat. Es scheint nun wohl hundertprozentig festzustehen, dass eine genetische Variante von Chromosom acht, das mit dem Kürzel RS987525 bezeichnet wird, als hauptsächlicher Verursacher dieses Krankheitsbildes gilt. Nach Alessandros Geburt, als seine Missbildung festgestellt wurde, habe ich Familienforschung betrieben und meine und Chiaras Familie mehrere Generationen zurückverfolgt, doch es gab keine anderen Angehörigen, die auch nur annähernd etwas hatten, was man damals gemeinhin unbarmherzig *Hasenscharte* nannte.

Doch als ich jetzt diesen Artikel las, kamen alle Zweifel wieder hoch, die ich stets vor mir selbst geleugnet habe, die Frage, ob meine Frau mir treu ist, und ob dieses Kind vielleicht gar nicht von *mir* ist, und quälten mich Tag und Nacht. Ich hatte allerdings keine Ahnung, und das musst du mir einfach glauben, wer der andere Mann sein könnte. Erst im Nachhinein habe ich begriffen, wie naiv ich war und wovor ich wohl meine Augen verschlossen habe. Weißt du, was ich glaube, Lolita? Dass in Wirklichkeit ihr das starke Geschlecht seid, und wir Männer sind bloß die feigen Söhne der einstigen Krieger, die einzig mutigen Kämpfer seid ihr.«

Wie jetzt, und das wusstest du wirklich nicht?

»Und dann gab es einen von diesen Zufällen, so banal, dass sie schon wieder absurd erscheinen, und eins fügte sich zum anderen.« Stefano hält inne, er lehnt sich in die Kissen und schließt die Augen. Ich nutze die Gelegenheit, um den Ärmel meiner Uniformjacke etwas hochzuschieben und heimlich auf meine Uhr zu schauen, ich sehe, dass es schon zwei ist, und wenn der jetzt einschläft, komme ich gar nicht mehr von hier weg. Zum Glück habe ich einen genialen Einfall, krame in meiner Handtasche nach fünfzig Cent und ziehe ihm im Flur einen Kaffee. Der Geruch ist nicht gerade derselbe wie der von meiner Caffettiera, aber da ich Stefano den Becher direkt unter die Nase halte, als ich wieder im Zimmer bin, habe ich doch Erfolg.

Ich schütte ihm ein Päckchen Zucker hinein und rühre dann mit einem von diesen lächerlichen Plastikstängelchen um, die eher wie Wattestäbchen aussehen.

Er stürzt den Kaffee in zwei Schlucken hinunter, wischt sich die Lippen mit einer Serviette ab und setzt genau an der Stelle ein, an der er unterbrochen hatte, aber so haargenau, dass ich ihn am liebsten dafür umarmen möchte.

»Wo wir gerade über Orangen gesprochen haben. Es gab da ein Indiz, das ich jeden Tag direkt vor meiner Nase hatte und das mir ständig durch den Kopf spukte, auch wenn mir der entscheidende Hinweis fehlte, wie alles zusammenhing. Angela isst genau wie du ständig Orangen, aber sie mag Blutorangen lieber. Anscheinend befolgt sie eine strenge Diät auf Grundlage von Zitrusfrüchten und sagt, sie muss jede Stunde eine essen. Sie ist sehr genau damit. Stell dir vor, sie hat sogar die Erinnerungsfunktion am Handy so eingestellt, dass sie ja keine vergisst. Wenn sie in die Praxis kommt, schneidet sie sich drei oder vier auf einem kleinen Teller auf und isst sie dann in kleinen Bissen, ohne sie zu schälen. Ich glaube, sie hat etwas davon gesagt, die Schale würde wahre Wunder gegen Cellulite wirken. Schon ein paar Mal, wenn sie während der Mittagspause an ihrer Orange knabberte, ist mir der Abdruck aufgefallen, den ihre Zahnreihe im Fruchtfleisch hinterlassen hatte, er war auffällig unvollkommen im Vergleich zum perfekten Rund der Orangen. Ich habe öfters darüber nachgedacht, ohne der Sache wirklich auf den Grund zu gehen, aber dann hat Angela einmal ihren Lippenstift zu Hause vergessen, also nachdem wir, ich meine … nun ja, Lolita, du verstehst schon.«

Ja, ich verstehe. Aber das behalte ich schön für mich.

»Ich habe nie begriffen, warum Angela *nachher* immer unbedingt ihren Lippenstift frisch auftragen musste. Wenn wir in der Praxis waren, rannte sie ins Bad, wenn wir im Auto waren, holte sie sofort einen vergoldeten Taschenspiegel hervor und zog sich die Lippen nach. Ich habe nicht so darauf geachtet. Du hast ja meine Frau gesehen, sie verbringt Stunden im Bad, um sich zu schminken, auch meine Mutter trug Make-up, du erinnerst dich bestimmt, selbst zu Hause achtete sie immer auf ein perfekt gepflegtes Äußeres. Und du hattest immer den Lippenpflegestift mit Vanillegeschmack in der Hand, daran erinnere ich mich noch gut … Na ja, also irgendwie habe ich das für etwas ganz Selbstverständliches gehalten.«

Und du hattest immer den Lippenpflegestift mit Vanillegeschmack in der Hand.

Sieh mal einer an, denke ich. Aber auch das sage ich nicht laut.

»Und dann?«

»Und dann habe ich bei ihr, als sie eben mal keinen

Lippenstift aufgetragen hatte, eine Narbe in der Mitte der Oberlippe bemerkt. Sie war zwar etwas dicker, aber im Prinzip dieselbe wie die Narbe auf der Lippe meines Sohnes.«

»Und was hast du dann gemacht?«

»Ich? Was hätte ich denn tun sollen? Zunächst habe ich erst mal so getan, als hätte ich nichts bemerkt, auch weil sie so aufgeregt war. Sie war völlig außer sich, du hättest sie mal erleben müssen. Sie durchwühlte alle Schubladen in der Praxis, leerte ihre Handtasche auf dem Fußboden aus, aber da war auch nichts, und dann hat sie sich so lange im Bad eingeschlossen, bis tatsächlich ihr Verlobter kam und ihr einen neuen Lippenstift gebracht hat. Als er gegangen war, habe ich zwei Dinge getan: Ich bin zum Mülleimer gegangen und habe im Abfall nach einer angebissenen Orange gewühlt und dann die Fachzeitschrift wieder herausgesucht, die ich vor ungefähr einem Monat gelesen hatte, und dann habe ich mir gesagt, wenn es eine Narbe auf der Lippe gab, dann müsste es auf jeden Fall auch eine am Gaumen geben. Die Orange war die Bestätigung dafür. Und ich sage es ganz ehrlich, Lolita, ich hätte ohnehin dafür die Hand ins Feuer legen können, dass da eine Narbe war.«

»Ganz wie einst Muzio Scevola?«

»Na ja, so ungefähr.«

»Und wie konntest du dir da so sicher sein?«, frage ich unschuldiger als ein Lämmchen. »Vielleicht ist sie ja bloß mal vom Fahrrad gefallen ...«

»Also, Lolita, ich wusste, dass Angela zu den Menschen gehört, bei denen auf Narbengewebe ein Keloid wächst.«

Ich sehe ihn fragend an, in meinem ganzen Leben habe ich noch nie etwas von Keloiden gehört.

»Keloide«, belehrt mich Stefano im Fachjargon, »sind durch das überschießende Wachstum von Fibroblasten entstehende gutartige Tumore, die sich auf Narben bilden, und wir Männer, also weißt du, Lolita, sind … hmm … an gewissen Stellen sehr empfindlich. Wenn nun eine am Gaumen … äh … ein Keloid am Gaumen hat, dann spüren wir das, und wie wir das spüren!«

Ich würde am liebsten im Boden versinken, jetzt, wo ich endlich begriffen habe, was er eigentlich meint. Meine plötzliche Erkenntnis bringt mich so durcheinander, dass ich nicht weiß, was ich sagen soll, und stumm bleibe wie ein Goldfisch. Er bekommt das mit und grinst. »Na großartig, ich habe es mit einem Keloid geschafft, Commissaria Lobosco sprachlos zu machen. Und das will was heißen!«

Ich werfe ihm einen zornigen Blick zu, und es ist sein Glück, dass er sofort wieder ernst wird. Er legt den Kopf schief wie ein kleiner Junge, den man bei einer Dummheit erwischt hat, dabei fallen ihm die Locken in die Stirn. Dann schaut er mich von unten her an, und ich habe unbändige Lust, ihn zu küssen, aber stattdessen setze ich ein strenges Gesicht auf. »Entschuldige, Lolita. Ich weiß, dass die Sache ernst ist.«

Ich erwidere, dass es schon spät ist und ich jetzt gehen muss. Tatsächlich habe ich es gar nicht eilig, da mein Handy nur vier Anrufe registriert hat und keiner davon wirklich dringend war. Stefano bittet mich, nur noch fünf Minuten zu bleiben, und ich tue so, als würde ich sie ihm nur widerwillig zugestehen, mache es mir aber inzwischen auf dem Stuhl bequem. Dabei geht mir doch glatt der BH auf, oh verdammt!

»Danach war jeder Tag für mich die Hölle. Meine Zweifel, ob Alessandro eventuell nicht von mir sein könnte und wer wohl in Wirklichkeit sein Vater ist, der Umstand, dass meine Frau mich belogen und betrogen hat, dass Angela es stets abgelehnt hat, sich einmal von mir das Gebiss untersuchen oder röntgen zu lassen, all das fügte sich auf einmal zu einem Gesamtbild zusammen, das mich fast erschlug. Ich musste mir selbst eingestehen, dass ich es im Grunde immer schon gewusst hatte, und daher beschloss ich, zumindest für den Moment so zu tun, als wüsste ich von nichts, denn ich fürchtete, der Junge würde dadurch einen irreparablen Schock erleiden. Aber ich habe nicht aufgepasst und einen unverzeihlichen Fehler begangen. Zwei oder drei Wochen vor Weihnachten habe ich Angela wie so oft nach Hause gebracht, und wie bei den anderen Malen habe ich sie um – du weißt schon – gebeten.«

Oh Mann, schon wieder, das ist ja eine richtige Sucht!

Stefano beobachtet mich, ob ich auch richtig begriffen habe, worum es geht, dann fährt er mit seiner Erzählung fort.

»… doch ehe es zur Sache ging, habe ich ein wenig an ihrer Lippe gespielt, habe mit den Fingern ihren Mund abgetastet und ganz Arzt versucht, mit dem Zeigefinger die Länge der Narbe in ihrem Gaumen abzuschätzen. Selbstverständlich hatte ich keinerlei Zweifel, die Narbe ist die Folge eines Eingriffs wegen der Gaumenspalte, genau der gleichen Operation wie bei Alessandro. Da habe ich eins und eins zusammengezählt. Angela und Alessandro sind eindeutig Tante und Neffe.«

Er klingt ganz traurig, während er das sagt, lässt sich in die Kissen zurückfallen und dreht den Kopf zur Seite. Ich weiß nicht, was ich sagen soll, und krame nervös in meiner Handtasche. Allerdings muss ich feststellen, dass Stefano während seiner ganzen langen Erzählung kein einziges Mal den Namen Rodolfo erwähnt hat. Ich verstehe ja, dass ein Verrat von jemandem, den du für deinen Freund gehalten hast, Männer tiefer trifft, als wenn ihre eigene Frau sie betrügt, aber warum das so ist, bleibt mir ein Rätsel. Ich nehme seine Hand, die nervös über die Bettdecke zuckt, und halte sie fest. So verharren wir ein paar Minuten und schweigen, doch dann muss ich ihn noch ein paar Dinge fragen, ehe ich wieder zum Kommissariat fahre. Und nachdem ich jetzt alle Einzelheiten kenne, weiß ich, was ich zu tun habe.

Die erste Frage betrifft Angela, und er wusste genau, dass sie kommen würde.

»Ich frage mich und das auch im Sinne der laufenden Ermittlungen, wie Angela auf diese ungewohnte Entdeckung reagiert hat. Und ob sie sich daraufhin anders verhalten hat. Also, ich meine, das, was kurz darauf passiert ist, geschah ja vor aller Augen.«

Stefano hat diese Frage offensichtlich schon erwartet und sagt, dass er darüber gerade mit mir reden wollte. »Angela hatte bereits ein schlechtes Gewissen und reagierte sehr heftig auf diese Untersuchung, das heißt, sie biss mich kräftig in den Finger und verlangte, dass ich sie unverzüglich nach Hause brächte. Seitdem hat sich unsere Beziehung zwangsläufig abgekühlt, und du weißt genau, was danach passiert ist.«

»Selbstverständlich habe ich alle Fakten im Kopf, aber ich weiß auch, dass deine Aussage im Kommissariat doch deutlich von dem abweicht, was du mir eben erzählt hast. Und wenn ich jetzt nicht zu dir gekommen wäre, wäre es vielleicht dabei geblieben. Was hat sich verändert, Stefano? Was hat dich dazu gebracht, die Karten auf den Tisch zu legen?«

Stefano fühlt sich bedrängt und versucht, sich zu verteidigen. »Ich erinnere mich genau an das, was ich damals im Kommissariat gesagt habe, aber du musst mich schon verstehen, Lolita, und darfst mich deswegen nicht verurteilen, schließlich war ich völlig durcheinander. Die Carabinieri, die Verhaftung, die Anzeige wegen Vergewaltigung, all das. Ich hatte ein schlechtes Gewissen wegen dem, was seit Jahren mit Angela lief, ich hatte Angst, dass mein Sohn darunter leiden würde, ich wollte immer noch versuchen, die Familie zusammenzuhalten.«

»Ich und dich verurteilen? Was redest du denn da? Ich möchte es nur begreifen. Und was geschah dann?«

»Dann verschwindet meine Frau nach Disneyland, während ich hier festsitze wegen etwas, von dem ich ganz sicher weiß, dass ich es nicht getan habe. Da musste ich mir wohl selbst eingestehen, dass für sie das Kapitel Stefano beendet war, und dass ich mich jetzt besser verteidige.«

»Das war sehr richtig. Und es hat zwar etwas gedauert, aber schließlich hast du es doch noch eingesehen.«

Sein Weg zur Entscheidung ist absolut nachvollziehbar, und ich muss ihn nur noch eines fragen, auch wenn ihm das vielleicht nicht in den Kram passt.

»Und wie ist das mit Rodolfo?«

»Mit Rodolfo rede ich schon seit Jahren kein Wort mehr«, antwortet er knapp und trocken wie eine sonnengedörrte Tomate. Mehr nicht.

Ich streichle ihm noch einmal zärtlich übers Gesicht, ehe ich gehe, und versuche, ihn zu beruhigen. »Mach dir keine Sorgen, ich lass dich nicht allein. Wir warten bloß noch auf die Unterschrift des Richters, und dann kannst du nach Hause.«

»Ich weiß, Lolita, du bist so gut …«, sagt er ganz sanft und schickt mir eine Kusshand hinterher, während ich gehe.

Als ich die Justizvollzugsanstalt verlasse, ist es ziemlich spät. Draußen ist es schon dunkel, und ein Streifenwagen wartet auch nicht mehr auf mich. Der Beamte im Pförtnerhäuschen informiert mich, dass Esposito vor ein paar Stunden *mal eben* fortgefahren ist, aber dass er mich von jemand anderem nach Hause bringen lassen kann. Ich lehne dankend ab und sage ihm, dass ich gerne ein paar Schritte laufen würde und mache mich unverzüglich auf die Socken. Dabei grüble ich darüber nach, was ich mit diesem Schuft Esposito anstellen werde, sobald er mir wieder vor die Flinte kommt.

Ich werde ihn stundenlang gegen das Pflaster klatschen wie einen Kraken, genau das werde ich.

Donnerstag, der 31. Dezember

DANILO

Schon der Anblick des roten Satinkleides auf dem Drahtbügel aus der Reinigung, das an der Tür meines Kleiderschranks im Schlafzimmer hängt, ist eine echte Augenweide. Und jetzt, da ich weiß, dass Stefano freikommt, fühle ich mich deutlich erleichtert.

Ich stehe auf, nehme das Kleid herunter, halte es mir an und betrachte mich im Spiegel. Ja, Rot steht mir ausgezeichnet.

Heute ist der 31. Dezember, und endlich genieße ich einen Tag hochverdienten Urlaub, denn ich hatte bestimmt seit Ferragosto keinen einzigen freien Tag. Und für heute nehme ich mir fest vor, langsam zu machen. Ich gehe in die Küche, zünde die Gasflamme unter der Caffettiera an, und während ich mir eine Reportage von Franco di Mare auf dem Ersten Programm anschaue, füllt sich der Raum mit dem Duft nach frischem Kaffee. Ich beuge mein Gesicht dicht über die Caffettiera, um das aufsteigende Aroma einzusaugen, und genau in dem Augenblick klingelt das Telefon im Flur. Mit der Fernbedienung in der Hand bleibe ich kurz wie gelähmt stehen, unentschlossen, ob ich rangehen oder dem brodelnden Kaffee den Vorzug geben soll, der nur darauf wartet, in die Tasse gegossen zu werden. Ich entscheide mich für die zweite Möglichkeit, aber nur, weil es eigentlich verboten werden sollte, jemanden so früh anzurufen, und beginne mein Ritual, bei dem ich den Zucker gemeinsam mit den ersten Tropfen Kaffee schaumig rühre.

Wie man diese ockerfarbene Crema auf den Kaffee zaubert, habe ich vor Jahren von Elisa gelernt, mit der ich ab der siebten Klasse die Schulbank geteilt habe, und diese Angewohnheit habe ich stets beibehalten. Ganz langsam genieße ich Schluck für Schluck meinen Kaffee und lecke danach die letzten Zuckerkörnchen aus dem Löffel, da man von guten Dingen auch nicht das kleinste Krümelchen vergeuden sollte und Zucker ein Luxus ist, den ich mir nur beim Frühstück erlauben kann. Danach gibt es bis zum Abend nur Süßstoff.

Das Telefon klingelt erneut, während ich mir die Zähne putze, und diesmal versuche ich, rechtzeitig dranzugehen. Das ist bestimmt Esposito.

»Ja?«

»Was ist los, Lolì, schläfst du noch? Ich rufe dich schon zum zweiten Mal an«, krächzt mir eine misstönende Stimme entgegen. Ich halte den Hörer etwas vom Kopf weg, weil meine Ohren noch Ruhe brauchen, und lasse mich auf den Puff fallen, denn ich weiß, wenn ein Telefonat so anfängt, kann es mal wieder etwas länger dauern. Natürlich ist es Marietta, meine Freundin, die nicht schlafen kann und schon um sechs Uhr früh fit ist wie ein Turnschuh. Wenn ich könnte, wie ich wollte, würde ich glatt elf Stunden am Stück schlafen …

»Ach was, ich war im Bad und habe es nicht rechtzeitig geschafft.«

»Vielleicht hattest du auch nur noch keinen Kaffee.«

Verdammt, wie gut mich meine Freundin kennt. Allein dieser Gedanke macht mich schon glücklich. Ich lächele meinem Spiegelbild im Flur zu. »Ja, gut erkannt. Was gibt's denn, wenn du schon so früh aus dem Bett gefallen bist, und das an Silvester«, frage ich unwirsch.

»Ach nichts, ich wollte nur Bescheid wissen wegen heute Abend. Du kommst doch zu Paola und Giovanni?« Ich wusste, dass sie mich das fragen würde, hätte darauf wetten können. »Ach, ich weiß nicht, Mariè, das sind doch deine Freunde. Was meinst du? Irgendwie fühle ich mich ja gar nicht wohl dabei, einfach so da aufzutauchen«, sage ich, aber nur um Zeit zu gewinnen. Ich habe doch schon vor zwei Wochen mein rotes Kleid in die Reinigung gebracht, aber das weiß sie noch nicht. Und sie fällt wirklich drauf rein und wird nervös. »Lolì, komm mir jetzt nicht auf die Tour, was meinst du damit, du willst nicht einfach so da auftauchen? Du kennst sie doch schließlich auch.«

»Und was heißt das schon? Schön, ich kenne die beiden, aber sonst … wer kommt denn noch? Du weißt doch, dass ich es nicht so mag, lauter Unbekannte um mich zu haben.«

Trotz meiner durchaus berechtigten Einwände lässt sich Marietta auf keine Diskussion ein. Wie üblich muss alles, was sie sagt, für die anderen Gesetz sein.

Vielleicht liegt es an ihrem Job, keine Ahnung, aber sie verhält sich immer und allen gegenüber so, als wäre sie vor Gericht. »Hör mal, Lolì, wir haben das seit ungefähr drei Wochen geplant, und wer kommt, der kommt, das ist zwar nicht meine Wohnung, aber du hältst jetzt gefälligst den Mund und schwingst deinen Hintern dahin, weil du mein Gast bist.«

Eine Minute lang sagt keine von uns ein Wort, sie, weil sie gereizt ist, ich, weil ich die Beleidigte spiele. Jetzt muss sie als Erste den Mund aufmachen, und das tut sie auch, aber plötzlich ist sie süß wie ein Zuckerkringel, während sie zu mir sagt: »Na, es kommen eben die gleichen Leute wie immer, wir kennen uns alle, mehr oder weniger.« Und dann rückt sie endlich mit der Sprache heraus, dass unter den *gleichen Leuten wie immer* auch ihr Nicola sein wird.

Meeensch, und dafür das ganze Theater? Hättest du mir das nicht gleich sagen können?

»Ja, gut, ich habe verstanden. Aber ich komme nur, um zu sehen, was das wohl für ein Teufelskerl ist, der meiner Freundin den Kopf verdreht hat. Wer zum Henker ist der denn, George Clooney?«

Mariè ist sofort auf hundertachtzig, gegen ihren Liebsten darf niemand etwas sagen, und schneidet mir das Wort ab. »Lass das, Lolì, außerdem kennst du ihn schon. Wir sehen uns dann also um neun bei Paola. Und denk daran, etwas mitzubringen, das haben wir so ausgemacht. *Bon?*«

»*Sevvabuò*, okay!«, imitierte ich ihren venezianischen Dialekt.

Im Gegensatz zu ihr bin ich allerdings nie im Veneto gewesen.

Als ich mit Waschen und Anziehen fertig bin, ist es ungefähr zehn. Ich gehe aus dem Haus und mache mich zu Fuß auf ins Zentrum. Die Sonne lacht am Himmel, dass es eine wahre Pracht ist. Ich biege um die Straßenecke, schlendere am Theater vorbei, das endlich seinen Bürgern zurückgegeben wurde, nachdem sie lange Jahre darauf verzichten mussten, laufe die baumbestandene Allee entlang und mache am gleichen Kiosk wie immer Halt, um Zeitungen zu kaufen. In der Stadt wimmelt es von Menschen, vor allem Schülern, die nun, wo zwei Wochen Ferien sind, in Zweiergrüppchen auf ihren Scootern an den Straßenecken abhängen können. Ich beobachte sie gern, wie sie in ihren bunten Jacken, die rotweißen Fans-Schals zweimal um den Hals gewickelt, Spielerbilder tauschen und erzählen, wie neues Leben in die Stadt gekommen ist, seit Bari in die erste Fußballliga aufgestiegen ist.

Ich gehe so selten spazieren und würde mich gern an einen der kleinen Tische auf dem Bürgersteig der Flaniermeile setzen, um einen geeisten Espresso zu trinken. Aber dann werfe ich einen Blick auf die Uhr am Glaspalast der Bank gegenüber und beschließe, dass ich es besser bleiben lasse, denn ich habe noch einen Häuserblock vor mir, und von 11 bis 14 Uhr habe ich einen Termin im Schönheitssalon für eine Hammam-Behandlung, wobei mir nicht so ganz klar ist, was ich da eigentlich vorbestellt habe, aber die über den Daumen gepeilten drei Stunden werden wohl nötig, aber auch ausreichend sein, um mich einmal rundum zu erneuern.

Als ich das Kosmetikinstitut *Schönheit und Wellness Primavera* auf dem Corso Vittorio erreiche, werde ich von den Mädels in ihren Kitteln freudig begrüßt, da ich seit zwei Monaten nicht einmal eine halbe Stunde Zeit gefunden habe, um hierherzukommen. Dann bieten sie mir einen Kräutertee an, ich muss mich ausziehen, sie wickeln mich in ein weißes Leinentuch, nehmen meine Haare unter einem Frotteeturban zusammen und beschäftigen sich mit mir. Sie dimmen sogar das Licht und zünden eine Duftkerze an, bevor sie mich in eine Wanne mit warmem Wasser gleiten lassen. Ich fühle mich wie eine arabische Prinzessin in einem Türkischen Bad und lasse alles los. Dann spüre ich, wie ihre Hände energisch und in Harmonie Totes-Meer-Salz auf meinem Körper verteilen und leicht wie Schmetterlingsflügel Pflegeöle mit Orangen- und Mandarinenaroma in meine Haut einmassieren.

Ich liege mit dem Bauch auf mehreren Schichten warmer bodenlanger Leinentücher und fühle mich wie im siebten Himmel, während vier erfahrene Hände meinen gesamten Körper von den Fesseln bis zum Nacken entlanggleiten, meine Hüften, die Ober- und Unterschenkel, den Rücken streicheln und durchkneten. Und dann das Ganze noch mal von vorn. Ich verliere mich in diesen professionellen Streicheleinheiten und im Schwappen der mit Wasser gefüllten Wannen, in denen noch zwei weitere Damen liegen und auf eine Behandlung wie meine warten. Danach schlafe ich wohl ein und träume…

Ich bin an dem öffentlichen Strand, an den ich jeden Sommer zurückkehre, seit ich auf der Welt bin. Einer dieser vernachlässigten, dichtbevölkerten Orte an den Außenbezirken meiner Stadt. Ich liege auf einem Handtuch am Sandstrand, wo man außer Tellmuscheln, Sepiaschalen und Möwenfedern auch Zigarettenstummel, bunte Strohhalme, Flaschenverschlüsse aus Plastik und Glasscherben findet. Und manchmal Spritzen. Abends trifft man hier auf Nutten. Nicht gerade eine Postkartenidylle, aber für mich ist das nun mal der Inbegriff von Meer.

Auf Zehenspitzen bewege ich mich dann elegant wie eine Ballerina über die spitzen Felsen, laufe den Wellen entgegen, in der Erwartung, dass das Meer mich in seine Umarmung aus Wasser und Salz aufnimmt, feuchter Eros auf meiner Haut, und ich weiß nicht mehr, ob er mich nimmt oder ich ihn … als ein lautes, unverschämtes Telefonklingeln mich aus dieser wunderbaren Trägheit reißt.

Patrizia hat das Handy aus meiner Tasche genommen und reicht es mir, während ich den Kopf hebe und mit den Lidern klappernd zu begreifen versuche, wo ich bin. »Es hat ständig geklingelt …«, entschuldigt sie sich für ihr eigenmächtiges Handeln.

»Hallo?«, sage ich ziemlich schläfrig und schaue nicht einmal auf das Display.

»Lolita, hier ist Montalbano. Was ist, störe ich?«

Ich ziehe die Augen zu Schlitzen zusammen und betrachte das Mosaik auf der Wand gegenüber, um mich zu konzentrieren. »He, mein lieber Salvo, na, das ist ja eine Überraschung. Nein, natürlich störst du nicht, du weißt doch, hier wird immer gearbeitet. Also, was gibt's?«

Oh Mann, den kann ich heute ja gar nicht brauchen …

»Meine liebste Lolita, weißt du, wo ich gerade bin? In Trani! Ich habe aus beruflichen Gründen einen befreundeten Staatsanwalt besucht und mir gedacht, wo ich schon mal hier bin, warum rufst du da nicht mal Lolita an? Seit du aus Sizilien weg bist, ist hier nichts mehr wie früher … Und da habe ich dich einfach angerufen. Du freust dich doch über die Überraschung, Lolita, nicht wahr?«, meint er zärtlich und mit diesem sizilianischen Tonfall, den ich normalerweise so liebe. Aber heute eben nicht. Natürlich kann ich nicht erwarten, dass jeder weiß, wie sehr ich Überraschungen hasse, und deshalb versuche ich, glücklich zu klingen. Na, sagen wir mal, im Rahmen meiner Möglichkeiten. Schließlich kann der arme Salvo ja nichts dafür, wie oft habe ich ihm gesagt: »Ruf mich an, wenn du mal in der Nähe bist, dann treffen wir uns.« Und wenn dieser arme Mensch dann wirklich auftaucht, kann man ihm das doch nicht vorwerfen. Aber andererseits bin ich auch erst seit ein paar Wochen wieder hier. Und deshalb improvisiere ich: »Natürlich freue ich mich, Salvo, das ist wirklich eine gelungene Überraschung. Warum bist du in der Gegend, wegen der Arbeit?«

»Was denn sonst, Lolita? Aber jetzt bin ich fertig und da ich erst morgen abreise und noch den ganzen Nachmittag frei habe, hab ich mir gedacht, vielleicht mag Lolita ja mit mir irgendwo einen Kaffee trinken? Wie weit ist es von hier bis Bari, so dreißig Kilometer? Geht das für dich, hast du ein Stündchen Zeit für einen Kaffee mit mir?«

Es geht alles, wenn man nur will, sage ich immer, aber heute hat diese Frau hier, obwohl sie eigentlich verrückt nach Montalbano ist, wirklich absolut keine Lust, in ihren Bianchina zu steigen und eine Stunde nach Trani zu gurken, nur um einen Kaffee zu trinken. Das hat nichts mit ihm zu tun, Montalbano könnte mich schon reizen, nur um keine Missverständnisse aufkommen zu lassen.

Die Lüge kommt mir so leicht über die Lippen, dass ich es nicht einmal richtig mitbekomme, und dann ist es zu spät. »Ja, das ginge natürlich, Salvo, wenn ich nicht gerade in Rom wäre, leider. Aber ich komme morgen zurück, und dann könnten wir vielleicht …«

Man merkt seiner Stimme an, wie enttäuscht er ist. »Ach, in Rom bist du, und was machst du da, bist du auch beruflich unterwegs?«

»Aber sicher, *Salvuccio mio*, du weißt doch, wie das bei uns ist. Also, was meinst du, sehen wir uns dann morgen?«

»Leider nein, Lolita, du kommst morgen zurück, und ich reise ab. Vielleicht begegnen wir uns ja auf dem Flughafen, wer weiß! Das ist wirklich schade, ich hätte dich gern wiedergesehen … Du bleibst doch immer meine Schönste. Na gut, dann eben ein anderes Mal. Ich wünsche dir ein gutes neues Jahr, Lolita.«

»Deine Schönste, das sagst du tatsächlich zu mir? Du bist wirklich zu gut. Sagen wir mal, ich halte mich wacker. Dank dir, dass du an mich gedacht hast, Salvo, und ich wünsche dir ebenfalls ein gutes neues Jahr. Und ruf mich an, wenn du wieder in der Gegend bist.«

Ich schwöre, das habe ich absolut ernst gemeint.

Ich lege das Handy zurück, nein, ich schalte es sogar aus, um weitere Störungen zu vermeiden. Aber nun ist es zu spät, der magische Moment ist vorüber, und jetzt muss ich die Bauchmassage über mich ergehen lassen.

Sie bearbeiten auch die Vorderseite gründlich, und dann geht es in einen anderen Raum zum Enthaaren mit Kaltwachs und schließlich zur Maniküre. Als ich endlich da rauskomme, ist es ungefähr halb vier, und jetzt ist auch noch mein Friseurtermin geplatzt. Na gut, dann behelfe ich mir eben selbst.

Zu Hause gehe ich unter die Dusche, wasche mir die Haare und rolle sorgfältig Strähne für Strähne auf Lockenwickler auf. Als ich mich im Spiegel betrachte, komme ich mir vor wie eine dieser amerikanischen Hausfrauen aus den Filmen der Sechziger. Ich verteile großzügig duftende Bodylotion über den ganzen Körper und spüre unter meinen Fingern eine Haut, die so weich und glatt ist wie die eines kleinen Mädchens. Ein Effekt der Massage, und ich bin sehr zufrieden damit, das viele Geld ist wirklich gut angelegt. Die Mädels dort haben heute einen prima Job gemacht.

Ich lege mich aufs Bett und lese die Zeitungen. Wie immer habe ich Schere, Ordner und Marker mitgenommen, diesmal suche ich etwas über den Fall Morelli. Ich lese gerade ganz konzentriert eine Pressenotiz über ihn, als mir plötzlich einfällt, dass ich ja ein Dessert für die Einladung bei Paola heute Abend vorbereiten muss.

Ich schaue auf die Uhr. Schon sechs. In meiner Wohnung stehen an allen Ecken und Enden weihnachtliche Geschenkkörbe, die man mir zu den Feiertagen geschickt hat, das ist bei uns so üblich, um sich für all die kleinen Gefallen zu bedanken, die man übers Jahr erhalten hat oder im nächsten Jahr für jemanden erledigen soll, und ich könnte bestimmt unter den sündhaft teuren Delikatessen ein Geschenk finden, aber mit dem üblichen gefüllten Schweinsfuß oder der tausendsten Grappa möchte ich nicht ankommen. Deshalb habe ich beschlossen, etwas Selbstgemachtes mitzubringen. Darauf habe ich jetzt Lust, denn wenn ich in der Küche werkle, fühle ich mich richtig kreativ.

Noch immer nur mit einem um die Hüften geschlungenen Handtuch bekleidet, gehe ich in die Küche und reihe die Zutaten auf der Marmorarbeitsplatte auf: Milch, Butter, Mehl, Eier, Orangen, Zucker, Vanille und ein bisschen Hefe. Ich häufele das Mehl auf und drücke ein Loch in die Mitte. Ich gebe erst Butterflöckchen hinein, dann zwei Eigelb, den Zucker und vermenge alles gründlich. Das Geheimnis bei Mürbeteig ist, dass man ihn so lange mit den Händen knetet, bis eine geschmeidige, glatte Kugel entsteht, die dann ein paar Stunden im Kühlschrank ruhen muss. Ich erinnere mich gut daran, weil mir meine Großmutter das immer gesagt hat. Ich habe schon immer gern gekocht und gebacken, obwohl ich nie die Zeit dazu habe, und während ich den Teig mische, knete, ihn schlage, auseinanderziehe und daraus eine Kugel forme, fühle ich mich wie Dona Flor in diesem Roman von Jorge Amado, die sich erhitzt und sinnlich für ihre beiden Ehemänner am Herd zu schaffen macht.

Ich bin so vertieft in das Spiel meiner Hände, die rasch den Teig bearbeiten, dass mein ganzer Körper dabei zu schwingen beginnt wie eine Violinsaite und das Handtuch allmählich von meinen Hüften gleitet und sich auf dem Kachelboden um meine nackten Füße zusammenrollt.

Der Schauder überkommt mich sanft und unausweichlich wie eine Flutwelle, überläuft mich, nimmt ganz von mir Besitz. Anfangs ist es ein überwältigendes, verwirrendes Gefühl wie bei einem Erdbeben, aber dann wird mir flau im Magen, ich setze mich hin, löse meine Haare und lasse sie weich und lang über meine nackten Schultern bis zu den Schulterblättern gleiten und meinen Nacken streicheln.

Und nachdem mir das Jahre nicht passiert ist, vor allem nicht nach Michele, fühle ich mich endlich einmal im Einklang mit mir selbst, leicht, wie neugeboren.

Ich bereite die Cremefüllung zu, dann schäle ich die Orangen, schneide sie auf dem Brett in dünne Scheiben, gebe sie in einen Kupferkessel, bedecke sie mit Zucker, füge ein halbes Glas Limoncello, eine Vanilleschote und eine Zimtstange hinzu und lasse sie auf dem Herd karamellisieren. Der Duft ist berauschend und durchzieht die ganze Wohnung, während ich glücklich bin und Lust habe zu singen. Ich lege eine CD von Vincio Capossela in den Player und während er *Ultimo amore* singt, fange ich an zu tanzen. Die Orangensoße köchelt auf kleiner Flamme, und ich fühle mich endlich wieder bereit für die Liebe, so wie Tita, die Laura Esquivel in ihrem wunderbaren Roman *Bittersüße Schokolade*, den eigentlich jeder gelesen haben sollte, so herrlich beschrieben hat.

Als die *crostata* dann im Ofen ist und allmählich aufgeht, ziehe ich mich an. Während ich schon in hohen Schuhen und halterlosen, dünnen Strümpfen mit Satinsaum in der Schublade nach Unterwäsche suche, fällt mir ein schwarzer Spitzenbody in die Hände, an dem noch das Etikett hängt.

Ich kann mich nicht erinnern, wie der zu meinen Sachen kommt, denn er entspricht nicht meinem Stil, aber ich kann mir denken, wer den dort hineingelegt hat, das ist bestimmt ein Geschenk von Marietta. Nur sie darf mir solche Geschenke machen. Auch weil sie das weidlich ausnutzt, muss ich zugeben.

Und seht ihr? Irgendwann ergibt doch alles einen Sinn.

Ich habe einige Schwierigkeiten beim Anziehen des Bodys, weil man für so etwas eine gewisse Erfahrung braucht, aber schließlich habe ich alle Bänder und Bändchen zugebunden und betrachte mich in der Spiegeltür meines Kleiderschranks.

Mich überrascht so sehr, was ich dort sehe, dass ich einen Schritt zurückweiche. Mamma mia, die Wirkung ist sensationell! Der Spiegel zeigt mir das zeitlose Bild einer sinnlichen Frau, das ganz den klassischen Regeln des männlichen erotischen Vorstellungsvermögens entspricht. Vor meinem inneren Auge laufen Standbilder aus Filmen ab, die mir vollkommen vertraut sind, obwohl ich die entsprechenden Werke vielleicht nie gesehen habe: Filme mit Sofia Loren, Laura Antonelli, Stefania Sandrelli. Aufmerksam betrachte ich dieses Bild im Spiegel, mustere das, was schon immer mein Körper war, aber jetzt so aufreizend bekleidet ist. Ich sehe mich noch einmal an und gefalle mir, dann drehe ich mich und sehe mich aus einem anderen Blickwinkel, wechsele die Perspektive und betrachte mich mit den Augen eines Mannes, und plötzlich begreife ich, was die sehen, wenn sie mir nachstarren, und wie sich diese Unruhe anfühlt, die sie jedes Mal erfasst.

Ich streichele sanft über meinen Körper und nehme ihn wahr, entdecke ihn ganz langsam, und während meine Hände die seidenweiche Haut streifen, leuchtet in meinen Augen ein neues Strahlen auf.

Ich möchte wieder einmal geliebt werden, das brauche ich. Jetzt endlich wird mir das klar.

Ich hole die *crostata* aus dem Ofen und lasse sie auf dem Fensterbrett auskühlen, wie es Oma Duck immer in den Mickymausheften machte, die ich als kleines Mädchen gelesen habe. Danach schminke ich mich genüsslich mit Eyeliner, reichlich Mascara und einem Hauch goldenen Lidschattens. Ich versprühe auf Hals und Busen eine großzügige Menge Chanel N° 5, lege ein Paar Perlenohrringe an und schlüpfe endlich in mein rotes Satinkleid. Ich brauche wohl nicht zu erwähnen, dass es sehr figurbetont ist und einen tiefen, sehr tiefen, Ausschnitt hat. Aber schließlich ist nur einmal im Jahr Silvester, und heute Abend fühle ich mich ganz wie Marilyn Monroe.

Als Marietta mir die Tür zu Paolas Wohnung öffnet, sind dort schon alle versammelt. Sie traut ihren Augen kaum, als sie mich so schick zurechtgemacht sieht. Du siehst toll aus, sagt sie. Und das meint sie auch so. Marietta schleppt mich ins Wohnzimmer wie eine Jagdtrophäe, und die Hausherrin, eins von diesen unausstehlichen Weibern, die schon von Geburt an so steif sind, als hätten sie einen Stock verschluckt und denken, dass sie was Besseres sind, stellt mich ihren Gästen vor.

Außer ihrem Ehemann sind da noch zwei andere Pärchen, die ich nur vom Sehen kenne, und ihr Neffe Danilo, ein junger Journalist aus Mailand, der in seiner Freizeit Gedichte schreibt und erst seit kurzem hier in der Stadt ist. Ich schüttele den Männern die Hand und küsse die Frauen auf die Wangen, ohne sie wirklich zu berühren, wie es bei uns hier üblich ist, und dann nehmen wir gemeinsam vor einem festlich geschmückten, brennenden Kamin den Aperitif.

Ich schau mich um und bewundere die Wohnung, die wirklich großartig ist, und während ich die Kopie eines flämischen Wandteppichs betrachte, fängt Marietta meinen Blick auf und zeigt mir »ihren Nicola«, den ich jedoch schon lange kenne und den ich aus beruflichen Gründen nicht leiden kann. Nicola Morisco, sechzig Jahre alt, ein dunkler Typ mit einem übergepflegten Schnurrbart, so ein Typ, der jedem gefallen will. Aber mir gefällt er überhaupt nicht.

Sie dagegen sieht hinreißend aus in diesem schulterfreien schwarzen Schlauchkleid. Sie hat ihre Haare zu einem lässigen Chignon hochgesteckt und trägt Ohrringe mit Perlen und kleinen Brillanten, die ich noch nie an ihr gesehen habe. In unserer stummen Geheimsprache bohre ich nach, sie senkt die Lider und gibt damit zu, dass sie ein Geschenk von ihm sind.

Das Essen ist genauso prunkvoll wie die Gläser, das Tafelsilber und die bestickte Leinentischdecke. Alles, wie die Hausherrin den anwesenden Damen unbedingt unter die Nase reiben muss, die sich in Komplimenten ergehen, stammt natürlich aus Familienbesitz. Ich halte mich raus und beobachte das Ganze mit einer gewissen Distanz. Luxus, wohin man schaut. Mit den Champagnerflaschen, die in Eiskübeln auf dem Büfett neben den mit französischen Austern vollgepackten Silberplatten stehen, könnte man den Durst eines ganzen Regiments löschen.

Nach Mitternacht, den üblichen zwölf Trauben, den Trinksprüchen, dem Kuss unter dem Mistelzweig, dem obligatorischen gefüllten Schweinsfuß mit Linsen und dem Feuerwerk, das beinahe so bombastisch war wie bei dem Fest unseres Schutzpatrons, des heiligen Nicola, und das man sich natürlich auf der Terrasse ansehen musste, geben sich die vier Paare diesem Laster hin, das aus Rom zu uns gefunden hat und hier bei uns »*burraco*« genannt wird, wie man es woanders nennt, weiß ich nicht. Seit gut zwanzig Jahren hat dieses Spiel meine Stadt ohne Unterschied zwischen Geschlecht, Alter, Schicht, politischer Ausrichtung oder Nationalität fest im Griff. Es ist nicht einmal an eine bestimmte Jahreszeit gebunden, nein, man muss nur mitten im Sommer über die Strände laufen, um festzustellen, dass nicht einmal die Sonnenliegen davon verschont bleiben, sogar die werden in bizarre Spieltische verwandelt, an denen man unter der sengenden Sonne des Südens endlose Partien spielt. Es hat genaue Regeln, zum Beispiel spielt man immer an Vierertischen, so dass Danilo und ich außen vor bleiben, was aber keinen von uns wirklich zu enttäuschen scheint. Im Gegenteil, ich würde am liebsten nach Hause gehen, aber sobald ich erste Anstalten mache, wirft mir Marietta einen strengen Blick zu, so dass mir nichts anderes übrig bleibt, als mich auf das Sofa zu setzen und in einem der Kunstkataloge zu blättern, die hier überall herumliegen, während Danilo sich in der Bibliothek des Hausherrn umsieht. Irgendwann finden wir ein gemeinsames Thema, über das wir uns unterhalten können, und reden über Dichtung. Nein, genauer gesagt über etwas, das sich »Buchrücken-Poesie« nennt. Ich brauche euch wohl nicht zu sagen, dass ich nicht die leiseste Ahnung habe, was man darunter versteht, uns Polizisten bringt man in den Schulungen andere Dinge bei. Und das zu Recht.

Heutzutage küsst einem niemand mehr die Hand, bis auf den alten Renzo, der illegal auf der Via Manzoni Parkplätze anweist, deshalb reagiere ich ziemlich unwirsch, als »ihr Nicola« meine Hand nimmt, kaum dass ich aus dem privaten Bad von Signora Olivares komme, und sie unter seine Nase zieht. Nur aus Liebe zu Marietta haue ich ihm keine runter, aber um ihm zu entkommen, betrete ich wutschnaubend das nächstbeste Zimmer, ohne zu bemerken, dass es das Gästezimmer ist, in dem sich Danilo aufhält.

Danilo Ladisa, siebenundzwanzig, in Apulien geboren und später nach Mailand gezogen, ist gerade dabei sich auszuziehen, um ins Bett zu gehen. Ihm bleibt nicht einmal Zeit, sich das Bettlaken vor die Hüften zu halten, um sein bestes Stück zu bedecken, als ich ins Zimmer platze wie ein Bulle in ein illegales Spielcasino, und dieser dichte schwarze Schamhaarbusch bringt mich völlig durcheinander. Seit ungefähr drei Jahren habe ich keinen Mann mehr nackt gesehen und einen so attraktiven schon gleich dreimal nicht.

Er sieht aus wie ein griechischer Jüngling, wie Tadzio aus *Tod in Venedig*, helle zarte Haut, ein muskulöser, geschmeidiger Körper, der mich magisch anzieht, jetzt wo er seine ausgebleichten Jeans und sein weißes Hemd abgelegt hat, die nun nutzlos vor ihm liegen.

Mir dreht sich alles, vielleicht ist ja der Champagner daran schuld, dem ich reichlich zugesprochen habe, oder vielleicht das spontane Verlangen, mit meinen Händen durch diese hellen Haare zu wühlen, die ihm beinahe bis auf die Schultern fallen.

Und ich weiß nicht, wie es dazu kommt, aber plötzlich liege ich mit ihm auf dem Bett, unsere Lippen kleben aufeinander, und meine Finger erkunden jeden Zentimeter dieses seidigen Flaums. Ich bin betrunken, also hat es überhaupt keinen Zweck, auf diese leise, zu vernachlässigende Stimme der Vernunft in mir zu hören, die noch nüchtern ist und mir wie eine alte, vertrocknete Jungfer rät, ich sollte schleunigst vom Bett aufstehen, Land gewinnen und geradewegs nach Hause gehen. Und dort ein Bad nehmen, um die Erregung zu dämpfen, und falls das nicht genügt, zu anderen lustbremsenden Hilfsmitteln zu greifen, wie zum Beispiel ein oder zwei Portionen meiner unfehlbaren essensmäßigen Ersatzbefriedigungen, die mich noch nie im Stich gelassen haben.

Aber es ist nun mal so, dass ich hierbleiben will, einmal weil ich an die Ratschläge meines Schwagers Tonio denken muss, die mir, wenn ich jetzt so darüber nachdenke, gar nicht so schlecht zu sein scheinen, und auch ein bisschen, weil Danilo mir inzwischen mein Kleid ausgezogen hat und jetzt am Spitzenbody und den halterlosen Strümpfen fummelt, und ehrlich gesagt, nicht nur da.

Dann liege ich plötzlich nackt da, wie mich Mutter Natur geschaffen hat, Hände kneten meinen prächtigen Vorbau und versuchen auch noch, mich auf der Matratze umzudrehen, damit ich mit dem Gesicht nach unten zu liegen komme. Ist doch klar, was das Bürschchen will. Aber ich sperre mich dagegen, bleibe stocksteif liegen wie ein toter Fisch, wie ich es auf der Schulung gelernt habe, und lasse mich nicht umdrehen. Aber als ich spüre, wie seine Finger versuchen, dort einzudringen, wo sie eigentlich nichts zu suchen haben sollten, wehre ich mich nur schwach, eigentlich bloß pro forma, denn schließlich bin auch ich aus Fleisch und Blut. Außerdem habe ich weder Mann noch Kind und bin keinem Rechenschaft schuldig, oh nein, das nun wirklich nicht.

Nun gibt er mir heftige Zungenküsse, saugt überall an mir und bewegt sich mit seinem Körper auf meinem auf und ab wie ein Hammer, bumm, bumm, bumm, bis ich merke, worauf er hinauswill, und ihm entgegenkomme.

Die halbe Stunde, die darauf folgt, werde ich wohl kaum jemals vergessen, doch ich merke erst danach, dass a) das harte Buch unter meinem Rücken, während wir beide miteinander geschlafen haben, ein Gedichtband von Dylan Thomas war und dass b) dieser Danilo, der gerade erst als Journalist bei der größten Tageszeitung seiner Geburtsstadt im Ressort Kultur & Veranstaltungen angefangen hat, ungefähr zehn Jahre jünger ist als ich. Aber wenn ich an diese schwarzen Haare und die roten

Flecke zurückdenke, die er auf meinem Busen hinterlassen hat, habe ich wirklich kein schlechtes Gewissen, schließlich ist der Junge nicht minderjährig und so wie er mich bearbeitet hat, muss er schon eine gewisse Erfahrung haben.

Freitag, der 1. Januar

TENENTE PECCIARIELLI

Zum Glück ist es nicht weit bis zu mir nach Hause, denn ein Spaziergang durch Bari in der Silvesternacht ist nicht gerade ungefährlich. In etwa wie ein Patrouillengang an vorderster Front. Die Straßen sind übersät mit allem Möglichen, vor allem mit zerschlagenem Geschirr, weil Scherben angeblich ja so viel Glück bringen, aber manchmal stolpert man auch über ein Waschbecken, bei dem das mit dem Zerschmeißen nicht ganz so geklappt hat, während an anderer Stelle immer noch herumgeböllert wird. Die Fenster der Wohnhäuser sind alle hell erleuchtet, auf den Balkonen stehen Menschen und rauchen, und man sieht Leute an einem Glas Wasser mit einem Mittel gegen Sodbrennen nippen, um die Meeresfrüchteorgie besser zu verdauen, denn nicht mal in Japan wird an diesem Tag so viel roher Fisch auf einmal gegessen.

Als ich zu Hause ankomme, ist es drei Uhr morgens, und mir brummt ganz schön der Schädel. Ich setze mir einen Kaffee auf, wenn ich eine Zitrone dazupresse, vergehen die Kopfschmerzen vielleicht, sinke ausgezogen und immer noch sexy aussehend aufs Wohnzimmersofa, und schon bei dem Gedanken daran, was gerade passiert ist, fühle ich wieder diese Leidenschaft in mir.

Vielleicht komme ich mir deshalb ein wenig dekadent und sinnlich vor wie Paolina Borghese auf der Recamiere als »Venus Vincitrix«.

Ich nippe langsam meinen Kaffee, denn ich habe keine Lust mehr zu schlafen, und so schnappe ich mir danach mein Handy, um Tonio anzurufen, vielleicht hat der ja Schichtdienst und schläft auch nicht.

Doch diesmal hat er tatsächlich geschlafen, und jetzt ist er total sauer, weil ich ihn geweckt habe: »Was zum Henker willst du denn um diese Uhrzeit, Lolì?«

»Ach nichts, Tò, ich wollte dir ein frohes neues Jahr wünschen ...«, während ich mich bei ihm entschuldige, versuche ich, meine Stimme zuckersüß klingen zu lassen, um ihn ein wenig zu besänftigen.

»Hast du etwa schon geschlafen?«

»Ach woher denn! NA KLAR! Was soll ein ganz normaler Mann um diese Uhrzeit denn sonst machen?«

»An Silvester? Also wirklich, Tò, ausgerechnet du ... Also von jemandem wie dir kann ich ja wohl annehmen, dass er eine heiße Nacht verbringt, nicht wahr?«

»Jemand wie ich, meinst du? Da hast du allerdings Recht, Lolì ... Mich interessiert aber viel mehr, was jemand wie du an Silvester macht, also?«

Ich spüre einen heftigen Drang, mein Gewissen zu erleichtern, und eigentlich möchte ich ...

»Na ja, also auch jemand wie ich, Tò, was soll ich dir sagen ...«, hauche ich schüchtern in den Hörer.

Ein paar endlos scheinende Sekunden schweigt Tonio ungläubig, bis er es gerafft hat. Dann bricht es aus ihm heraus: »Neeeeeeiiin! Das kann ich nicht glauben,

Lolì! Hat sich unsere kleine Nonne doch mal flachlegen lassen! Und ich hab dich für blöd gehalten«, tönt er fröhlich wie ein Barsch bei stürmischer See, aber man merkt ihm deutlich an, dass er vor Neid platzt. Gleich darauf wird er ganz verlegen und druckst herum: »Denn siehst du, Lolì, was ich dir schon lange einmal sagen wollte, also seit ich von deiner Schwester Carmela geschieden bin, da sind wir ja praktisch nicht mehr miteinander verwandt, ja, eigentlich sind wir *absolut Fremde*, verstehst du, Lolì, was ich meine?«

»Na und? Was willst du mir jetzt damit sagen? Also für mich hat sich durch diese Scheidung rein gar nichts geändert, du warst der Ehemann meiner lieben Schwester Carmelina, und das wirst du für mich immer bleiben. Krieg das ein für alle Mal in deinen löchrigen Schädel!«

»Schon gut, Lolì, schon gut. Jeder weiß doch, dass man mit dir noch nie über die wirklich wichtigen Dinge des Lebens reden konnte … Gute Nacht!«

Leck mich doch.

Als ich aufwache, liege ich immer noch auf dem Sofa, unbequem zusammengerollt wie eine Katze, und während ich mir gerade einen Kaffee koche, fällt mir ein, dass ich zum Mittagessen bei meiner Schwester Carmela eingeladen bin. Hoffen wir mal das Beste, denn bei der kann man nie wissen, wie es ausgeht.

Das Haus, in dem Carmela lebt, ist eines dieser Gebäude, wo alle Eingangstüren der Wohnungen außen auf einen gemeinsamen Balkon gehen. Es liegt in einem beliebten Viertel, allerdings ziemlich weit von meiner Wohnung entfernt, so dass ich das Auto nehmen muss, auch wenn ich gar keine Lust dazu habe. Schon im Treppenhaus steigt mir der Duft der schon seit Stunden vor sich hin köchelnden Nudelsoße zusammen mit dem Geruch nach Frittiertem in die Nase, und ich muss nur einen kurzen Blick in die Küche werfen, um zu erkennen, dass meine Schwester schon jetzt ziemlich angespannt ist, so wie an jedem anderen gottverdammten Tag des Jahres. Wenn sie das nicht wäre, wäre sie nicht mehr sie selbst. Wie üblich hat sie sich in ein hässliches schwarzes Kleid gehüllt wie eine Witwe, die sie zwar nicht ist, obwohl sie liebend gerne eine wäre. Wie lauten doch gleich wieder ihre Worte zu diesem Thema? »Lieber eine Witwe in Ehren als geschieden, betrogen und verzweifelt«, und da darf man ihr auf keinen Fall widersprechen, sonst steckt sie einen gleich zum Ausbacken zu den Auberginen in die Pfanne.

Carmelas Küche ist blitzblank und so keimfrei, wie eigentlich hierzulande die Krankenhäuser sein sollten, wenn wir nicht all die Probleme mit dem Gesundheitswesen hätten, die unser lieber Regionalpräsident bei allem guten Willen und all den schönen Gedichten, die er schreibt, einfach nicht auf die Reihe bekommt. Aber wir sind ja ein vertrauensseliges Volk und geduldig.

Carmela hat auf dem grauen Marmortisch mindestens zweihundert Hackfleischbällchen in Reih und Glied angeordnet, die nur darauf warten, erst in heißem

Öl angebraten und dann für den Nudelauflauf in die Keramikform gegeben zu werden. Neben dem geflochtenen Stuhl, auf dem meine Mutter schon seit einer Ewigkeit stocksteif dasitzt wie eine Ölgötze, steht für alle deutlich sichtbar ein abgenutzter Teppichklopfer aus Bast in Griffweite, um zur Bestrafung der räuberischen Hände meiner kleinen Neffen zum Einsatz zu kommen, die ständig in die Küche flitzen und blitzschnell mit Teig ummanteltes Gemüse und noch rohe Fleischbällchen vom Tisch stibitzen.

Als ich so eine kleine Hand hinter dem Hocker hervorkommen sehe, lenke ich Carmela rasch ab, die sowieso schon so geladen ist, dass ihr die Haare vom Kopf abstehen wie Schlangen vom Haupt der Medusa, und wenn sie jetzt mit einer Schimpftirade loslegt, dann weiß ich nicht, was noch alles passiert. Und um größere Bestrafungsaktionen zu vermeiden, schlage ich vor, ich könnte doch mit den Kindern vor die Tür gehen. Dieser Vorschlag kommt allen entgegen, und so lade ich meine drei Neffen in meinen Bianchina und da es immer noch sehr warm ist, öffnen wir das Verdeck, und ich fahre mit ihnen direkt an den Strand, an einen Abschnitt ganz in der Nähe ihrer Wohnung.

Ich parke neben einer Kaserne der Carabinieri, und wir gehen zum Strand hinunter. Der ist menschenleer bis auf einen alten Fischer, der einen weißen Panamahut auf dem Kopf hat und damit aussieht wie Hemingway persönlich und gebückt zwischen den Booten sitzt und seine Netze repariert. Gewohnheitsmäßig checke ich die Umgebung ab und stelle fest, dass es eigentlich keine besonders empfehlenswerte Gegend ist. Aber die Kinder sind glücklich, und schon stapfen sie in den Gummistiefeln, die sie irgendwo aufgegabelt haben, ins Wasser, um kleine Krebse und Muscheln zu sammeln.

Ich wandere ziellos umher und versuche wenigstens ein paar Worte mit dem Fischer zu wechseln, aber auf alle meine Fragen kommt von ihm nur Kopfschütteln und gegrummelte »Um Himmels willen!«, die ständig gereizter klingen. Ich wende mich ab, ein wenig beleidigt darüber, dass er mich so penetrant ignoriert, und suche nach einem Gefäß, um die Ausbeute der Kinder nach Hause zu transportieren.

Als ich mich daran erinnere, dass ich im Kofferraum einen kleinen Kanister habe, und zum Auto gehe, stelle ich fest, dass man es mir geklaut hat. Einfach so.

Es ist fast ein Uhr mittags am Neujahrstag, und in der kleinen Kaserne am Meer hat momentan nur ein Mann Dienst, Brigadiere Domenico Centrone, der zwar mit starkem venezianischen Akzent spricht, dessen Großeltern aber ganz bestimmt hier aus der Nähe von Bitonto kommen.

Der junge Kerl macht ein bestürztes Gesicht, als ich ihm theatralisch meinen Polizeiausweis auf den Schreibtisch knalle und Gerechtigkeit verlange, verliert aber kein Wort darüber, dass man mir mein Auto quasi vor seiner Nase weggeklaut hat. Das, ich geb's ja zu, nicht mehr besonders schön war, aber irgendwie hatte es was, auf der Windschutzscheibe stand schließlich in Metalliclettern *Lucia* geschrieben, der Name meiner Mutter, es hatte fünfzig Jahre ununterbrochen wackere Dienste geleistet und tat das bis heute.

Um zurück zu Carmela zu kommen, muss ich nun Esposito anrufen, der Dienst auf dem Kommissariat hat und kurz darauf in einem Streifenwagen mit Blaulicht und Sirene eintrifft und mit quietschenden Reifen wieder losbrettert, um den Kindern eine Freude zu machen.

Nach einem unglaublich gehaltvollen Mittagessen mit mindestens neun Gängen, bei dem in der Reihenfolge ihres Auftretens folgende Personen zu Gast sind: meine Mutter, meine Schwester, deren Kinder, Tante Chechella, Onkel Nicolino und dann auch noch meine Cousine Norina, die mit ihren zweiundvierzig immer noch keinen Mann abbekommen hat, obwohl sie Mitglied bei einer Partnerschaftsagentur ist, und nachdem die ganze Verwandtschaft sich hinreichend darüber ausgelassen hat, dass ich die Schlüssel im Zündschloss hatte stecken lassen, kehre ich gegen Abend endlich heim. Und zwar zu Fuß, wie die arme Tante aus Polignano, das haben diese unverschämten Autodiebe ja prima hingekriegt.

Als ich also gegen sieben Uhr mein Zuhause erreiche, und ich weiß nicht, ob euch klar ist, dass es von meiner Schwester bis zu mir drei Kilometer sind und das mit hohen Absätzen, erkenne ich, dass die Überraschungen für heute noch nicht vorbei sind, denn vor meiner

Haustür warten aufgereiht wie bestellt und nicht abgeholt drei Carabinieri auf mich.

Vielleicht haben sie ja meine liebe Lucia wiedergefunden, denke ich hocherfreut, aber damit liege ich leider falsch. Die Carabinieri haben sich persönlich hierher bemüht, um durch den Tenente Gaetano Pecciarielli und seine Untergebenen Giovanni Cipolla und Salvatore Acquaviva ihr Bedauern für den bedauerlichen Diebstahl zum Nachteil von Commissaria Lolita Lobosco auszudrücken, der in unmittelbarer Umgebung der Carabinierikaserne des Ortes Fesca geschah, wo der Wagen Model Fiat Bianchina, Farbe himmelblau, Kennzeichen NA15038 regulär parkte, obwohl, und diese Richtigstellung muss sein, dass man sich künftig gegenseitig die Schuld zuschieben kann, wegen einer wenig glücklichen Unaufmerksamkeit der Fahrzeughalterin, die Schlüssel wohl noch im Zündschloss steckten.

Nachdem mehrfach salutierend die Hacken geknallt wurden, man mir ausgiebig im Treppenhaus zu meiner Wohnung die Hände geschüttelt hat und Tenente Pecciarielli, ein attraktiver, dunkelhaariger Kerl, der ein ebenso typisches Erzeugnis der Region Kampanien ist wie die Original Büffelmozzarella, mir versichert hat, dass er mir in jedem Fall uneingeschränkt zur Verfügung steht, darf ich endlich in Frieden ziehen und mir ein Bad einlassen.

Samstag, der 2. Januar

MARIETTA

»Sagst du mir vielleicht mal, wo du Freitagnacht abgeblieben bist? *Himmel, Arsch und Zwirn*, würdest du mir bitte schön verraten, was zum Henker in dich gefahren ist? Ist dir klar, dass du dich verdrückt hast, ohne dich von der Gastgeberin zu verabschieden? In eine so peinliche Situation kannst wirklich nur du mich bringen.«

Obwohl es noch früh ist, rattert Marietta ihre Tirade erbarmungslos herunter wie ein Maschinengewehr, und gleich als Morgengruß ist das wahrlich keine Freude. Vor allem dann nicht, wenn man keinen Kaffee in Griffweite stehen hat und seiner besten Freundin außerdem beichten muss, dass an diesem tollen Abend tatsächlich etwas Erwähnenswertes passiert ist.

»Hör mal, Mariè, wo steckst du gerade?«

»Wo soll ich deiner Meinung nach schon stecken? Zu Hause natürlich.«

»Also gut, dann mach eins. Du gehst jetzt sofort aus dem Haus, holst aus der Bar um die Ecke Cappuccino und Croissants, und schwingst deinen Hintern hierher, und ich schwöre bei allem, was mir lieb und teuer ist, dass ich dir die ganze Wahrheit erzähle. Denn nicht mal du kannst dir vorstellen, was mir passiert ist. Und beeil dich, denn um neun muss ich im Büro sein.«

»Gib mir zwei Minuten, Lò, ich bin sofort bei dir!«

Das will ich meinen, denn die ist jetzt gespannt wie ein Flitzebogen.

Wir frühstücken auf meinem Bett und scheren uns nicht um Krümel, Marmeladenflecken und Puderzucker.

»Jetzt trink schon deinen Kaffee, ich will endlich wissen, was los ist!«, drängelt mich Marietta, während ich genüsslich und in aller Ruhe mein Croissant eintunke, hat sie ihres bereits in zwei Happen hinuntergeschlungen.

»Hey, immer mit der Ruhe …«, antworte ich mit vollem Mund.

»Jetzt mach schon«, drängt sie weiter.

»Also gut, erinnerst du dich an diesen Danilo, der auch auf dem Fest war?«

»Wen meinst du, Paolas Neffen, den aus Mailand, der Journalist?«

»Ja ja, genau den.«

»Ja schon, also, was hat er gemacht?«

»Frag mich lieber, was er nicht gemacht hat.«

Jetzt sperrt sie aber den Mund auf und hält mir postwendend eine Standpauke. Ausgerechnet sie!

»Lolì, bist du verrückt geworden? Der ist doch noch ein grünes Bürschchen, und du bist eine reife Frau. Willst du es jetzt etwa so treiben wie diese Schlampen aus *Sex and the city*?«

»Dann sag ihm das doch, dass ich eine reife Frau bin, der will mich nämlich sogar wiedersehen. Und außerdem, Mariè, was erzählst du da für einen Mist? Welche City? Du weißt genau, dass ich drei Jahre in einer anderen Stadt gelebt habe.«

»In einer anderen Stadt? Was hast du denn jetzt verstanden? Ich meine doch diese Fernsehserie! Die kennt jeder außer dir, denn die verpasst zurzeit keiner. Gerade in der letzten Folge ging es darum, wie schick doch so ein *toy boy* ist …«

»Also entschuldige mal, du weißt ganz genau, dass ich im Fernsehen bloß Shows mit Gerry Scotti, die Nachrichten und Reportagen von Franco Di Mare anschaue. Und so einen Dreck habe ich mir noch nie angesehen, ja nicht mal davon gehört. *Toy boy!* Willst du unbedingt wissen, was dieser *toy boy* zu mir gesagt hat? Jetzt komm mir bloß nicht mit dem Altersunterschied, das hat er gesagt. So ist das.«

Endlich ist meine Freundin sprachlos, und ich habe ein diebisches Vergnügen daran, sie mit einer Andeutung hier und da schön schmoren zu lassen wie einen Rinderbraten im Bräter mit Zwiebeln und Olivenöl, aber sie wird sauer und unterbricht mich. »Und wann seht ihr euch jetzt wieder? Jetzt iss endlich dein verfluchtes Croissant auf, und sag schon, was los ist, denn so werd ich aus dem Ganzen nicht schlau.«

Immer in diesem Verhörton wie vor Gericht.

Ich trinke meinen Cappuccino aus, stelle das Tablett und den ganzen Krempel beiseite und lege mich noch mal hin, drehe mich zu ihr, und sie dreht sich spiegelbildlich zu mir hin, so wie damals, als wir beide noch zur Uni gingen.

»Also, willst du mir jetzt endlich verraten, welcher Teufel dich geritten hat?«, fragt sie und fährt mir dabei gegen den Strich über meine Beine.

»Aber was weiß ich denn, Mariè, also wenn ich jetzt so darüber nachdenke, hat mir der Bursche schon beim Essen gefallen. Er war so still und höflich, und als er angefangen hat, über Gedichte zu reden, habe ich ihm tief in die Augen geschaut, und da habe ich gedacht, was wäre ich jetzt gern zehn Jahre jünger, dann könnte ich ihn näher kennen lernen.«

»Und dann?«

»Dann weiß ich auch nicht, was passiert ist, aber ich habe mich auf dem Weg ins Bad in der Tür vertan, und da stand er auf einmal splitterfasernackt vor mir, wie Mutter Natur ihn geschaffen hat.«

»Heiliger Jesus Maria und Josef, und wie war er?«

»Schön, Mariè, unglaublich schön.«

»Ach ja, ich weiß, ich weiß, mein Nicola ist ja auch schön ...«

»Was hat der denn damit zu tun? Ich weiß nur, dass dein Nicola sechzig ist, und du bist fünfunddreißig, das ist die reinste Verschwendung. Im Moment kommt euch das wenig vor, aber ich möchte euch beide mal in zehn Jahren sehen.«

»Jetzt hör schon auf damit, Lò. Ich liebe ihn, und jetzt möchte er sogar, dass ich für das Regionalparlament kandidiere. Er sagt, dass ich das Zeug dazu habe und mir in der Politik eine große Zukunft bevorsteht.«

»Ach ja, du hast das Zeug dazu? Glaubst du etwa alles, was er dir erzählt?«

»Jetzt entschuldige mal, warum sollte ich das nicht?«

»Also, zunächst mal müsstest du dein Amt niederlegen. Und wieso willst du nicht sehen, dass das eine Falle ist, der pure Selbstmord. Er will nur deinen guten Namen benutzen, damit du seiner Liste Stimmen einbringst, aber dann wirst du doch nicht gewählt. Denn ein Fernsehstar bist du ja nicht gerade. Sonst hätte er selbstverständlich vorgesorgt und dir irgendeinen sicheren Posten in einer anderen Region reserviert. Außerdem hast du doch bereits eine Superkarriere, ich verstehe nicht, warum du das auf einmal alles wegwerfen und in die Politik gehen willst. Wie auch immer, meine Stimme bekommst du schon mal nicht.«

»Oh Mann, du nervst, Lolì. Ich habe auch schon einen Wahlslogan für mich: *Marietta Scarcella, Garant für Liberalität und Professionalität*. Gefällt's dir? Außerdem kannst du wählen, wen du willst, von mir aus auch die Schwulen, wenn sie dir gefallen, denn mich scheinst du ja nicht zu verstehen. Lass mich dir nur eins sagen, du hast nun mal keine Kinder, und du weißt auch nicht, was es heißt, jeden Tag achtzig Kilometer zur Arbeit und zurück zu pendeln.«

»Dein Slogan ist scheiße, deine Anspielung auf die Schwulen noch schlimmer, aber in einem hast du Recht, Mariè, ich habe keine Kinder, ich hab keinen Mann und nicht mal einen Liebhaber, der mich für die Wahlen aufstellen will. Wenn ich so darüber nachdenke, stehe ich nicht gerade gut da.«

»Jetzt hör schon auf damit, Lolì. Deine Ironie kannst du dir sparen, die trifft mich nicht. Und um noch mal auf vorhin zu sprechen zu kommen, wir sind im Recht und du im Unrecht, weil du nicht mit einem Typen zusammen sein kannst, der zehn Jahre jünger ist als du.«

»Entschuldige mal, und wer sagt so was? Gibt es da jetzt ein Gesetz dagegen, und ich habe das bloß nicht mitbekommen?«

»Das sagen doch alle!«

»Hör mal, Mariè, willst du jetzt wissen, wie es abgelaufen ist, oder musst du immer rumdozieren?«

»Na gut, jetzt erzähl schon. Aber schnell.«

»Das darfst du jetzt nicht falsch verstehen, aber die Sache ist nicht leicht zu erklären, und wahrscheinlich lag es bloß am Champagner, den wir alle getrunken haben. Wie auch immer, in dieser Nacht hatten Danilo und ich Sex in Paolas Wohnung.«

»Du hattest Sex in Paolas Wohnung? Jetzt bist du wirklich durchgeknallt, Schwesterchen.«

»Ganz bestimmt, wenn man bedenkt, wie jung er ist, aber schließlich sind wir alle beide erwachsen und im Übrigen auch beide ungebunden.«

Und da soll sie sich jetzt ihren Reim drauf machen.

»War es denn wenigstens schön?«, fragt sie auf einmal ganz kleinlaut, denn der Pfeil saß tief.

»Ja, es war schön. Er ist jung, sehr leidenschaftlich und hat mich unentwegt geküsst, so dass ich gar keine Luft mehr bekam. Er hat mich überall gestreichelt und gebissen … und diese Lippen, sage ich dir. Dann hat er mir gesagt *du bist wunderschön*. Du weißt doch, dass mich seit drei Jahren kein Mann mehr berührt hat. Wie auch immer, die Wahrheit ist, Mariè, dass es mir höllisch gefallen hat, und als ich nach Hause gekommen bin, habe ich gleich wieder an ihn denken müssen und an diese nicht enden wollenden Küsse, und daran, dass er meine Einwände einfach weggeküsst hat.«

»Und jetzt, was werdet ihr jetzt tun?«, fragt Marietta und setzt sich im Bett auf, dabei klingt sie wie die Heilige Spanische Inquisition.

»Was du alles wissen willst. Das kann ich dir noch nicht sagen, er möchte mich wiedersehen und wird wohl eine ganze Weile hierbleiben. Ich weiß wirklich nicht, was ich tun soll.«

Marietta nickt voller Überzeugung. Sie hat sich das Ganze aufmerksam angehört und sich ihren Reim darauf gemacht.

»Willst du einen Rat von mir, Lolì?«

»Lass hören.«

»Also, Lolì, wenn du meinen schwesterlichen Rat willst, dreh drei Runden um die Säule vom heiligen Nicola, jetzt ist ja bald sein Namenstag, dann wirst du schon den Richtigen finden.«

Seht ihr, was soll man darauf schon sagen?

ANGELA

Wenn ich den Kerl schnappe, der mein Auto geklaut hat, ich schwöre, dem schlag ich mit dem Wagenheber den Schädel ein, denn jetzt muss ich zu Fuß gehen, und Felice Cioce, der Architekt, der in meinem Haus wohnt, ein untersetztes Männlein mit Haaren, die triefen vor Fett wie eine zwiebelgefüllte Pizza Calzone an Karfreitag, fährt in seinem neuen Wagen im Schritttempo neben mir her und hofft, dass ich früher oder später auf sein Angebot eingehe, mich zu chauffieren. Aber ich denke nicht im Traum daran und laufe mit gesenkten Augen weiter. Nicht mal unter Todesdrohungen würde ich zu dem ins Auto steigen, da kann er noch so oft durchs geöffnete Seitenfenster rufen: »Verfügen Sie über mich, Commissaria, verfügen Sie über mich.«

Als Angela Capua mit der Vorladung in der Hand in mein Büro kommt, schauen Forte und ich uns verdutzt an, denn heute wirkt sie wie ausgewechselt.

Von dem Vamp, der sich letzte Woche auf dem Kommissariat eingefunden hatte, ist nicht das Geringste übrig, jetzt sieht die Frau, die Stefano angezeigt hat, aus wie Mary Poppins. Sie trägt einen schwarzen Stoffrock, der weit übers Knie geht, eine bis zum Hals zugeknöpfte weiße Bluse und flache Treter wie eine Ordensschwester. Bis auf etwas Lippenstift kein Make-up. Und das auch nur, um ihre Missbildung zu kaschieren.

Eine komplette Verwandlung. Also wenn ich das nicht mit meinen eigenen Augen gesehen hätte, wenigstens mit dem einen, auf dem ich noch gut sehe, hätte ich es nicht geglaubt.

Sie setzt sich ganz manierlich hin, macht das Handy aus und hat diesmal auch keinen Kaugummi im Mund. Santa Maria Goretti höchstpersönlich.

»Sie haben mich noch einmal einbestellt. Da bekomme ich ja richtig Angst. Ist irgendwas passiert?«

»Nein, beruhigen Sie sich, das ist nur das übliche Verfahren. Sehen Sie, Signorina, wie Sie vielleicht wissen, gehen die Ermittlungen ununterbrochen weiter, denn wir können schließlich niemanden festhalten, der vielleicht unschuldig hinter Gittern gelandet ist. Und diese Unterredung dient nur der Vertiefung der Ermittlungen bezüglich der Anzeige, die Sie, und ich betone dabei ausdrücklich *Sie*, gestellt haben.«

Und wenn dabei mein Ton etwas aggressiv rüberkommt, dann geschieht das gegen meinen Willen.

»Also, kommen wir ohne Umschweife auf den Punkt: Signorina Capua, durch einige sorgfältige Nachforschungen hat sich ergeben, dass bei Ihrer Geburt bei Ihnen eine schwere Form von Lippen-Gaumen-Kieferspalte festgestellt wurde, die dann im Alter von fünf Jahren durch einen erfolgreichen Eingriff im Ospedale

Bambin Gesù behoben wurde, und so weiter etcetera pp., was man heute immer noch an einer Narbe an der Oberlippe und einer zweiten entlang des Gaumens feststellen kann. Bestätigen Sie das?«, sage ich ganz ruhig und halte ihr die Krankenhausakte unter die Nase.

Ich sehe, wie die Capua leicht nickt und allmählich blass wird, während sie begreift, dass das Kartenhaus, das sie gegen Stefano errichtet hat, jeden Moment in sich zusammenstürzen könnte. Aber sobald ich mit einfachen Worten wie *Blutsverwandtschaft – DNA-Untersuchung – direkte Verwandtschaft – Tante und Neffe* weiter nachlege, überstürzen sich die Ereignisse, und egal, ob die Gute die Wahrheit sagt oder gelogen hat, sackt sie vor meinem Schreibtisch ohnmächtig in sich zusammen.

Dass die Capua schauspielerisches Talent hat, wissen wir ja bereits durch die vorangegangene Unterredung, aber die darstellerische Leistung, die sie jetzt hinlegt, hätte wirklich einen Oscar verdient.

Erste Szene, Klappe. Forte stürzt zu ihr und versucht sich sogar an Mund-zu-Mund-Beatmung. Zweite Szene, Forte, der sie beatmet, spürt am eigenen Leib, dass sie wieder zum Leben erwacht, denn sie verpasst ihm einen derart kräftigen Hieb, dass es ihm den Kopf weghaut. Dritte Szene, der Höhepunkt, die Heldin beginnt zu schreien, mit den Füßen zu stampfen und mit den Fäusten auf meinen Schreibtisch zu trommeln, und behauptet, sie wäre das Opfer einer Verschwörung, sie würde hier erpresst, und wenn das ihr Verlobter erfährt, dann schlitzt er sie von unten auf wie ein Zicklein an

Ostersamstag und wird sie bestimmt nicht mehr heiraten.

»Und das Brautkleid ist doch schon bestellt«, sagt die Ärmste und trocknet sich ein Tränchen ab, jetzt, wo wieder ein wenig Ruhe eingekehrt ist, nachdem ich ihr ein paar satte Ohrfeigen verpasst habe, damit der hysterische Anfall vorübergeht.

Nun sitzt sie ganz kleinlaut da, und ich schenke ihr ein wenig Kaffee aus Espositos Thermoskanne ein, während ich darauf warte, dass sie mit neuen Enthüllungen aufwartet und vielleicht endlich mit der Wahrheit herausrückt.

Egal, ob echt oder nicht, nach ein paar Tränen, einem Gebet und einem Blick zum Himmel kommt sie mit der ganzen Geschichte rüber und holt dabei recht weit aus, geht zurück zu der Zeit, als sie ein kleines Mädchen war und Dudù und Chiara schon ineinander verliebt und sogar ein Paar waren.

Damit wir uns recht verstehen, meint die Capua, Chiara war damals noch ein junges Mädchen, aber sie wusste schon genau, was sie wollte und sagte immer, dass sie nicht mehr arm sein, sondern so richtig reich werden wollte.

»In dem Viertel, in dem wir wohnten, gab es keine reichen Leute, die sahen wir nur im Fernsehen bei *Dallas* und dem *Denver Clan*. Dann hat Rodolfo an der Uni Stefano kennen gelernt, der gerade aus Genf zurück war, und die beiden wurden Freunde. Wenige Monate später hat Chiara meinen Bruder verlassen und sich mit

Stefano verlobt. Unglaublich, nach all den Jahren, in denen sie zusammen waren und sie schon seinen Silberring am Finger trug. Ich erinnere mich noch genau, dass meine Mutter die ganze Zeit weinte, weil sie Chiara so liebgewonnen hatte und sie ihr schon eine Kette mit dazu passendem Ring und Armband gekauft hatte, wie das bei uns üblich ist.

Ich allerdings machte mir keine Gedanken, denn ich sah ja, wie sie sich trotzdem jeden Tag im Keller küssten, und wusste, dass die beiden in Wirklichkeit niemals richtig Schluss gemacht hatten.

Wenige Jahre später machte Stefano das Examen und seinen Facharzt, während Dudù noch etliche Prüfungen fehlten. Kurz darauf begann Stefano zu arbeiten, Chiara bemerkte, dass sie schwanger war, und so heirateten die beiden. Seine Eltern wollten nicht, dass er sie zur Frau nahm, und veranstalteten deswegen ein Riesentheater und kamen nicht mal zur Hochzeit, weil Chiara aus einer Familie stammt, in der einige Mitglieder schon im Gefängnis gesessen hatten.«

Das geschieht der Baronessa Amalia Morelli Del Boschetto bloß recht.

»Nach der Hochzeit trafen sich die drei, als ob alles beim Alten geblieben wäre, und innerhalb weniger Monate hatte Chiara Stefano überzeugt, dass er mit Rodolfo als Partner eine Zahnarztpraxis eröffnen sollte, bis auch mein Bruder sein Examen gemacht hätte. Als der Junge auf die Welt kam, hatte er eine Hasenscharte, genau wie ich, und ich begriff sofort, dass er der Sohn meines Bruders war. Meiner Mutter und Dudù ging es ebenso. Das war auch der Grund, warum Chiara mich bei sich zu Hause haben wollte, damit ich ihr mit dem Baby half. Dieses Kind gehörte in unsere Familie. Der Einzige, der das nicht wusste, war Stefano, und er hätte es auch nie erfahren sollen.

Wenn ich ehrlich sein soll, Commissaria, habe ich ihn richtig liebgewonnen, denn er ist ein guter Mensch, und teils, weil ich mich ein wenig schuldig fühlte, teils, weil ich ihn ein wenig trösten wollte, wenn er sich mal wieder mit Chiara gestritten hatte, habe ich ihn halt hin und wieder da unten geküsst.«

Die Geschichte, die mir Angela jetzt ohne weitere Umschweife erzählt, jagt mir Schauer über den Rücken, denn sie erzählt von einem Leben, das ganz auf Lügen und Verrat aufgebaut war und das zu Lasten eines armen unwissenden Kerls ging, eine Intrige, in die gleich die gesamte Familie verwickelt war. Und schließlich von der linken Tour, mit der sie versucht haben, ihn abzuzocken, ihm sein Eigentum, seine Freiheit und Würde zu rauben. In mir steigt eine Wut auf, von ganz tief unten im Bauch, und als Angela davon erzählt, dass sie ihn da unten *geküsst* hat, könnte ich sie ganz leicht in Verlegenheit bringen und einwenden, ich hätte nicht so genau verstanden, wo sie ihn denn jetzt geküsst hätte und dass sie doch bitte die Gegend mit der nötigen Präzision bezeichnen möge. Aber ich lasse es, weil es im Grunde ja nichts anderes als jämmerliche Rache wäre, und lasse sie reden. Denn wenn es gut läuft, kommt mein lieber Stefanuccio heute, morgen oder spätestens am Dreikönigstag wieder frei, und dann hole ich ihn persönlich aus dem Gefängnis ab.

»Ich habe ja selbst geglaubt,« fährt Angela fort, »dass Stefano nie etwas davon mitbekommen würde, dass sein Sohn nicht von ihm war und so weiter, aber dann stellte er mit der Zeit immer mehr komische Fragen, bis ich dann eines Tages den Lippenstift vergessen hatte und er beim nächsten Mal die Narbe am Gaumen abgetastet hat. Da habe ich es richtig mit der Angst zu tun bekommen und Dudù Bescheid gesagt, der schon seit längerem wusste, dass Stefano und ich …«

»Ach, das wusste er? Und, was hat er dazu gesagt?«

Wie kann man nur so widerlich sein? Was sind das denn für Menschen, die Panzerknacker? Auf der Suche nach etwas Trost blicke ich zu Antonio hinüber.

Angela muss mitbekommen haben, wie sehr mich das alles ankotzt, und zögert jetzt etwas.

»Was soll ich Ihnen sagen? An dem Abend hat er nichts weiter dazu gesagt. Er erzählt alles sofort Chiara, und sie trifft dann eine Entscheidung. Wie immer.«

Ach ja, so ein armer Trottel!

»Angela, eins müssen Sie mir noch erklären. Besser gesagt zwei Dinge. Chiara wusste da schon, dass Sie und Stefano, na ja …«

»Dass ich ihm regelmäßig einen gebl…«

Ich kann sie gerade noch rechtzeitig stoppen, Fortes Puls ist ohnehin schon gefährlich hoch. »Ja, genau das meinte ich.« Diese blöde Kuh, aber wenigstens erzählt sie nichts mehr von Zahnsteinbehandlung.

»Das weiß ich nicht hundertprozentig, vielleicht schon. Aber eins weiß ich genau. Sie hasst Stefano.«

»Ach was! Und warum?«

»Na ja, das ist doch nicht so schwer«, erklärt sie, als wäre das ein Lehrsatz, den es zu beweisen gilt. »Weil ihr Ehemann auf dem Geld saß und Dudù ein Habenichts war, wie man bei mir zu Hause sagt.«

»Gut, also weiter, was passierte dann?«

»Nichts weiter, nur dass Chiara an dem bewussten Abend zu mir nach Hause kommt, mich an den Haaren packt und sagt, ich solle Stefano wegen Vergewaltigung anzeigen, sonst würde sie zu Ciro gehen und ihm sagen, dass ich ihrem Ehemann einen ...«

Herrje! Sie kann wohl nicht anders! Ich strecke die Hände aus und stoppe sie erneut. »Schon verstanden, danke. Also, um noch einmal zusammenzufassen, aufgrund der Drohungen der Pontrelli haben Sie es mit der Angst zu tun bekommen, und da Sie Schwierigkeiten von Ihrem Verlobten erwarteten, haben Sie sich zu einer Falschaussage entschlossen, womit Sie sich strafbar gemacht haben. Denn Ihnen ist schon klar, dass Sie eine Straftat begangen haben, die vom Gesetz mit einer Strafe von drei Monaten bis zu mehreren Jahren Haft belegt werden kann, weil Sie gegen Artikel .... na ja, und so weiter.«

»Ja, Commissaria, das ist mir klar, aber Sie kennen meinen Ciro nicht und können sich das nicht vorstellen. Wenn er irgendetwas davon erfährt, schlägt der mich tot, ohne lange zu überlegen, schließlich ist er Amateurboxer ...«

»Nur damit ich Sie richtig verstehe, Signorina, wollen Sie mir damit sagen, dass Ihr Verlobter zu Gewalttätigkeiten neigt?« – »Zu Gewalttätigkeiten neigt, sagen Sie? Machen Sie Witze? Der ist ein wildes Tier, ja, genau das ist mein Verlobter.« Und ich könnte schwören, dass bei Angelas Behauptung auch ein wenig Stolz mitschwingt.

»Dann erklären Sie mir doch noch etwas, das ist das Zweite, was ich von Ihnen wissen wollte. Als Sie Ihren Verlobten anriefen, damit er Ihnen einen neuen Lippenstift vorbeibringt, da Sie den anderen verschlampt hatten, wie begründeten Sie, dass es so eilig war? Wenn Ciro so misstrauisch ist, hat er dann nicht gedacht, dass …«, ich kann nicht ausreden, da unterbricht mich die Capua sofort wieder beflissen. »Aber nein, ich habe ihm eben gesagt, dass ich eine fettige Pizzaschnitte gegessen hätte.«

»Ach so, na, wenn er damit zufrieden war. Kommen wir wieder zu dem Abend, an dem Chiara Sie bedroht. Was passiert danach?«

Angela nickt und ringt die Hände. »Nun ja, es vergehen ein paar Tage, ohne dass ich mich dazu aufraffen kann, meinen Arbeitgeber anzuzeigen, aber Chiara, die macht Nägel mit Köpfen. Die hat gleich am nächsten Tag eine Reise nach Disneyland gebucht, und weil sie unbedingt den Flieger am sechsundzwanzigsten kriegen will, muss ich bis dahin etwas unternehmen. Glauben Sie mir, Commissaria, bei der Madonna von Pozzo di Capurso. Ich habe drei Nächte kein Auge zugemacht.«

»Lassen wir mal besser alle Heiligen und Madonnen

aus dem Spiel. Kommen wir lieber wieder zu Ihrem Verlobten. Besteht da die Gefahr, dass er Morelli etwas antut, bei all dem, wessen Sie ihn beschuldigen?«

»Machen Sie Witze, Commissaria? Mein Ciro weiß natürlich, dass es nicht stimmt, dass Stefano mich vergewaltigt hat, sonst hätte der Ärmste schon längst ein Loch im Kopf. Und er weiß auch das mit Chiara und Dudù, er weiß, dass sie ihm die Praxis abluchsen wollen und von wem Alessandro ist.«

»Und warum macht er bei so etwas mit? Mitwisserschaft ist auch eine Straftat, das weiß Ihr Verlobter doch, oder nicht?«

»Sicher weiß er das, Dottorè, ihm fehlen bloß noch fünf Prüfungen, und dann ist er selbst Anwalt. Aber wenn das mit Chiara und Dudù geklappt hätte, hätten sie uns die Hochzeit bezahlt und auch ein Haus gekauft!«

Das auch noch. So jemanden kann man mit Fug und Recht einen blöden Trottel nennen, und ihr müsst schon entschuldigen, wenn ich der Meinung bin, dass eine Hochzeit und ein schönes Haus ein zu geringer Preis sind, um dafür das Leben eines Mannes zu ruinieren.

Was ich in der letzten halben Stunde gehört habe, ist das formelle Geständnis von Angela Capua, der Klageführenden, hinsichtlich der Falschanzeige wegen Vergewaltigung, dic sie gegen Stefano Benedetto Morelli gestellt hat, somit der wichtigste Grund für seine Entlassung aus der Untersuchungshaft und für einen vollständigen Freispruch von allen Beschuldigungen, die gegen ihn hervorgebracht wurden.

Ich gehe mit der Capua noch mal ihre Aussage durch, um Missverständnisse oder Rückzieher zu vermeiden, auch wenn Forte in seiner Weitsichtigkeit daran gedacht hat, alles aufzunehmen und zu protokollieren. Aber Angela Capua denkt gar nicht daran, ihre Aussage zurückzuziehen, sie sagt, dass sie sich vielmehr wie von einer Last befreit fühle und dass sie es gar nicht erwarten kann, zur Beichte zu gehen, denn jetzt kommt sie damit rüber, dass sie Stefano »ziemlich gern« hat und Chiara im Grunde ihres Herzens für eine »Riesenschlampe« hält, und ihr Bruder ist bloß »ein armseliger Trottel, der wie Wachs in den Händen von der da ist«.

Ich höre mir an, was sie zu sagen hat, und sage nichts weiter dazu, aber dann stellen sich mir die Ohren auf, als ich höre, was die Signorina mir jetzt erzählt, nämlich dass die reizende Familie am dritten Januar – also morgen – um 15.10 Uhr mit einem Air France Direktflug aus Paris zurückkehrt. Sie haben sogar schon ein Taxi vorbestellt, das bei ihrer Ankunft auf sie warten soll, denn anscheinend war Chiara noch hübsch shoppen auf den Champs-Élysées und benötigt etwas Unterstützung beim Transport des Gepäcks.

Ich betätige die Sprechanlage und sage sofort Esposito Bescheid, damit er zu der Zeit mit dem Streifenwagen parat steht und wir dieses hübsche Pärchen morgen abfangen werden. Bis zu unserer Ankunft wird Forte die Capua unterhalten, der darüber höchst erfreut ist, denn bei dem folgenden Zusammentreffen soll auch sie anwesend sein. Aber für den Moment habe ich von allem die Nase voll, vor allem von ihr, deshalb entlasse ich sie postwendend und rufe höchstpersönlich den Richter an, ohne erst Zeit mit diesem Ekelpaket von Polizeipräsident zu verplempern, damit er sofort die Aufhebung der Untersuchungshaft für den armen Stefano unterzeichnet, da sich herausgestellt hat, dass er so unschuldig ist wie ein kleines Kind.

Sonntag, der 3. Januar

DUDÙ

Am Tag nach Angelas Geständnis sind Esposito und ich bereits geschlagene vierzig Minuten vor der eigentlichen Ankunftszeit am Flughafen und warten mit einer Vorladung auf die zwei Turteltäubchen. Wir checken die Ankunftstafel, und zum Glück ist das Flugzeug pünktlich, die Franzosen mögen ja vielleicht mit uns verwandt sein, aber Zustände wie bei der Alitalia herrschen bei denen noch lange nicht.

Und so können wir noch in aller Ruhe einen Kaffee trinken und fünf Minuten mit Peppino Passalacqua plaudern, der beim Zoll für die Gepäckkontrolle zuständig ist. Als die beiden vom Gate kommen, stehen wir Gewehr bei Fuß, damit uns auch nichts und niemand entgeht, obwohl der Trupp überhaupt nicht zu übersehen ist, denn schon von weitem fällt der Haufen Vuitton-Koffer auf, die sich seit der Abfahrt noch vermehrt haben. Außerdem tragen alle netterweise Cowboyhüte aus Stroh mit der roten Aufschrift *Buffalo Bill Show*, vielleicht wollen sie uns die Arbeit erleichtern.

Rodolfo Capua, genannt Dudù, achtunddreißig, eingefleischter Junggeselle und Hallodri, entspricht genau der Karikatur eines Provinz-Playboys. Braungebrannt, mittellange blonde Haare, eine goldene Rolex am Handgelenk, rosa Hemd, das bis zur Brust offen steht, ausgeblichene Jeans, die auf den Zentimeter genau in den Schlangenlederstiefeln mit Absatz stecken, schwarze Lederjacke mit Taillengürtel und ein Porsche Cayenne draußen auf dem Parkplatz. Er ist ein wenig erstaunt, als ich an ihn herantrete und ihn darüber in Kenntnis setze, dass er uns wegen einiger Formalitäten dringend aufs Kommissariat begleiten müsse, und zwar zusammen mit der Signora Chiara Pontrelli, verheiratete Morelli, und damit wir uns auch recht verstehen, betone ich das verheiratet. Dieses Mal allerdings macht diese Madonna von Pompeji, die neben ihm läuft und ihn ständig *amò* nennt, keine weiteren Schwierigkeiten, ihr geht es nur um ihr Gepäck, und sie bläut dem Fahrer und ihrer Mutter ein, dass sie »auch ja nichts vergessen«. Als ich sie auffordere, sie möchte doch etwas schneller machen, weil wir hier keine Zeit zu verplempern hätten, belehrt sie mich in arrogantem Tonfall, dass »wir dort gut siebentausend Euro ausgegeben haben und schon dafür Sorge tragen müssen, was damit passiert. Schließlich wollen wir nicht, dass irgendeiner von diesen Verbrechern uns beklaut«. Schon verstanden, die gute Dame schließt von sich auf andere.

»Nun gut, Signò, das kommt vor, sogar mir hat man an Silvester meinen Bianchina gestohlen.«

»Aaach, das tut mir aber sehr leid.«

Wie auch immer, nach diversen Protesten und etlichem Hin und Her – einschließlich dem tränenreichen Abschied der betagten Mutter, die flehentlich fragt

Aber wohin bringen Sie denn meine liebe Tochter?, landen wir schließlich doch glücklich in Espositos Alfetta. Der geht so in seiner Aufgabe auf, dass er wie einer der Schauspieler aus der Krimiserie *Carabinieri* wirkt, und dann so schnell davonbraust, dass die halbe Reifendecke am Asphalt kleben bleibt, und uns in genau vier Minuten aufs Kommissariat bringt.

Und endlich sind wir beim letzten Akt.

Der sich ganz so entwickelt wie in einem neapolitanischen Dramolett, selbst wenn wir hier gut und gerne zweihundert Kilometer von Neapel entfernt sind. Aber das sei nur am Rande bemerkt, denn ich möchte das Schauspiel genießen, als säße ich unten im Parkett, so wie damals, als mich meine Eltern ins Teatro Petruzzelli mitnahmen.

Als wir in mein Büro kommen, sitzt Angela Capua schon ganz gefasst neben dem Schreibtisch, heute trägt sie ein blaues Gewand wie Mutter Teresa von Kalkutta, das genau mit ihrer wiedergefundenen Jungfräulichkeit konform geht. Ihr gewalttätiger Verlobter dagegen wartet draußen auf sie, sein finsteres Gesicht verheißt nichts Gutes.

Als wir hereinkommen, bleibt sie mit ernstem Gesicht auf ihrem Platz sitzen und dreht sich nicht einmal um, um ihren Bruder und die sagen wir mal Quasi-Schwägerin zu begrüßen. Die allerdings hat sofort begriffen, was Sache ist, baut sich vor ihr auf und zetert los, dass man sie bis zur Kathedrale hören kann.

»Ahhh, 'c stè dò! Chessa brutt'a zoccl tand à fàtt' che ùàv fàtt' arrvà ù quadrr all'achiazz'! Ahhhh! Brav, brav e mo' c'uè, pur l'applaus'? Ti à fe nu mazziaton' a te e à cud ccrnut de maritm, c'ù auandch … Timp ma da dè ù bùc à fè … Ti à' ccidd'«, schimpft sie in einem so derben Dialekt los, dass auch ich höchstens die Hälfte verstehe. Und dann lässt sie eine so vulgäre Schimpftirade vom Stapel, dass jeder Hafenarbeiter erblassen würde und die ich hier nicht wiedergeben kann, so lange, bis Esposito es irgendwie schafft, sie wieder zur Vernunft zu bringen. Mit diesem ganzen Hin und Her gehen gut zehn Minuten ins Land, ehe wir uns wie gesittete Leute an den Tisch setzen können, und Antonio, mein Assistent, ist schon startbereit, um alles zu protokollieren und auch mit dem Rekorder aufzunehmen, denn bei so welchen wie denen kann man ja nie wissen.

Bei der Aussage der drei kommt nichts Neues heraus, denn die Capua ist bei ihrer letzten Vorladung sehr genau gewesen, und jetzt macht sie sich bloß noch Sorgen, dass ihr Verlobter, der draußen im Gang auf sie wartet, auch ja nichts von der Sache mitbekommt. Die beiden Turteltäubchen versuchen anfangs, alles abzustreiten, doch wenig später müssen sie sich der Last der Beweise und der unerbittlichen Präzision der DNA dann geschlagen geben, die niemanden ungeschoren davonkommen lässt.

So stellt sich heraus, dass der Plan schon vor vielen Jahren ausgeheckt wurde, genau zu der Zeit, als Stefano zu seinem Unglück im Hörsaal der Medizinischen

Fakultät Dudù begegnete. Das mit der Hasenscharte war selbstverständlich nicht geplant gewesen, Chiara wusste nicht einmal, dass »man bei Angela auch so was gemacht hat, schließlich ist der Eingriff bei ihr so erfolgreich gewesen, dass nur ein kleiner Kratzer am Mund zurückgeblieben ist«, und direkt nach der Geburt hat sie sich Dudù vorgeknöpft, weil der sie, als er sie schwängerte, nicht auf die Möglichkeit hingewiesen hatte, dass das Baby auch so einen Defekt haben könnte. Aber dann wurde dank einer erfolgreichen Operation mit Unterstützung der Madonna, aller Heiligen, Pater Pio, und um ehrlich zu sein, auch eines wackeren Chirurgen alles wieder gut. »Doch wenn es da«, schnauzt Chiara nun Dudù an, »nicht dieses kleine Problem in deiner Familie und vor allem auch mit deiner Schwester, dieser Nutte, gäbe, die ihr Maul nicht im Zaum halten kann (und hier entgeht keinem von uns die Zweideutigkeit), könnten wir jetzt alle gemütlich zu Hause sitzen.«

Ja was denn, sollen wir jetzt etwa alles hinschmeißen? Aber es lohnt sich nicht, mit einer arroganten, groben Kuh wie ihr zu streiten, der es überhaupt nichts ausmacht, wenn wegen ihr ein armer Kerl im Gefängnis verschimmelt.

Wenn man den dreien Glauben schenken darf, hätte diese Affäre lustig so weitergehen können, wenn Angela bloß nicht dieses eine Mal den Lippenstift vergessen hätte. Dieses Ereignis hat, zusammen mit Stefanos Untersuchung ihres Gaumens, und der Bestätigung, die er dadurch bekam, den Ablauf der Ereignisse in Gang gesetzt, »sonst hätten wir alle ruhig so weitermachen können, denn wir kümmern uns nur um unsere Angelegenheiten«, philosophiert die Pontrelli zum Abschluss, »und wir wollen ja auch niemandem weh tun.«

Ja ja, erzähle das mal dem armen Kerl, den ich eingesperrt habe.

Als ich eine halbe Stunde später mit diesem Pack fertig bin, das ich hoffentlich nie mehr wiedersehen muss, und da interessiert es mich auch nicht, was das für strafrechtliche Konsequenzen für sie haben wird, das interessiert mich wirklich nicht die Bohne, sage ich zu Forte, dass er alle nötigen Papiere in doppelter Ausführung vorbereiten und höchstpersönlich dem Polizeipräsidenten und dem zuständigen Richter auf den Schreibtisch legen soll. Danach will ich überhaupt nichts mehr davon hören, was für eine hervorragende Arbeit ich geleistet habe. Ich habe heute noch etwas vor. Daher suche ich Assunta Malaspinas Nummer heraus, rufe sie an und teile ihr mit, dass wir zum Untersuchungsgefängnis fahren können, um unseren Freund abzuholen, denn Gott, der Hasenscharte und Angela Capuas Gewissensbissen sei's gedankt, seine Qualen haben heute ein Ende.

Und als wir schließlich zusammen diesen schrecklichen Ort verlassen haben, gehen nur er und ich den bereits erwähnten Kaffee trinken.

Montag, der 4. Januar

EINE TOTE

Was mich anbetrifft, hätte die Geschichte zwischen Stefano und mir damit enden können, dass wir beide unserer Wege gingen und alle anderen auf ihre Weise glücklich und unzufrieden weiterlebten, und so weiter. Aber es kam ganz anders.

Am folgenden Morgen wird Angela Capua, vierundzwanzig Jahre, Zahnarzthelferin und eine Frau, die unvorsichtig genug war, einigen Staub aufzuwirbeln, an einem öffentlichen Strand zwischen Bari und San Giorgio tot aufgefunden. Ihr Gesicht ist zerschlagen, die Strümpfe zerrissen, der Hintern ist nackt und weist Bissspuren auf, bei ihr liegen ein Einkaufsbeutel aus Leinen mit zwei Orangen und einem Kassenzettel darin.

Nach dieser Entdeckung widerruft der Richter als Erstes die Aussetzung der Untersuchungshaft von Stefano Benedetto Morelli, der seit gestern Abend unglücklicherweise mein Liebhaber ist.

Ich werde von einem stinkwütenden Polizeipräsidenten höchstpersönlich darüber informiert, der mich um neun Uhr morgens in sein Büro bestellt, herumbrüllt und mir lauthals droht, er würde mir den Fall entziehen, weil ich anscheinend auch noch Komplizin in einem Mordfall wäre. Nachdem ich den ersten Schock überwunden habe, denn wie ihr euch vorstellen könnt, habe ich die Nacht kaum geschlafen und bin trotz eines doppelten Espresso nicht gerade hellwach, hat er mir erklärt, dass die Capua gestern Abend nicht nach Hause gekommen ist, aber da sie allein lebt, hat niemand ihr Verschwinden gemeldet, dass ein Taucher im Morgengrauen die Leiche bei der Uferstraße gefunden hat und dass alle Anzeichen gegen Morelli sprechen, der, so ein Zufall, an diesem Morgen dabei beobachtet wurde, wie er in aller Herrgottsfrühe die Wohnung der Commissaria verließ, die seinen Fall verfolgt, und sie gleich darauf mit offensichtlicher Vertrautheit wieder betrat, in der Hand eine Tüte mit zwei mit gelber Creme gefüllten Hörnchen, die er in der Bar gegenüber gekauft hatte. Als ich ihn frage, wie denn der pflichtbewusste Kollege heißt, der ihm einen so detaillierten Bericht erstattet hat, und der Polizeipräsident daraufhin ins Stottern gerät und so etwas sagt wie, es handle sich um eine vertrauenswürdige Person, die anonym bleiben wolle, kapiere ich sofort, dass wir von der Capriati sprechen, die, wenn sie das noch warme Bett ihres Geliebten verlässt, um pünktlich acht Uhr im Büro zu sein, jeden einzelnen gottverdammten Morgen an meiner Wohnung vorbeikommt.

Ich werde informiert, dass Stefano in diesem Augenblick schon verhaftet worden ist und ihn ein Untersuchungsrichter verhört. Dann fügt der gewissenhafte Polizeichef noch hinzu, dass in diesem Fall gegen ihn als einzigen Verdächtigen ermittelt wird.

»Und aus welchem Grund sollte die besagte Person einen Mord begangen haben, nur damit ich es auch verstehe?«

»Natürlich aus Rache. Wegen der angeblichen Vergewaltigung, derer ihn die Capua beschuldigt hat. Jedenfalls, Commissaria, da Sie ja eine solche Sorge für den Mörder an den Tag legen, muss ich Sie darauf hinweisen, dass Sie jetzt besser an sich denken sollten, denn auch Sie stehen im Moment nicht gerade gut da, weil Sie in der Vergangenheit eine intime Beziehung zu dem Beschuldigten unterhalten haben und aktuell unterhalten, obwohl Sie, um seine vorzeitige Haftentlassung zu erreichen, geschworen haben, er sei Ihnen gänzlich unbekannt. Deshalb sind Sie für den Moment von dem Fall suspendiert, doch ganz sicher erwarten Sie noch ernsthafte disziplinarische Konsequenzen, die Ihnen alsbald mitgeteilt werden. Sie sollten äußerst vorsichtig sein, man weiß ja nie. Manchmal setzt man durch gewisse Leichtfertigkeiten sogar seine Stelle aufs Spiel.«

Ich senke schuldbewusst den Kopf, denn nur so gelingt es mir, diesem alten Ekel zuzuhören. Außerdem trifft mich das Wort *Mord* in Zusammenhang mit Stefano wie ein Stich ins Herz, aber dann schleicht sich doch ein ironisches Lächeln auf meine Lippen, als ich merke, dass »der junge Mann« sich von mir distanziert und mich deshalb endlich nicht mehr »Lolì, Lolì«, sondern deutlich förmlicher »Commissaria« nennt.

Als er mir nach dieser Standpauke jedoch die Aufnahmen des Gerichtsmediziners vom Fundort zeigt, vergeht mir das Lachen, und ich betrachte bestürzt das zerschlagene Puppengesicht von Angela, ihre porzellanblauen Augen, die leer blicken, und ihre blutverkrusteten Lippen, deren Lächeln verwüstet ist. Der Mörder, das entnehme ich dem Bericht, hat sie mit einem Stein erschlagen, nachdem er sie zu Boden geworfen, mehrmals zugeschlagen und sich besonders am Mund ausgetobt hat. Eine Ader an meiner linken Schläfe fängt an zu pochen, und ich würde mich jetzt am liebsten übergeben. Jemand wird dafür bezahlen, dass er diese junge Frau so zugerichtet hat, selbst wenn er Stefano Morelli heißt, das schwöre ich mir stumm, obwohl ich tief in meiner Seele überzeugt bin, dass er es nicht gewesen ist. Wenigstens hoffe ich das. Denn ich weiß ja, dass Stefano gestern die ganze Nacht mit mir zusammen war, bis heute Morgen.

Er war bloß eine Stunde fort, eine einzige Stunde, was soll das schon bedeuten.

Plötzlich bekomme ich keine Luft mehr und muss das Büro des Polizeipräsidenten verlassen, der dieses Mal auf seinem Stuhl sitzen bleibt, als ich gehe, und nicht mehr um mich herumscharwenzelt wie üblich. Und das ist auch besser so.

Auf dem Heimweg laufe ich die halbe Uferpromenade entlang, meine Augen fest auf die im Hafen ankernden Boote und die Fischer gerichtet, die sich tief über ihre himmelblauen Plastikwannen beugen und wie im Tangorhythmus die Tintenfische weich klopfen.

Ich möchte an nichts denken, schon gar nicht an Stefano. Und das Wichtigste ist, ich muss diese Bilder von seinem Körper, wie er sich heute Nacht auf meinem bewegt hat, aus dem Kopf bekommen, von diesem Mund, der meine Haut geküsst hat, den Busen, die Schenkel und die Haare. Von meinen Händen, die sich am Betthaupt festhielten, und von seinen Händen, die sich fest um meine schweißnassen Hüften klammerten.

Natürlich ist es nicht besonders hilfreich, dass ich gerade jetzt an die vergangene Nacht zurückdenke, so finde ich den Mistkerl nie, der Angela getötet hat und natürlich dafür büßen muss, wer auch immer es gewesen ist. Ich schwöre bei …, also, ich schwöre bei …. Dabei muss ich an Angela denken, an ihren unbeirrbaren Glauben, an ihren Weg des Glaubens unter spiritueller Führung, an die Beichten bei Pater Georg. Nachdem ich die Festung Fortino di S. Antonio Abate hinter mir gelassen habe, taucht der romanische Kirchturm der Basilika San Nicola vor mir auf. Keine Minute später nimmt eine stille Kraft von mir Besitz, die meine Schritte lenkt. Ich spüre, wie meine Beine ihren Weg von allein finden, sie überqueren den gepflasterten Platz und führen mich dann die ausgetretenen Stufen in die Krypta hinab, wo jeden Tag wie nur an wenigen anderen Orten auf der Welt Gläubige der russisch-orthodoxen Kirche ihre jahrtausendealten Gottesdienste begehen, in unmittelbarer Nachbarschaft zu den christlichen Priestern, die im Stockwerk darüber die Messe feiern und ihre geheiligten Hostien an die alten Frauen verteilen. Wenn man diese Schwelle überschreitet, ist das wie eine Reise in längst vergangene Zeiten. Einige wenige Öllampen spenden den knienden Gläubigen hinter dem schmiedeeisernen Portal Licht. Sie tragen Gewänder aus Damast in byzantinischen Farben, haben lange Bärte und asketische Gesichter. Die Frauen warten in gebührendem Abstand, auch sie knien und sehen noch leidender aus. Ich höre sie gemeinsam beten, ein Raunen, das an die steigende Flut erinnert. Ich lese die Worte von ihren Lippen ab, aber ich bete nicht mit. Das würde ich gern, doch es gelingt mir noch nicht, deshalb betrachte ich verstohlen ihre Gesichter, die Hände, die unter Hüten oder Taschentüchern verborgenen Haare und stelle mir weit zurückliegende Geschichten vor. Ganz allmählich legt sich meine innere Unruhe, und ich fühle mich von all dieser Heiligkeit beschützt, die meine Heimat schon immer erfüllt hat, seit die Zeit und das Meer ihr Schicksal beschlossen und ihr den Namen erwählt haben: Tor zum Orient.

Als ich den Steinbogen durchschreite, der mich von der Kirche direkt ans Meer führt, kenne ich mein nächstes Ziel. Sobald ich das Kommissariat betrete, schlägt mir Schweigen entgegen. Nur der Wachposten grüßt mich wie immer, die anderen tun so, als wären sie mit irgendetwas ausgesprochen Wichtigem beschäftigt. Sie knöpfen sich die Uniform zu, spitzen einen Bleistift oder putzen ihre Brille. Ich betrachte sie der Reihe nach, mit hoch erhobenem Kopf und vorgestreckter Brust, schließlich fürchte ich nichts und niemand, und gehe geradewegs in mein Büro. Forte kommt zwei Sekunden später nach, er macht ein Gesicht wie drei Tage Regenwetter.

»Was ziehst du denn für ein Gesicht, Antò?«

»Ach nichts, Lolì, keine Sorge. Wie geht es dir denn?«

»Wie soll es mir deiner Meinung nach schon gehen? Ich bin total durcheinander. Deshalb bin ich hierhergekommen. Ich muss das alles erst mal begreifen. Du machst mir jetzt eine Kopie von allen Protokollen, denn die muss ich so lange durchgehen, bis ich sie auswendig kann. Und jetzt erzähl mal, was weiß man hier?«

»Also, man weiß, man weiß ...«

»Mach's kurz, Antò, ich habe keine Angst. Sag mir, wie es steht.«

»Also, es ist so, dass jeder weiß, dass *der* heute Nacht in deinem Bett war, weil eine gute Seele sich darum gekümmert hat, das ganze Büro davon in Kenntnis zu setzen, und ich muss dir wohl nicht sagen, wer das gewesen ist. Nur gut, dass die Zeitungen schon erschienen waren, als man dieses arme Mädchen gefunden hat, so haben wir wenigstens bis morgen Ruhe, obwohl heute Vormittag schon zwei Journalisten hier waren und Fragen gestellt haben.«

»Na gut, mit denen beschäftigen wir uns später. Mach mir jetzt die Kopien, denn ich muss wieder weg.«

»Hör mal, Lolì, warum hast du es so eilig? Das sind jetzt sensible Dokumente, da hat der Richter seine Hand drauf, und ich weiß nicht, ob ich dir so einfach Kopien davon machen darf, du weißt ja besser als ich, wie die Dinge liegen, und der Polizeipräsident hat schon alle darüber in Kenntnis gesetzt, dass dir der Fall entzogen wurde. Und vergiss nicht, dass wir hier dieses ...«

»Dieses verdammte Miststück sitzen haben, ich weiß. Aber ich schwöre dir, Antò, sobald ich diese Angelegenheit geklärt habe, werde ich mich gebührend mit ihr beschäftigen. Und lass es mich nicht noch mal wiederholen, mach mir die Kopien, und dann kannst du auch verschwinden.«

»Lolì, wenn jemand davon erfährt, komme ich deinetwegen in Schwierigkeiten ... du weiß doch, ich habe Familie.«

»Antò, halt den Mund, und mach mir die Kopien. Ich denke doch, dass du mir einen Gefallen schuldest, wo ich dich so oft die Hausaufgaben habe abschreiben lassen, oder nicht?«

»Lolì, du bist verrückt! Was hat jetzt die Schule damit zu tun? Das hier ist was anderes. Hier geht es um eine Leiche, vergiss das nicht!«

»Ja gut, Antò, nun philosophier hier nicht rum, und mach mir diese Kopien ...«

Während er sich kurz darauf murrend über den Kopierer beugt, gehe ich zu ihm, um weitere Details zu erfahren. »Wer hat denn jetzt für mich den Fall übernommen?«

»Im Augenblick noch niemand, bloß der Richter, der Morelli verhört.«

»Und wer ist das?«

»Nicola Morisco, glaube ich.«

»Machst du Witze, Antò?«

Ich kann es nicht glauben. Mariettas Nicola.

»Nein, warum?«

»Ach nichts, einfach nur so …«

Ich gebe Forte einen Kuss auf die Schulter, und er lächelt und glaubt, das ist wegen der Kopien. Was kann er auch schon von Mariettas Liebesgeschichten wissen, die ab und zu wie gerufen kommen?

Als ich danach den Raum verlasse, stellt er mir eine überraschende Frage. Und ich muss schon zugeben, seine Überlegung ist völlig logisch.

»Aber, entschuldige, Lolì, wenn *diese Person* die ganze Zeit bis heute Morgen mit dir zusammen war, warum machst du dir dann Sorgen?«

»Und was ist, wenn er nicht die ganze Zeit mit mir zusammen war, Antò?«

»Das ist dann ganz allein seine Sache.«

»Genau.«

Als ich das Kommissariat verlasse, habe ich die Kopien in der Tasche und muss dringend einige Anrufe erledigen. Aber ich weiß nicht, wohin ich gehen soll. Nach Hause kann ich nicht zurück, dort würde ich mich zu schlecht fühlen. Heute Morgen bin ich nicht dazu gekommen, irgendetwas aufzuräumen, die Pizzakartons liegen noch neben dem Spülbecken, die Laken sind am Fußende zusammengeknüllt, und auf dem Fensterbrett steht noch das Holztablett mit dem Frühstücksgeschirr. Ich streife eine Weile durch die Straßen des Zentrums, dann entscheide ich mich für eine kleine Bar in der Nähe des Corso Vittorio, eine von denen mit einem kleinen Nebenraum, in den sich sonst die Schüler aus dem nahegelegenen Gymnasium flüchten, die keine Lust auf Unterricht haben. Heute sind zum Glück keine Jugendlichen unterwegs, da die Schulen wegen der Weihnachtsferien noch geschlossen sind und in der Bar ist es leer, bis auf ein Pärchen, das auf dem Sofa hinter mir hemmungslos herumknutscht. Ich beschließe, die Szene zu ignorieren, bestelle ein komplettes Frühstück und lasse mir die Zeitungen bringen, in die ich einen flüchtigen Blick werfe, gerade so lange, um mich zu überzeugen, dass Forte Recht hat und heute noch nichts über den Mord an Angela drinsteht.

Nach dem Kaffee gebe ich mir einen Ruck und rufe meine Freundin an. Sie hat noch Urlaub und ist in Plauderlaune.

»Nur gut, dass du dich ab und zu mal meldest.«

»Mariè, ich arbeite. Es kann nicht jeder frei haben wie du.«

»Aber du hast keine zwei kleinen Ungeheuer, so wie ich, Lolì. Also bitte …«

»Mariè, warum rufe ich dich wohl an, um mich mit dir zu streiten oder mit dir zu reden?«

»Du hast ja Recht, Lolì, entschuldige. Was machst du, hast du immer noch was mit Danilo?«

»Danilo? Was sagst du da, Mariè, manchmal lassen wir Frauen uns zu so einem Blödsinn hinreißen, wenn uns eine solche Sahneschnitte unterkommt und wir sie kosten wollen, obwohl wir auf Diät sind. Nein, eigentlich geht es mir im Moment ziemlich schlecht, aber darüber kann ich dir jetzt nichts erzählen. Du musst mir einen großen Gefallen tun. Ich muss dringend mit Nicola reden.«

»Mit meinem Nicola? Kein Problem, Lolì, aber kann man mal erfahren, was du angestellt hast?«

»Das ist eine lange Geschichte.«

»Na, ich habe Zeit.«

»Also, hör mal, warum hast du mir nichts erzählt? Und jetzt sag schon, wann ist er gegangen? Und hat er dir gesagt, wohin er wollte?«

»Ich wollte dir alles in Ruhe erzählen, schließlich war da erst die Sache mit Danilo, und ich hatte Angst, du würdest es wieder nicht verstehen. Außerdem hatte ich keine Zeit, das musst du mir glauben. Stefano hat das Gefängnis um zwei verlassen, wir sind mit der Anwältin auf der Uferpromenade spazieren gegangen und dann zu mir nach Hause. Wir waren mehr oder weniger bis halb acht Uhr abends zusammen. Dann ist er gegangen, er hat gesagt, er würde eine Runde drehen und ist eine Stunde später mit zwei Pizzas zurückgekommen … und einem Kratzer auf der linken Wange.«

»Ach du Scheiße!«

»Du sagst es.«

»Und du hast nicht nachgehakt?«

»Nein … Ich habe mich nicht getraut. Ja, ich weiß, das war verkehrt, aber wie sollte ich denn wissen, dass man am nächsten Morgen diese Frau tot auffinden würde?«

»Wie hast du davon erfahren? Von der Frau, meine ich?«

»Der Polizeipräsident hat mich auf dem Handy angerufen, als ich gerade auf dem Weg ins Büro war. Er war ganz aus dem Häuschen und hat mir gesagt, ich solle mich beeilen. Stefano hat man gleich darauf in der Praxis abgeholt. Er war gerade erst angekommen.«

»Lolì, sag mir ganz ehrlich, was denkst du?«

»Ach, ich weiß auch nicht, Mariè. Nein, glaub mir, ich weiß nicht, was ich denken soll. Sicher, wenn er es war, heißt das, dass ich rein gar nichts begriffen habe, weder jetzt noch davor. Aber ich muss auf jeden Fall alle Akten noch einmal durchlesen, um zu verstehen, was da gelaufen sein kann, und um ihn vielleicht noch einmal da rauszuholen. Außerdem, damit dieser jungen Frau Gerechtigkeit geschieht …«

»Du hast Recht, Lolì, die arme junge Frau. Und wie meinst du, dass dir Nicola weiterhelfen kann?«

»Mariè, er verhört ihn. Ich möchte wissen, was Stefano gesagt hat, wo er in der einen Stunde war und was er über diesen Kratzer erzählt. Also alles …«

»Ja gut, Lolì, vielleicht ist es besser, wenn ich mit ihm rede. Deine Lage ist, nach allem, was du mir erzählt hast, ziemlich heikel. Und es ist besser, wenn du im Hintergrund bleibst.«

»Danke, Mariè, du hast Recht, also, gib mir Bescheid, sobald du kannst.«

»Küsschen, Lolì, und mach dir keine Sorgen …«

Sie meint, ich soll mir keine Sorgen machen. Das ist leicht gesagt. Ich weiß dagegen nicht mehr ein noch aus, gewinne aber immer mehr die Überzeugung, dass ich mich von einer suspendierten Commissaria in einen Privatdetektiv verwandeln muss. Doch allein schaffe ich das nicht, dazu brauche ich jemanden, der mir hilft, oder mich zumindest chauffiert, da mein Bianchina immer noch nicht wieder aufgetaucht ist.

Ich zermartere mir das Hirn und verwerfe einen Plan nach dem anderen, bis ich auf Danilo komme.

Hmm, ausgerechnet Danilo. Ziemlich peinlich, würde ich sagen. Aber dann überlege ich weiter und sage mir, warum eigentlich nicht? Schließlich hat er ein paar Jahre über Verbrechen berichtet, arbeitet jetzt als Journalist bei der »Gazzetta«, und außerdem hat er, soweit ich weiß, einen sehr bequemen Wagen.

Ich rufe ihn von dem gleichen Apparat an, von dem ich vorher mit Marietta gesprochen habe, denn mein Telefon könnte ja überwacht werden.

»Danilo, hier ist Lolita.«

»Ah, Lolita, mmmh … die verführerischste Commissaria der Welt! Ich freue mich, wie geht es dir?«

Verführerisch, was erlaubt der sich? Er wirkte doch ziemlich schüchtern? Aber dann kommt mir die Erleuchtung. »Mir geht es wie den Herbstblättern auf den Bäumen.«

»Donnerwetter, Ungaretti.«

Siehst du mal, der Junge ist wirklich ein Dichter.

»Gut, du hast den Test bestanden. Danilo, ich brauche dich.«

»Lolita, nach dieser Nacht weißt du sicher, dass ich dir jederzeit zur Verfügung stehe.«

»Nein, Danilo, darum geht es jetzt nicht.«

Er wirkt enttäuscht, aber vielleicht habe ich nur sein männliches Ego versenkt.

»Obwohl ich wirklich sagen muss, dass du wirklich toll warst.« Puh, da habe ich gerade noch mal die Kurve gekriegt. Aber es stimmt ja auch.

»Na, um ehrlich zu sein, gilt das auch für dich, Lolì. Du bist supersüß. Was kann ich für dich tun?«

Schau mal an, *supersüß*, das hat noch keiner zu mir gesagt.

»Also, Danilo, ich muss dringend mit dir reden, aber nicht am Telefon. Wann hast du etwas Zeit für mich?«

»Sobald ich aus der Redaktion komme, so gegen achtzehn Uhr.«

»Sehr gut, dann treffen wir uns in der Via Imbriani.«

»Ich werde pünktlich sein, Commissaria.«

»Aber natürlich!«

Es ist schon zwei Uhr, mir bleiben vier Stunden Zeit, um die Akten durchzulesen und ein Detail zu finden, eine Eingebung, irgendetwas, was mir in diesem Fall bis jetzt entgangen ist. Ich schreibe die Namen der betreffenden Personen auf ein Blatt und lasse genügend Platz, um dahinter jede Aussage zu notieren, die sie betrifft.

Stefano ______________________________
Chiara ______________________________
Dudù ______________________________

Ich bin sicher, dass einer von ihnen der Mörder ist.

Dann schreibe ich auf ein zweites Blatt den Namen Angela. Auf ihre Aussagen muss ich mich besonders konzentrieren, da bin ich sicher. Hier findet sich der Name ihres Mörders.

Ich beginne mit Stefano, aber ich finde nichts, was gegen ihn spricht. Aber das mag daran liegen, dass ich in ihn verliebt bin. Bei ihm fällt mir nur ein, vielleicht unwichtiges, Detail auf, das womöglich gar nicht so unwichtig ist. Im Gegenteil.

30. Dezember 2009, 14.30 h, Stefano Morelli über Angela Capua:

»Angela isst ständig Orangen, aber sie mag Blutorangen lieber. Sie befolgt anscheinend eine strenge Diät auf Grundlage von Zitrusfrüchten und sagt, sie muss jede Stunde eine essen. Sie ist sehr genau damit. Stell dir vor, sie hat sogar die Erinnerungsfunktion am Handy so eingestellt, dass sie ja keine vergisst.«

Bei Dudù genau das Gleiche. Nichts Auffälliges. Bei Chiara hingegen gibt es einige beunruhigende Details, doch erst in Angelas Aussagen entdecke ich die Überraschung, aber urteilt selbst.

Angela
(spricht über ihren Verlobten Ciro Parise)

2. Januar 2010, 17.45 h (…) »Mein Ciro weiß natürlich, dass es nicht stimmt, dass Stefano mich ver-

gewaltigt hat, sonst hätte der Ärmste schon längst ein Loch im Kopf.«

11.35 h: (...) »Wenn mein Verlobter davon erfährt, schlitzt er mich von unten auf wie ein Zicklein an Ostersamstag.«

12.00 h (...). »Sie kennen meinen Ciro nicht und können sich das nicht vorstellen. Wenn er irgendetwas davon erfährt, schlägt der mich tot, ohne lange zu überlegen, schließlich ist er Amateurboxer ...«

(...) Auf die Frage, ob ihr Verlobter zu Gewalttätigkeiten neige, antwortet die Capua: »Zu Gewalttätigkeiten neigt, sagen Sie? Machen Sie Witze? Der ist ein wildes Tier, ja, genau das ist mein Verlobter.«

3. Januar 2010, 12.00 h (...) Die Capua ist sichtlich besorgt, dass ihr Verlobter, der im Flur auf sie wartet, nur nichts davon erfährt.

(In Bezug auf Stefano Morelli, den Beschuldigten)

24. Dezember 2009, 17.30 h (...) »Stefano ist immer sehr korrekt gewesen, sehr höflich. Ein echter Gentleman..«

2. Januar 2010 11.15 h (...) »ich hab Stefano ziemlich gern.«

(In Bezug auf Chiara Pontrelli, die Frau des Beschuldigten)

24. Dezember 2009, 17.15 h (...) »Chiara ist wie eine Schwester für mich.«

2. Januar 2010, 11. 45 h (...) »Er (sie meint ihren

Bruder Rodolfo Capua) erzählt alles sofort Chiara, und sie trifft dann eine Entscheidung.«
11.47 h (…) »Sie hasst Stefano.«
11:50 (…) »sie packt mich an den Haaren und sagt mir, ich solle Stefano wegen Vergewaltigung anzeigen, sonst würde sie zu Ciro gehen und ihm sagen, dass ich ihrem Ehemann einen (…)«
12:15 Die Capua bestätigt, dass Chiara eine Riesenschl… ist und ihr Bruder nur ein armseliger Trottel.

Chiara
3.Januar 2010 11:45 Chiara Pontrelli gegenüber Angela Capua: (Unübersetzbar, weil Dialekt, aber man versteht ganz deutlich ein »du miese Schlampe« und ein »Ich bring dich um« am Ende der Hasstirade) »*Ahhh, 'c stè dò! Chessa brutt'a zoccl tand à fàtt' che ùàv fàtt' arrvà ù quadrr all'achiazz'! Ahhhh! Brav, brav e mo' c'uè, pur l'applaus'? Ti à fe nu mazziaton' a te e à cud ccrnut de maritm, c'ù auandch … Timp ma da dè ù bùc à fè … Ti à' ccidd'*«

Ich lege die Kopien beiseite und schaue auf die Uhr, es ist 17:45, und ich muss gleich los zu meiner Verabredung mit Danilo. Während ich den Barmann, der mir fast den ganzen Tag Obdach gewährt hat, um die Rechnung bitte, zittern meine Hände wegen der gerade gemachten Entdeckung. Niemand hat in Betracht gezogen, dass außer Stefano auch jemand anderes Angela ermordet haben könnte, obwohl aus den Aussagen klar hervorgeht, dass sowohl Chiara als auch Angelas Verlobter für die Tat verantwortlich sein könnten, selbst wenn Chiara vielleicht nicht über die körperliche Kraft verfügt, um Angela so zuzurichten.

Die Rechnung, die mir der Barmann auf einem kleinen Tablett bringt, ist schlichtweg absurd und hilft mir einen Augenblick, um wach zu werden. Siebzig Euro für ein komplettes Frühstück, einen aufgepeppten Aperitif, zwei Tramezzini, ein Mineralwasser, einen mickrigen Espresso und einen Eistee mit Pfirsichgeschmack, wenn man all das einzeln berechnen würde, würde man höchstens auf fünfundzwanzig Euro kommen. Vielleicht hat mir der Kerl auch die *Büronutzung des Tisches* auf die Rechnung gesetzt, also, so geht das nicht, dem hetze ich morgen die Steuerfahndung auf den Hals.

Danilo fährt einen dunkelblauen Fiat Fünfhundert, einen original alten, und das gefällt mir sehr. Er küsst mich auf die Wange und fragt, wo ich hinwill.

»Fahr mich auf die Uferpromenade Richtung San Giorgio. Jetzt auf dem Hinweg fahre bitte langsam, als würdest du dich mit einer Freundin unterhalten und auf dem Rückweg ganz schnell, als würdest du in einem Porsche vor jemandem flüchten.«

»Wie du willst, Lolita, aber erlaube mir zwei Bemerkungen.«

»Bitte.«

»Das Erste geht klar, denn ich unterhalte mich tatsächlich mit einer Freundin. Das mit dem Porsche nicht so ganz, wenn ich bedenke, welchen Wagen wir fahren.«

»Danì, erspare mir deine witzigen Bemerkungen, heute Abend zieht das nicht.«

»Lolì, mein Gott, was habe ich denn gesagt?«

»Entschuldige. Ich weiß, ich bin unausstehlich.«

»Was ist passiert, Lò?«

»Hast du von der ermordeten jungen Frau gehört?«

»Ja, die ganze Stadt spricht darüber. Und morgen wird es in allen Zeitungen stehen.«

»Ach ja, und was erzählt man sich in der Stadt?«

»Dass der Zahnarzt wahnsinnig sein muss, weil er sein Leben aus Rache ruiniert, wo seine Unschuld doch bewiesen wurde und dass er vielleicht darüber verrückt geworden ist, weil er sie verloren hat. Anscheinend hatten die beiden bis vor kurzem regelmäßig heißen Sex.«

Die Enthüllung, was die Stadt über Stefano und Angela denkt, treibt mir kurz das Blut in den Kopf, und ich würde Danilo diesen heißen Sex gern etwas ausführlicher schildern, aber ich sehe davon ab, weil mich das, was vor sehr kurzer Zeit zwischen uns geschehen ist und mir bis vor drei Tagen noch rote Spuren auf meinem Körper bescherte, verlegen macht. Außerdem aus Respekt vor der toten Angela, die jetzt in einer Metallschublade im Leichenschauhaus liegt.

»Du weißt doch, dass nicht alles immer so ist, wie die Leute erzählen, oder? Und da du so gut informiert bist, weißt du zufällig auch, wo genau sie ermordet wurde?«

»Die genaue Stelle kenne ich nicht, aber ich kann

mir ungefähr vorstellen, in welcher Ecke es gewesen sein muss, außerdem müssten Blumen den Platz markieren, ich habe einen Bericht darüber auf Antennasud gesehen.«

»Guter Junge, denn genau dort fahren wir jetzt hin.«

»Dorthin? Was wollen wir da, Lolì?«

»Das erzähle ich dir später. Sag mir lieber, ob du weißt, dass die Zeitungen morgen irgendwelchen Klatsch über den Beschuldigten bringen werden?«

»Lolita, rede nicht um den heißen Brei herum, es hat keinen Zweck zu leugnen, dass der Klatsch, von dem du sprichst, in aller Munde ist. Aber im Augenblick werden die Zeitungen kein Wort darüber berichten. Heute hat ein formelles Treffen zwischen dem Chef meiner Zeitung, dem Präfekten und dem Polizeipräsidenten stattgefunden, und soweit ich weiß, wird wegen des guten Rufs der Bullen morgen noch nicht darüber berichtet werden. Sollte der Untersuchungsrichter die Verhaftung Morellis bestätigen oder der ein Geständnis ablegen, würde sich das selbstverständlich ändern.«

»Das wird nicht geschehen, glaub mir.«

»Wie du meinst, Lolì. Also, ich glaube, du bist jemand, dem man besser nicht widerspricht. Stört es dich, wenn ich ein bisschen Musik anmache?«

»Nur zu, das lenkt mich wenigstens ab.«

»Madonna santa, *wir lieben uns wie die Hunde*. Was für Musik hörst du denn?«

»Warum, magst du sie etwa nicht? Der Song heißt *Ich und du in der Wohnung*, von Baustelle.

»Nie gehört. Und wie, entschuldige mal, kommst du darauf, dass das mein Geschmack ist?«

»Na, Lolì, wenn ich an unsere erste Begegnung denke, würde ich das schon sagen. Meiner Meinung nach trifft es dieser Song genau auf den Punkt.«

»Danì, hör auf.«

»Na gut, und was hörst du dann gern?«

»Hm, de Andrè zum Beispiel ...«

»Kommt sofort, ich spiele jetzt *Bocca di rosa* für dich.«

»*Bocca di rosa? Rosenmund?* Also, du bist wirklich ein Idiot!«

»Warum denn?«

»Ach nichts, gar nichts ... Na ja, wenn du die Geschichte von Anfang an kennen würdest, würdest du schon wissen warum, aber da das arme Mädchen inzwischen nicht mehr unter den Lebenden weilt, ist hier eher *La canzone di Marinella* angebracht.«

»Schon gut, dann spiel ich eben das.«

»Schau, wir sind da.«

»Wie lange haben wir gebraucht?«

»Zehn Minuten und vierzig Sekunden, um genau zu sein.«

»Gut, schalte jetzt die Scheinwerfer an, und warte hier auf mich.«

Ich laufe ein paar Minuten über den Strand. Die Stelle, an der Angela getötet wurde, ist mit einem rotweißen Absperrband markiert. In der Nähe liegen Blumen und ein Plüschtier. In naher Entfernung schießen einige neugierige Jugendliche, angezogen von dem makabren Reiz des Morbiden, Fotos mit ihren Handys. Ich schlage ein Kreuz und steige wieder in Danilos Fiat.

»Und jetzt fahre so schnell du kannst. Stell dir vor, dass du diese junge Frau getötet hast und von hier flüchtest.«

»Lolì, du bist ja vollkommen verrückt ...«

»Ach, wusstest du das noch nicht?«, antworte ich ihm in einem Ton, der so bitter ist wie eine unreife Mandel.

»Hmm doch, ich habe so was gehört«, meint Danilo und grinst breit.

»Hör auf damit!«

»Vier Minuten achtzehn Sekunden. Donnerwetter! Wohin geht es jetzt?«

»Wo wohnst du?«

»Im Augenblick noch bei meiner Tante.«

»Na, dann nicht. Wir drehen noch eine Runde, dann fahren wir bis zur Messe und halten dort. Ich muss mit dir über einige heikle Dinge reden, deshalb gehen wir lieber nicht in meine Wohnung.«

»Wie du willst, du bist heute Abend ziemlich geheimnisvoll.«

Als wir auf dem Rondell zwischen Meer und Messeviertel angehalten haben, schweige ich einige Minuten und ordne meine Gedanken, bevor ich die Kopien der Akten aus meiner Tasche hole, mir die Fahrzeiten aufschreibe und Danilo bitte, mir sein Handy zu leihen.

»Wirst du zufällig abgehört? Ich muss ein vertrauliches Gespräch führen.«

»Nicht dass ich wüsste. Ich bin erst seit zehn Tagen hier und schreibe über kulturelle und andere Veranstaltungen. Ich glaube nicht, dass deswegen …«

»Und worüber hast du in Mailand geschrieben?«

»Verbrechen.«

»Also hatte ich das doch richtig in Erinnerung.«

»Warum?«

»Das wirst du gleich verstehen, jedenfalls bist du der richtige Mann am richtigen Ort.«

»Hm, das klingt gut, vor allem weil du mir das auch bei unserer letzten Begegnung gesagt hast, während …«

»Hör mal, Danilo, ich weiß sehr gut, bei welcher Gelegenheit ich dir das gesagt habe. Aber das steht auf einem ganz anderen Blatt. Jetzt nimm dein Telefon, wähl diese Nummer, unterdrück deine eigene Rufnummer, und stell laut: 33592 …«

»Okay, okay … Hier, nimm, es klingelt.«

»Hallo?«

»Marietta, ich bin's, Lolì.«

»Und warum unterdrückst du deine Nummer, du weißt doch, dass mich das auf die Palme bringt!«

»Schon, aber du hast ja abgenommen. Ich rufe dich nicht von meinem Telefon an, weil … Hast du mit Nicola geredet?«

»Natürlich habe ich das. Aber die Sache ist ziemlich heikel, dieses arme Mädchen wurde brutal zusammengeschlagen …«

»Mariè, ich weiß sehr gut, was man ihr angetan hat. Ich habe heute Morgen die Aufnahmen gesehen. Und?«

»Lolì, reden wir Klartext. Für deinen Freund sieht es nicht gut aus, selbst wenn die Aussage der Ehefrau, bedenkt man die Vorgeschichte der Signora, nicht ganz glaubwürdig sein könnte. Sie hat sein Alibi nicht bestätigt und wie er zu dem Kratzer auf der Wange gekommen ist, weiß sie auch nicht. Aber wie du weißt, hier geht es um Mord, und dann ist da noch die Tatsache, dass die Zeit, während der sich Stefano aus deiner Wohnung entfernt hat, in etwa übereinstimmt mit …«

»Mit?«

»Mit der Zeitangabe auf dem Kassenzettel der Orangen, die das arme Mädchen kurz vor ihrer Ermordung gekauft hat. Also theoretisch kann er nach Hause gegangen sein, seinen Wagen geholt und die Frau unter einem Vorwand in seinen Wagen gelockt haben, sie an den Strand gebracht und dort getötet haben.«

»Mariè, bitte, jetzt noch mal alles ganz langsam. Erzähl mir alles von Anfang an.«

»Lolì, diese Dinge sind streng vertraulich, und ich dürfte sie dir eigentlich gar nicht erzählen.«

»Mariè, ich bin Commissaria, vergiss das nicht.«

»Und dass man dir den Fall entzogen hat, soll ich das auch nicht vergessen? Und dass Nicola seine Stelle verlieren könnte, soll ich das auch vergessen? Los, jetzt sag schon …«

»Und findest du es gerecht, dass ein Unschuldiger für jemand anderen im Gefängnis sitzen soll? Und das nicht zum ersten Mal, das solltest du wissen.«

»Hör mal, Lolì, ich will dir ja helfen, schließlich hast du mich jetzt mit reingezogen, da lasse ich dich natürlich nicht im Stich, aber sei mal still, und lass mich reden, denn in fünf Minuten muss ich die Koteletts für die Kinder braten.«

Koteletts! Wie soll man denn so eine Ermittlung führen!

»Ich höre dir zu.«

»Na endlich! Also Stefano erklärt, er hätte um 19.30 Uhr die Wohnung einer Freundin (!) verlassen und sich zu Fuß in seine eigene Wohnung begeben. Achte genau auf die Zeiten, er sagt, es sind zehn Minuten zu Fuß, die Anklage behauptet, es sind fünf. Laut Anklage hat er die Schlüssel zur Garage dabei und holt den Wagen raus. Vorgesehene Zeit dafür: zwei Minuten. Damit wären wir ungefähr bei 19.45 Uhr. Da trifft er angeblich Angela, die gerade im Supermarkt Orangen gekauft hat.«

»Entschuldige, wenn ich dich unterbreche, aber kannst du mir etwas mehr über Angelas Einkauf im Supermarkt erzählen? Es ist wichtig.«

»Wenn du das sagst ... Also, die junge Frau hat um 19.25 Uhr ein Netz mit sechs Blutorangen gekauft. Er lässt sie in seinen Wagen einsteigen und bringt sie nach San Giorgio. Vorgesehene Zeit: sieben Minuten. Jetzt ist es 19.52 Uhr.

Sie verlassen den Wagen, es kommt zum Streit. Er schlägt sie hart, sie kratzt ihn, fällt hin. Er schlägt weiter auf sie ein, sie trifft mit dem Kopf auf die Felsen. Die junge Frau stirbt. Es ist 20.10 Uhr, der Strand ist menschenleer, und niemand hat etwas bemerkt. Stefano fährt in die Stadt zurück, sehr schnell, er braucht dafür vier Minuten. Es ist 20.15 Uhr. Er stellt den Wagen ab. Betritt eine Pizzeria in deiner Nähe, bei der man Pizza zum Mitnehmen bekommt. Dort sind wenige Kunden. Er kauft zwei Pizzas. Wie es der Zufall will, findet sich der Kassenbon mit der Uhrzeit noch in seinem Portemonnaie: 20.27 Uhr. Um 20.30 Uhr klingelt er an deiner Haustür. Ist das logisch für dich? Und berücksichtige bitte, dass alles überprüft wurde, denn der Untersuchungsrichter hat den Haftbefehl bestätigt.«

Ich bin vollkommen durcheinander. Danilo hört alles mit und nimmt meine Hand. Ich bin so kalt und starr wie eine Marmorstatue und wenn mich jemand jetzt mit einer Nadel stechen würde, käme nicht ein Tropfen Blut aus meiner Haut.

»Mariè, was soll ich dir sagen? So gesehen, scheint alles eindeutig zu sein, aber ich möchte seine Version hören, und ich glaube nicht, dass sie genauso lautet.«

»Tatsächlich ist sie anders, ich erzähle sie dir ja schon, keine Sorge. Also zehn Minuten bis zu ihm nach Hause. Er hat die Autoschlüssel nicht dabei, sagt er, aber die für die Wohnung, geht zu Fuß in den dritten Stock hinauf, dabei begegnet ihm niemand. Es ist 19.50 Uhr. Er betritt die Wohnung, sucht auf dem Flurtischchen nach den Schlüsseln. Seine Frau sitzt allein im Wohnzimmer, sie geht zu ihm in den Flur. Es kommt zu einem heftigen Streit, bei dem sie ihm den Kratzer auf der Wange zufügt. Er nimmt die Wagenschlüssel und geht hinunter in die Garage. Holt den Wagen heraus. Es ist 20.10 Uhr. Er fährt in die Nähe deiner Wohnung, parkt den Porsche und geht in die Pizzeria. Den Rest kennst du.«

»Was stimmt nicht an dieser Aussage? Für mich klingt sie lückenlos. Und welche Beweise gibt es gegen ihn?«

»Ich sage dir gleich, es gibt da ein großes Problem. Seine Frau war um diese Zeit zu Hause, und sie hat ausgesagt, sie hätte nicht bemerkt, wie er hereinkam. Also hat sie sein Alibi nicht bestätigt, und seine Verteidigung hält in diesem Fall natürlich nicht stand.«

»Ich verstehe. Hat Stefano seinen Anwalt angerufen?«

»Aber sicher. Machst du Witze, Lolì? Du kennst doch das Gesetz. Wir sind hier ja nicht in Brasilien!«

»Ach Mariè, bist du dir da so sicher?«

»Lolì, wenn ich dir einen Rat geben darf, lass die Finger von der Sache. Vielleicht ist er ja wirklich schuldig, und dann verlierst du noch deine Stelle.«

»Mariè?«

»Ja?«

»Einen Scheiß werde ich die Finger davon lassen!«

»Mach doch, was du willst, aber wenn du vulgär wirst, geht mir das tierisch auf die Nerven.«

»Du hast Recht, Mariè, entschuldige. Bedanke dich bei Nicola, und gib den Kindern einen Kuss von mir. Ich mag dich sehr, und das weißt du auch.«

»Ich weiß, ich weiß, und deshalb riskiere ich meinen Job genau wie du.«

Ich gebe Danilo sein Handy zurück. »Was denkst du über die Sache?«

»Soll ich ehrlich sein? Meiner Meinung nach ist er schuldig, das sieht sogar ein Blinder. Hast du gemerkt, wie die Zeiten passen? Außerdem hat deine Freundin vergessen, etwas zu erwähnen, und zwar das Motiv. Und er hatte eins, und was für eins.«

»Gut, ich gehe jetzt zum Kiosk da hinten und kaufe dir ein Brötchen und ein Bier, lies du inzwischen all diese Dokumente, denn den heutigen Abend wirst du wohl zwangsläufig mit mir verbringen müssen, aber ich denke, das war dir sowieso schon klar. Und danach sagst du mir noch einmal, was du darüber denkst.«

»Zu Befehl, Commissaria. Und wenn es darum geht, einen weiteren Abend mit dir zu verbringen, so könnte ich mir nichts Besseres wünschen, glaub mir.«

»Würdest du das endlich mal lassen?«

Im schummrigen Licht der Innenbeleuchtung des Fiat Fünfhundert liest sich Danilo aufmerksam die ganze Akte durch, die ich ihm mitgebracht habe. Dann sieht er mich an. »Da ist nur eins, was ich nicht begreife, eine Notiz in Bezug auf die Orangen und die Diät, die Angela machte.«

»Ich erklär's dir. Neben der Leiche lagen zwei Orangen.«

»Das heißt?«

»Das heißt 19 – 20 – 21 – 22. Wenn Angela jede Stunde eine Orange aß und vier Stück fehlten, heißt das, sie wurde gegen 22 oder 22.30 Uhr getötet. Und zu dieser

Zeit war Stefano bei mir, ich habe kein Problem, das zu bezeugen. Was sagst du nun?«

»Ich sage, dass der Verlobte tatsächlich der Mörder sein könnte.«

»Offensichtlich. Er ist gewalttätig und eifersüchtig. Amateurboxer und deshalb ausgesprochen kräftig. Er könnte im Kommissariat an der Tür gelauscht haben, während er auf seine Verlobte gewartet hat. Es ist aktenkundig, dass Angela Angst vor ihm hatte und ihn für fähig hielt, sie umzubringen.«

»Aber auch die Pontrelli ist kein Waisenkind, wie es den Anschein hat.«

»Glaub mir, die ist die reinste Hyäne.«

»Aber da ist das Problem mit dem nicht bestätigten Alibi.«

»Das ist das Wenigste. Glaubst du etwa, eine Ehefrau, die dich aus ihrem ureigensten Interesse unschuldig ins Gefängnis bringen will, hat Skrupel, eine Falschaussage zu machen, wenn du damit eventuell wegen Mordes hinter Gitter kommst?«

»Du hast Recht, Lolì. Sehr gut! Aber was passiert jetzt?«

»Jetzt kommst du ins Spiel, falls du es noch nicht begriffen hast. Du hast mir ja gesagt, dass du in Mailand über Verbrechen geschrieben hast, also wird der Leiter deiner Zeitung kein Problem damit haben, dir einen Artikel über diesen Fall anzuvertrauen. Du wirst ihm erzählen, jemand hätte dir anonym einen Stapel Papiere mit wertvollen Informationen nach Hause geschickt. Du hättest sie gelesen und dir deine eigene Meinung über den Fall gebildet und zwar, dass Stefano nichts mit der Sache zu tun hat. Der Artikel wird wie eine Bombe einschlagen, und spätestens um zehn Uhr wirst du beim Richter einbestellt werden. Du wirst ihm erzählen, wie alles war, und dann keine Schwierigkeiten bekommen, ich weiß, wie das läuft. Vertraue auf Lolita.«

Natürlich ist es so gelaufen

Am Morgen, der auf das Auffinden der Leiche folgte, bekam ich durch den rätselhaften Aufmacher der »Gazzetta« auf der ersten Seite alle meine Zweifel bestätigt, die ich gegenüber der ganzen Stadt hegte. Wie zum Beweis lief alles so, wie ich es vorhergesagt hatte. Klar hatte ich Recht gehabt.

> IST VIELLEICHT DER VERLOBTE DER MÖRDER?
>
> »Dank eines anonymen Schreibens an den Geschäftssitz unser Zeitung, der vertrauliche Informationen über den Mord an Angela Capua enthielt, jener achtundzwanzigjährigen Zahnarzthelferin bei einem bekannten Zahnarzt unserer Stadt, der zurzeit unter dem Verdacht des vorsätzlichen Mordes im Gefängnis sitzt, können wir diese neue, beunruhigende Vermutung wagen.«

Noch am gleichen Morgen wurde Danilo ins Polizeipräsidium vorgeladen, dann dem Richter und dem Präfekten vorgeführt, das Ganze blieb jedoch für ihn ohne weitere Konsequenzen. Ciro Parise, Angelas Verlobter, wurde während des Trainings im Fitnessstudio verhaftet. Nach fünf Stunden Verhör brach er zusammen und gestand. Er gab an, er sei aufgehetzt worden und zwar von Chiara Pontrelli, die ihm die sexuellen Praktiken ihres Mannes mit seiner zukünftigen Braut in allen Einzelheiten geschildert hatte. Die Signora hatte ihm genüsslich unter die Nase gerieben, dass das Ganze bei den Verhören auf dem Kommissariat zu Protokoll genommen worden sei und man bloß die Akten durchlesen bräuchte, um zu begreifen, was für Hörner sie ihm aufgesetzt hätte. Ciro fügte hinzu, dass er sich nicht des Totschlags schuldig gemacht hätte, sondern des vorsätzlichen Mordes. Und darauf war er sehr stolz.

Stefano wurde am frühen Nachmittag zum zweiten Mal aus der Untersuchungshaft entlassen. Und wie beim letzten Mal holte ich ihn ab, dieses Mal allerdings ohne seine Anwältin, und es war eigentlich schade, dass nicht gerade Valentinstag war, denn sonst wäre ich schnurstracks nach Vico del Gargano gefahren, um mich der Orangenprozession anzuschließen. Schließlich haben ihm diese Früchte den Hals gerettet.

Und dieses Mal gab es keinen Kaffee.

Sondern einen schönen Teller roher Seeigel mit Foccaccia.

Und morgen gibt es den typischen Hefekranz zu Dreikönig.

Dreikönigskranz

30 g frische Hefe
1 ¼ kg Mehl
8 Eier
1 Teelöffel Salz
2 Esslöffel Orangenblütenwasser
1 ½ Tassen Milch
300 g Zucker
300 g Butter
250 g kandierte Orangen
1 Porzellanpüppchen
(Laura Esquivel)

Lolìs Rezepte

Kandierte Orangen

1 kg Orangenschale
etwa 300 g Zucker

Die Orangen schälen und das Fruchtfleisch entfernen. Die Schale in nicht zu dicke Streifen schneiden, in einen Kochtopf geben und mit Wasser bedecken. Alles zum Kochen bringen und so lange kochen lassen, bis das Wasser verdampft ist. Diesen Vorgang drei Mal wiederholen, dann die Schalen sorgfältig abtrocknen und wiegen. Die gleiche Menge Zucker hinzufügen und die Stücke kochen, bis sie glänzen; danach das Ganze auf einem Gitter erkalten lassen und anschließend die Schalen in dem Kristallzucker wenden.

Orangensauce

6 EL Orangenmarmelade
2 EL Aprikosenkonfitüre
2 EL Grand Marnier
die Schale von 2 Orangen

Die Orangenschalen in ganz feine Streifen schneiden und sie zehn Minuten in wenig Wasser kochen. Die beiden Marmeladen zum Kochen bringen und mit Grand Marnier abschmecken. Die abgetropften Orangenschalen hinzugeben und das Ganze in Glasgefäßen im Kühlschrank aufbewahren. Die Sauce kann auch lauwarm serviert werden. Eine sehr gute Ergänzung zu Eis, Crêpes und Torten.

Orangenmarmelade

24 Orangen
Zucker in entsprechender Menge

Die Orangen schälen. Die weißen Häute entfernen und die Früchte in Spalten teilen. Die Schale in feine Streifen schneiden. Die Fruchtstücke zusammen mit der Schale wiegen und dann mit der entsprechenden Menge Zucker in einen Kupfertopf geben, 800 g Zucker pro Kilo Frucht mit Schale. Kochen, bis die Masse die gewünschte Festigkeit hat. Die Marmelade in Glasgefäße füllen, diese luftdicht verschließen und auf den Kopf stellen, bis sie erkaltet sind.

Orangensalat

Orangen
Rosinen
Geröstete Pinienkerne und Mandeln
Schwarze Oliven
Olivenöl extra vergine
Oregano
Salz und Pfeffer
Orangensaft

Die Orangen in Scheiben schneiden, in eine Salatschüssel legen, alle anderen Zutaten in der gewünschten Menge hinzugeben, vermengen und abschmecken. Man kann auch frischen Fenchel oder Spinat hinzufügen.

Orangen in Cognac

1 kg Orangen
200 g Zucker
1 l Cognac
Zitronenschale

Die Orangen in Spalten schneiden. In Gefäßen schichten und auf jede Schicht ein wenig Zucker und ein Stück Zitronenschale geben. Alles mit Cognac bedecken. Das Gefäß luftdicht verschließen. Nach zwei Monaten verzehrfertig.

Orangencrostata

Für den Mürbeteig:
250 g Mehl
150 g Butter
90 g Zucker
2 Eigelb
1 Zitrone
1 Päckchen Vanillezucker

Das Mehl auf einem großen Holzbrett aufhäufeln, in die Mitte ein Loch drücken. Dort weiche Butterflöckchen, Zucker, die abgeriebene Zitronenschale, den Vanillezucker und die Eigelbe hineingeben, alles mit den Händen zu einem festen, geschmeidigen Teig verkneten, den man eine Stunde im Kühlschrank ruhen lässt.

Für den Belag:
150 g Orangenmarmelade
50 g Rohrzucker
2 saftige Orangen
1 Glas Limoncello

Die Orangen in Stücke schneiden, mit einem Glas Limoncello bedecken, den Rohrzucker hinzugeben und auf den Herd stellen. Sobald die Mischung kocht, einige Minuten warten und die Orangen abtropfen lassen. Den Teig ausrollen, den Boden einer gefetteten Springform damit auskleiden, die Orangenmarmelade verstreichen und die Orangenstücke darauf verteilen. 20 Minuten bei 180 Grad backen. Die Torte auskühlen lassen und nach Belieben mit ungesüßtem Kakao oder Puderzucker bestäuben.

Orangen-Mürbteigtorte mit Getreide-Ricottafüllung

Für den Teig:
250 g Mehl
75 g Zucker
1 Ei
100 g Butter
½ Päckchen Trockenhefe

Für die Füllung:
200 g vorgegarter Weizen
50 ml Milch
20 g Butter
350 g Ricotta
200 g Zucker
1 Vanilleschote
2 Eier + 1 Eigelb
50 g kandierte Orangen
1 Fläschchen Orangenblütenaroma

Für die Füllung:
In einem Topf den vorgegarten Weizen mit Milch, Butter und der Vanilleschote zum Kochen bringen. Auf kleiner Flamme unter ständigem Rühren 10 Minuten kochen. Abkühlen lassen. In einer Schüssel Ricotta und

Zucker vermengen, nacheinander Eier und Eigelb hinzugeben. Den Weizen, die kandierten Orangen und das Orangenblütenaroma zufügen.

Für den Teig:
Das gesiebte Mehl, Zucker, Ei, Butter in Flöckchen und Hefe vermischen. Die Zutaten zu einem glatten Teig verkneten. Mit 2/3 eine gefettete und mit Mehl bestäubte Springform (Durchmesser 26 cm) vollständig auskleiden. Die Füllung hineingeben und aus dem restlichen Teig ein Gitter darauf formen. 45 Minuten bei 180 Grad backen.

Orangenlikör

0,7 l 90-iger Alkohol
6 Orangen
1 kg Kandiszucker
0,75 l Wasser

Den Kandiszucker zermahlen und ihn mit dem Wasser in einer Kasserolle aufsetzen. Ständig rühren, bis der Zucker sich aufgelöst hat. Die Orangenschalen abreiben, die Früchte auspressen und beides zum Sirup geben. Den Alkohol zufügen und gut verrühren. Den Likör in Flaschen geben und mit Korken verschließen. Drei Wochen ruhen lassen, danach filtrieren und umfüllen. Nach weiteren drei Wochen ist der Likör trinkfertig.

Orangen-Plumcake

Saft und Schale einer unbehandelten Orange
170 g weiche Butter
250 g Zucker
1 Prise Salz
4 Eier
50 g Milch
250 g Mehl
1 Päckchen Trockenhefe

Eine Plumcakeform einfetten. In einer Schüssel die Butter mit dem Zucker schaumig rühren, nach und nach die Eier, Salz, Milch, Saft und die geriebene Schale der Orange unterrühren. Ganz allmählich das gesiebte Mehl und zuletzt die Hefe zugeben. Die Mischung in die Form geben und sie für ungefähr 45 Minuten in den auf 180 Grad vorgeheizten Ofen stellen.

Orangensorbet

200 g Rohrzucker
6 Orangen aus dem Gargano
0,25 l Mineralwasser ohne Kohlensäure
3 Glas Wasser
Minze

Die Schale einer Orangen abreiben, mit dem Zucker in einen kleinen Topf geben und drei Glas Wasser hinzugeben. 20 Minuten kochen und dann abkühlen lassen. Filtern und die Orangenschale beiseitestellen. Den Sirup in eine Schüssel geben, das Mineralwasser und 0,5 l Orangensaft (den Saft von 4 Orangen) hinzufügen. Alles gut vermischen und für ungefähr eine Stunde ins Tiefkühlfach stellen, bis das Ganze beginnt, fest zu werden. In einem Mixer verrühren, bis alles weich ist. Die Orangenschale hinzufügen und danach wieder für 20 – 40 Minuten ins Tiefkühlfach stellen.

Zum Servieren mit ein wenig Minze bestreuen.

Dessert mit Orangencreme

250 g Mehl
150 g Rohrzucker
150 g Butter
2 Eier
Wasser oder Milch
1 Prise Salz
Orangen aus dem Gargano

Orangencreme:
Eier trennen. In eine Schüssel die Eigelbe, 80 g Butter, 100 g Zucker, den Saft einer ausgepressten Orange und deren Schale geben und gut vermengen.

Das Mehl auf einem großen Holzbrett aufhäufeln, in die Mitte ein Loch drücken und dort die Eimasse, 50 g geschmolzene Butter und eine Prise Salz hineingeben.

Alles verkneten und wenn nötig ein wenig Wasser oder Milch hinzugeben, um einen festen glatten Teig zu erhalten. Mit einem Nudelholz den Teig zu einer runden Platte ausrollen, die etwas größer ist als die feuerfeste, vorher eingefettete und mit Mehl bestäubte Form, in den man ihn gibt. Die Orangencreme gleichmäßig auf dem Teig verteilen. Mit dem übrigen Teig Streifen auf die Creme legen und rundherum einen Rand formen. Für etwa 20 Minuten in den auf 180 Grad vorgeheizten Ofen stellen.

Danksagungen

Die Figur der Lolita entstand in den Weihnachtsferien 2006 und liegt mir sehr am Herzen.

Meine Anfänge als Schriftstellerin liegen schon ein Jahr davor, im Februar 2005, aber wahrscheinlich wären sie im Sande verlaufen, wenn ich nicht in einer Buchhandlung meines Wohnortes (im *Culture Club Café* von Mimmo Sparno in Mola di Bari) Annella Andriani getroffen hätte, eine eifrige Kulturschaffende, die ganz fest an mein schriftstellerisches Können geglaubt und mich ab der ersten Zeile, die ich geschrieben habe, unterstützt und ermutigt hat.

Ich habe diesen Text im Sommer 2009 wieder zur Hand genommen und zu Ende gebracht, auf Aufforderung eines Freundes hin, der sich buchstäblich in Lolita verliebt hatte, aber auch daraufhin wäre nichts weiter geschehen, wäre ich im verregneten September 2009 nicht zufällig zum »Woman Fiction Festival« in Matera gefahren, wo ich die fantastischen Organisatorinnen Maria Paola Romeo (von der Literaturagentur Grandi e Associati) und Maria Teresa Cascino kennen gelernt habe. Erst durch diese wunderbare Veranstaltung ist aus dem, was zunächst nur ein Traum auf dem Papier war, ein echtes Buch geworden.

Ihnen beiden möchte ich danken und außerdem:

Andrea Camilleri, dafür, dass er Salvo Montalbano geschaffen hat. Ohne seinen Commissario hätte ich Lolita niemals auch nur ansatzweise erdacht.

Patricia Chendi, Lektorin bei Sonzogno, die Lolita vom ersten Moment an geliebt, und die sie mit ihren Korrekturen nur noch unwiderstehlicher gemacht hat.

Gaetano Cappelli für den wunderbaren Satz auf dem Umschlag.

Nunzia Mazza Masciandaro, Freundin und Seelenverwandte, für die fachkundige Beratung bei der Rezeptauswahl.

Annamaria Minunno, eine hervorragende Kulturjournalistin, für die Begeisterung, mit der sie meine Bücher jedes Mal vorstellt.

Und all jenen, die Lolita als Manuskript gelesen und sie sofort vergöttert haben. Als da wären: Gaetano Cappelli, Enrico Franceschini, Fabrizio D'Esposito, Pierluigi Battista, Giovanni Couckadarian, Antonello Cassano, Marianna Laforgia, Bruno Ballardini, Alessio Viola, Christian Briziobello, Corrado Finardi, Serana und Sara Pannarale, Carla und Paola Masciandaro, Alice Gioia, Amalia Mancini, Marphi Quarta, Lorenza Patierno, Francesca Sgura, Patrizia und Margherita Scognetti, Serena Spillo, Anna Vetrati und Teresa Bux.

Ich möchte außerdem Gianluca Loliva, Michele Campanella, Pino Pascale und Rosella Santoro danken, die mich 2006 bei der Organisation und Vorbereitung des Festivals »Il Libro possibile« von Polignano a Mare dabeihaben wollten, wodurch ich meine Liebe für Bücher in etwas verwandeln konnte, was meiner wunderbaren Heimat Apulien dabei helfen kann, noch bedeutender zu werden.

Und vor allem danke ich all meinen Lesern, die ihr mir bis hierher gefolgt seid.

Bücher lieben die, die sie öffnen.